# 如意盈門

3

完

文創風
277

暖日晴雲 著

# 目錄

# 第二十八章

很快就到了老夫人的壽誕，帖子是一早就讓人送出去的，一大早，侯府門前就開始熱鬧了，車水馬龍，人來人往。往日裡不怎麼露面的大管家都站在門口開始迎客。

男賓自是要送到沈侯爺那邊，沈二老爺和沈三老爺跟著沈侯爺，兄弟三人都是笑咪咪。沈侯爺那笑容，還是帶著幾分隨意自在，不過和往日裡相比，那喜氣還是能輕易看出來。

女賓則領到後院，沈夫人一直陪在老夫人身邊，內儀門那裡，是由二夫人迎客，三夫人給沈夫人打下手，宴會安排也是二夫人管著。

二夫人管的事情多，而且繁瑣，一會兒得轉頭笑迎客人，一會兒得轉頭吩咐丫鬟、婆子，忙得都快暈頭轉向了。沈如意則是領著沈雲柔和沈佳美負責照顧姑娘家，今兒來的晚輩也不少。

「這就是劉夫人吧？」沈夫人笑得溫婉，雖然心裡有些打鼓，但之前陸嬤嬤和宋嬤嬤可是教導過她，只要不是需要大哭大笑的場合，她不管遇上什麼情況，只管微笑、保持鎮靜的樣子就行了。

再者，這可是她踏入京城貴婦圈的第一步，無論如何也得表現好才行，不能給自家閨女丟臉，她這個當娘的萬一露怯，那將來別人提起如意，肯定第一印象是不怎麼好。

喪母長女不娶，不就說明一個當娘的對閨女的重要性了嗎？哪怕是有教養嬤嬤，這親娘的教導能和教養嬤嬤混為一談嗎？

「沈夫人好。」劉夫人笑盈盈地上前，拉了沈夫人仔細瞧。「我原先也是沒見過沈夫人，只聽我那弟妹說，沈夫人長得很是好看，今兒一瞧，果然如此，沈夫人這皮膚保養得可真好，看著就跟二十出頭一樣，沈夫人平日都是怎麼保養的？」

這種聚會，婦人們在一起也不過是說些八卦，可沈夫人是頭一次出席，摸不清賓客的性子，就不敢隨意開口，那剩下的話題就沒多少了。衣服、首飾、美容，這可是最安全的話題了。

沈夫人笑咪咪地摸了摸自己的臉頰。「劉夫人這話可誇張了，哪有那麼好，我閨女昨天還說，我這臉色都有些發黃了，讓廚房每日裡給我燉些燕窩粥呢，不過我覺得，這滋補的東西，偶爾吃一次、兩次還行，吃太多，也不大好。」

「是這個道理，過猶不及。妳閨女倒是個孝順的，這位就是沈姑娘嗎？」那位劉夫人笑著問道。

跟在她後面的婦人插了一句話。「我大嫂也是剛回京沒多久，之前沈姑娘辦及笄禮的時候，我大嫂沒能到場，這才不認識沈姑娘。」

那劉夫人笑著點點頭。「頭一次見，這個就當是我的見面禮，沈姑娘可別嫌棄。」說著就給了沈如意一對玉鐲子，是白玉的，看著就價值不菲。

沈如意轉頭看沈夫人，其實沈夫人也有些拿不準，正要開口，就聽坐在軟榻上的老夫人說道：「如意拿著吧。」

說著，老夫人轉頭對劉夫人笑了笑。「讓劉夫人破費了。」

「多年不見，老夫人這氣色，還是和以前一樣好。」意識到自己冷落了壽星，劉夫人忙彌補說。「我在外面，一提起京城的人，還是最敬慕老夫人了，老夫人那風姿神采，見過一次就讓人忘不了。我這些年啊，但凡出門在外，總是要模仿老夫人的舉止呢，這樣一來，別人都說我特別有氣勢。」

老夫人扯了扯嘴角，臉色雖然還是不怎麼好，眼神卻緩和了一些。

老人家都比較迷信，她就算想要對付沈夫人，也不會在自己的壽宴上鬧出什麼事情，那樣不吉利，是個不祥的兆頭，哪怕看沈夫人不順眼，老夫人今兒也硬是將這口氣給憋著。

只是看別人誇讚沈夫人，老夫人就有些不高興，伸手拉了站在一邊當雕像的沈三夫人。「這是我三兒媳，往日裡老大家的比較忙，都是老三家的在伺候我。」

沈如意笑道：「祖母，您這樣說，回頭二嬸娘知道了可是要委屈的。」

沈夫人也只是笑，老夫人卻接不上話了。若她這會兒點頭說老二家的也是孝順的，就太露痕跡、太刻意了些，明顯是漏掉了長房。

若她不點頭，那回頭這話傳到老二家的耳朵裡面，就要壞事了。她現在還等著老二家的出手呢，得罪了老二家的，著實是沒什麼好處。

「都孝順、都孝順。」過了一會兒，老夫人含含糊糊地說道。

在場眾人誰不是人精？明顯聽出老夫人這話有些不大對頭，可誰都沒再繼續扯著這話頭不放，別人家的事，最好別管。閒事管多了，怎麼死的都不知道。老夫人自己不願意說，誰還能勉強不成？

「對了，三嬸娘，這次我祖母過壽，蘇大人也過來了吧？聽說蘇大人詩畫雙絕，最是有才，也不知道我有沒有機會見識見識。」沈如意看了看老夫人，轉頭問三夫人。

三夫人的臉色立即就變了一下，趕忙轉頭看老夫人。

三夫人娘家實在是不怎麼顯赫，底氣不足，三夫人的教養嬤嬤也不是特別好的，進了侯府之後又有老夫人護著，這臉色轉變還真沒學到家，一時之間沒掩飾住，周圍就有不少人看見了。

有人疑惑地看沈如意，有人疑惑地看三夫人。

老夫人趕緊輕咳了一聲。「妳要看，看妳父親的不就行了嗎？妳父親的詩詞，當年可在京城十分有名，還有他的畫，那畫出來的東西，不管是什麼，都栩栩如生，十分傳神。」

「真的嗎？我只知道父親的字寫得好，都沒見過父親寫詩呢，回頭一定要請父親也給我寫一首詩。」沈如意笑盈盈地說，看上去真是活潑可愛、沒心機，但老夫人和沈三夫人卻是不敢再胡亂開口了，更是不會將沈如意當成什麼都不懂的小孩子了。

可同時，老夫人心裡更是堅定了自己的決心，無論如何，這母女兩個都不能留。老二家的會想辦法對付盧婉心，至於這個丫頭片子……

失了親娘，悲傷欲絕之下，神思恍惚，不管是掉到池塘裡還是掉到井裡，都是十分合理，再或者就是一病不起，香消玉殞，誰都不會起疑。

六皇子那裡，男人麼，再喜歡一個女人，這都沒成親，也不過是傷心一、兩個月的時間，以後說不定，還能給佳美留一個機緣。十二皇子年歲和佳美相當，若是六皇子看在過世的沈如意的面子上，能出言兩句，這親事可就十拿九穩了。

老夫人心裡各種思緒翻騰，面上卻是笑意滿滿。「妳父親那一手字，自然也是極好的，他從小就是跟著老侯爺長大的，老侯爺一輩子殺伐決斷，那字寫得別提多出色了，看著就讓人覺得心神震盪。」

「是嗎？那我有機會，可得瞻仰一下祖父的筆墨。」沈如意笑著說。

旁人忙跟著稱讚了幾句老侯爺的字畫，然後話題就慢慢轉了。

「說起來，這京城裡，還真有幾個青年才俊，我還是聽我兒子說的，白雲書院有個姓曹的書生，那一手字寫得好，那書生長得也好，才十九歲就中了舉人，只可惜我是沒個閨女，要不然啊，這樣的才俊，可不能白白放過。」

「妳兒子今年不也十八了嗎？可有說人家？」旁邊有人乘機就問道，三言兩語間，話題就變成了各種探詢。

有些人家是有沒成親的兒子，有些人家是有沒嫁人的姑娘，能來侯府參加壽宴的，地位都不低，說不定，就能挑出個心滿意合的。

「對了，沈夫人，妳家如意不是剛剛及笄嗎？」有位夫人問道。

沈如意愣了一下，隨即臉色通紅，瞧著那婦人身邊還跟著個少女，忙起身拉了那少女的手。「劉姑娘，妳想不想出去走走？這會兒天氣晴好，咱們去花園裡轉轉？」

劉姑娘也是臉色緋紅，聽了沈如意的話，忙起身，跟著沈如意出門。

沈雲柔和沈佳美早已經在園子裡布置好各種東西，有書案、琴案、棋盤和釣魚竿，見沈如意過來，兩個人忙笑咪咪地走來，一左一右地抱著沈如意的胳膊。「大姊，我們已經按照妳的吩咐布置好了，妳瞧瞧怎麼樣？」

對於沈如意能跟著沈夫人一起接待客人，而自己卻只能在花園裡布置東西的境地，兩個人的情緒還真不一樣：沈雲柔是不在意，她深知沈如意已經談好婚事，今兒估計只會露頭一次，等年底有了賜婚的聖旨，就不再出門了。所以，沈夫人帶著沈如意見客，是頭一等重要的大事。等沈如意訂了婚，以後也沒這樣的機會了，今兒誰也不能搶了沈如意的風頭，否則沈夫人脾氣再好，也會不高興的。

她現在已經是記在沈夫人名下的嫡女了，等沈如意訂婚了，沈夫人還會記不起她嗎？到時候，才是她出面的機會呢。再說，她年紀還小，過了年才十四，離及笄還有一年呢，這會兒急著見客，實在不是好時機。搶嫡姊的機會，那不是聰明，那是愚蠢。

而沈佳美則是有些不忿，自己的娘親既要迎客又要打理壽宴，忙得團團轉，怎麼看也是這次壽宴的主辦人，是大功臣才對！可自己竟然連個招呼客人的機會都沒撈到，連個露面的機會都沒有！

長房果然就像是娘親說的，表面看著和善，實際上心都是黑的，原以為大堂姊人應該不錯，結果呢，說一套做一套。之前當著娘親的面保證會給自己機會，現在卻只讓她在花園做丫鬟才應該做的事情。

沈雲柔將這次的事情當成鍛鍊，沈佳美卻將這次的事情當成了羞辱。

沈如意上輩子不通透，這輩子在陸嬤嬤的教導下，那察言觀色的本事卻是一等一，更何況沈佳美這小姑娘還沒完全學會掩飾，沈如意的眉頭皺了皺，更是放棄了對二房的提攜。大的貪心不足，小的有樣學樣。她以為自己是給了二房機會，二房卻不當一回事，還想要反咬一口，她可不想讓自己變成救了一條蛇的農夫。

「這裡都是我妹妹布置的。」沈如意笑著說道，點了點園子裡的布置。「妳們瞧著如何？」

「妳妹妹可真能幹，想得很是周到。」當即有姑娘表示讚嘆。「還很細心地隔了屏障，很好，我要是有這麼一個妹妹，作夢都要笑了。雲柔是吧？妳要不要給我當妹妹啊？」

沈雲柔臉色通紅，往沈如意身後躲了躲。「我更喜歡我大姊。」

「哎呀，我真羨慕如意妳。」那姑娘做出很是懊惱的樣子來。「我竟是沒能比過妳，這麼漂亮的妹妹，竟然不喜歡我，我太傷心了。」

眾人很給面子地笑，沈如意扶著沈雲柔的肩膀也笑。

「妳啊，就羨慕去吧，我這個妹妹可是誰也不給。」

「那可不一定，妳不給我們，還能不給妳未來的妹夫？」另一個姑娘眨著眼笑道。

沈雲柔臉色通紅，就差沒將腦袋埋在沈如意的背上了，沈如意笑咪咪地捏了捏沈雲柔的臉頰。「不給！除非……」

沈雲柔拽著沈如意的衣袖一臉尷尬焦急。「大姊！我不理妳了！」

沈如意忙擺手。「好了好了，我不說了，來來，咱們快瞧瞧，這裡有沒有自己喜歡的，若是沒有，等會兒讓我妹妹再給妳們補上。」

說著，又拉了一下沈佳美。「這是我堂妹，這園子裡的事情，她也有幫忙布置，妳們等會兒有什麼事情，也可以找我三妹。」

「又是個漂亮的小姑娘。」王姑娘伸手捏了沈佳美的臉頰一把。

沈佳美嘴巴甜，當即笑道：「姊姊更漂亮，我很喜歡姊姊呢。」

剛才沈如意和這些人交談，沈佳美已經看出來一些，這位王姑娘是有些地位的人，她說話的時候，好幾個人都捧場給面子，想來身分應當是挺高。

大堂姊不給自己機會，自己這麼聰明，難不成還不會找機會？

壽宴的流程基本上就那麼幾步——客人們拜壽，自家小輩送上壽禮，用午膳，聽戲，然後散席。自家小輩送壽禮，一般說來，都是對外展示自家兒孫的孝順以及才藝。

沈如意帶著姑娘們在園子裡玩耍了小半天，丫鬟就過來請她和沈雲柔、沈佳美了。來作客的姑娘們也能過去參觀，人多的時候，也不用太顧及男女大防。

按照年紀排序，先是二房的沈明瑞，送上了一幅自己親手畫的畫作，平心而論，十三歲也算是小夥子了，畫得一般，並不出眾。

男孩子們送的基本都一樣，不是自己寫的字，就是自己的畫，連長房的沈明修，都只是送了一張大字。沈明修現在才七歲，長得胖嘟嘟、憨厚樣，大約是和王姨娘的教導有關係，笑起來讓人從心底感到喜孜孜。

不過，老夫人就是有些不喜歡，只哼了一聲，讓人接了那張紙，就不吭聲了。

沈明修有些委屈，左右看看，王姨娘的身分自然是不能出席，沈侯爺一個大男人也不好安慰沈明修，沈雲柔更是不能越過長輩。

沈夫人趕緊招招手，幸好平日裡王姨娘帶著沈明修過去請安，沈夫人都還算是疼愛沈明修，所以這會兒，沈明修就跑到了沈夫人身邊，偎著她嘟著嘴喊母親。

沈夫人伸手摸摸沈明修的腦袋。「明修的字寫得真好，是不是練了很長時間了？」

沈明修年紀不大，卻也不算小，沈夫人現在已經抱不起來了。

「嗯，那一張練了兩個月。」沈明修扳著手指說道。

沈侯爺看老夫人，老夫人忙說道：「寫得真好，你年紀還小，能寫成這樣已經很不錯了。如意，明修都苦練兩個月寫了一張字送給我，妳給我準備了什麼壽禮？」

「祖母，我親手給您做了件衣服，妳瞧瞧喜不喜歡。」沈如意笑盈盈地上前，將丫鬟托盤裡放著的衣服拿起來讓老夫人看。「這料子是我特意選的，最是柔軟，上面的花兒也是我自己繡的，不過，我手藝沒有我娘的好，繡得有些不大好看，還望祖母別介意。」

「不介意。」老夫人扯扯嘴角，讓丫鬟趕緊將那衣服給收起來。

坐在沈夫人後面的鄭夫人笑著說道：「沈大姑娘可真是謙虛，我瞧著這針線，做得可真不錯，繡的花兒就跟活的一樣，嬌豔欲滴。沈夫人，大姑娘是不是跟著妳學了雙面繡？」

沈夫人笑道：「她年紀還小，不過是學了些皮毛，再者，咱們這樣的人家，又不指望女孩子將來做針線養家，不過是給家裡長輩做些衣服之類的，我也就沒想著教她，可沒想到她自己感興趣，偷偷練了一段時間，我沒辦法，這才教了她一些。」

「大姑娘可真是聰明伶俐。」

誇獎聲此起彼伏，沈夫人笑得更燦爛了，就連沈侯爺的臉上也露出一些笑容，微不可見地跟著點了點頭，那些開口的人也都心裡有數，更是一迭連聲誇讚了沈如意。

沈雲柔是親手抄寫了幾卷佛經，不出色，規規矩矩的，卻也沒大錯。

「祖母，我給您買了一尊玉佛，雖然不是我親手做的，但我用了自己所有的錢才買回來的，也是我的一番心意，祖母快看看喜不喜歡。」沈佳美很機靈，行了禮就湊到老夫人身邊撒嬌。

老夫人點點頭，讓人將盒子拿過去，親手捧了出來，看了一下，連連點頭。「很不錯，我喜歡得很，妳有心了。」

沈二夫人在一邊笑道：「原先她是想做個抹額的，後來覺得自己的針線活太難看了，就又想著抄寫佛經，可沒想到，雲柔也抄寫了佛經，總不能和她二姊搶。於是，就將這些年她自己攢著的錢全拿出來了，買了這個玉佛。」

沈夫人微微皺眉，這是踩著沈雲柔誇讚沈佳美嗎？現在沈雲柔可是自己的女兒了，她總不能眼睜睜看著沈雲柔受欺負。

當即沈夫人就笑道：「二嫂這話說得好像是我們雲柔欺負妹妹一樣，為了抄寫這些佛經，雲柔可是半年前就開始了，每天晚上必要沐浴焚香，拜了佛祖才開始抄寫的，晚上也只是素食，這一番心意，那可是在佛祖跟前供奉過的。」

人家半年前就開始抄寫的，妳是什麼時候開始打聽的？再者，二姑娘每天晚上吃素食，然後沐浴焚香，二房的當家太太會一點兒都沒聽說過，然後還讓自己的閨女也去抄寫佛經，到底是誰搶了誰的主意？

反正都要撕破臉了，沈夫人也就不怎麼想再和二夫人維持表面上的平和，有什麼說什麼。

沈二夫人臉色頓時有些難看了，原以為大庭廣眾之下，沈夫人好歹也要顧及面子，而且，沈雲柔不過是個庶女，沈夫人就算將她記在名下，也不過是想要安撫王姨娘和討好沈侯爺，卻沒想到為了這麼一個庶女，沈夫人竟然當眾打了她的臉。

「好好好，雲柔也是個孝順孩子。」為了不讓自己的壽宴被搞砸，老夫人當機立斷出面打圓場，難得扯出一抹笑容。「佳美年紀還小，能想到這個已經很不容易了。雲柔也是個有誠心的，都是孝順孩子。我瞧著這會兒時候也不早了，咱們是不是該用午膳了？」

「呀，都是我疏忽了。」沈二夫人忙一拍額頭站起身。「若是餓到了貴客，那可就是我的過錯了。這會兒確實是該用午膳了，各位，咱們入座吧？」

沈侯爺當先起身，看了沈二老爺和沈三老爺一眼，伸手示意了一下，轉身往外走，男孩子們趕緊跟上，男賓都在外院等著呢。

沈夫人這邊則是安排女眷入座，沈如意則領著小姑娘們入席。

午膳畢，就是聽戲了。聽戲這種事情，有些人喜歡，不管什麼唱腔都能聽得如癡如醉，有些人不喜歡，咿咿呀呀的就聽不明白。

沈如意對聽戲不大感興趣，而沈雲柔則喜歡聽戲，於是姊妹兩個分頭行動，一個帶著不愛聽戲的姑娘們去園子裡玩耍，一個帶著愛聽戲的姑娘們陪著老夫人和夫人們聽戲。

「咱們不如玩擊鼓傳花！」趙姑娘幫忙出主意。

因多數人通過，於是沈如意讓人拿了絹花和小鼓過來，咚咚咚的鼓聲立刻就響起來了。

沈如意正笑，就見夏冰躡手躡腳地藏在樹後對她招手。沈如意忍不住抽了抽嘴角，那樹也就寸把粗，真的擋不住她的身體啊。

「有事兒？」沈如意起身，走過去拍了拍夏冰，讓她站好。「是陸嬤嬤那邊讓妳過來了？」

夏冰忙使勁點頭。「是啊，陸嬤嬤說，春花派人送了消息過來。姑娘，妳是這會兒過去還是等宴會結束了……」

「這會兒過去吧，二夫人不是定了今天晚上動手嗎？咱們早些將人給抓起來，也免得我娘到時候受罪了。人手已經安排好了吧？有沒有驚動前院？」沈如意壓低聲音問道。

夏冰忙搖頭。「沒有驚動前院，那些婆子們可能幹了，嘴巴也很緊，不該問的不問，從頭到尾都是陸嬤嬤說什麼，她們就做什麼。等咱們將人抓了之後，按照之前說定的，將人先給關起來？」

沈如意點點頭。「只能先關起來，父親心裡終歸還有些惦念兄弟之情，他能同意讓二房分家，卻不會同意讓二房徹底名聲掃地，做得太過了，可不光是丟了二夫人的臉，二房所有人都要跟著受牽連了。再者，我也是恩怨分明的，這些事情都是二夫人自己做下的，和沈明瑞他們沒什麼關係，我也不忍心讓他們被二夫人連累，連前途都保不住。」

這事情處置完，二房即使不分崩離析，恐怕二夫人在二房的地位也要岌岌可危了。不說二老爺會不會痛恨她，就是沈明瑞恐怕也很在意。侯府家的少爺，和知府家的少爺，那可是兩個世界的人。有時候不追究，不代表就沒有懲罰。

「這齣戲唱得真不錯，這個角兒，是不是小紅鶯？」有婦人湊到沈夫人耳邊問道。

沈夫人認出說話者是高夫人，高家之前雖和沈家是政敵，但何大人一當上首輔後，高家出於局勢考量，也想和沈家緩和關係。

沈夫人笑著點點頭。「是啊，本來這個班子不大好請，說是已經排到下個月了，可我們老夫人實在是喜歡這個班子的戲，尤其是喜歡小紅鶯，所以啊，我們侯爺特意花了大價錢，讓這個小紅鶯加了一場戲，這齣戲唱完，小紅鶯就得上別人家去了。」

「真的？侯爺可真是孝順。說起來，這小紅鶯唱得就是好聽……」

高夫人嘮嘮叨叨地和沈夫人說話，說得口渴了，就伸手招呼一聲丫鬟，讓丫鬟給她倒茶。

那小丫鬟大約也是聽戲入迷，一邊倒茶，一邊還要抬頭去看戲臺子，恍神間就將茶杯給打翻了，裡面的茶水一下子就潑在高夫人的裙子上。

裙子本來是藕粉色的，這茶水倒上去，就現出一片黃色的污跡，十分難看。

「啊，夫人饒命啊！」那丫鬟雖然年紀小，倒也是個懂事的人，趕緊跪下給高夫人擦裙子，壓低了聲音道歉。

只是沈夫人就在旁邊坐著，自是一眼就瞧見了。

沈夫人忙起身。「哎呀，高夫人，實在是對不住，這丫鬟可真是粗心！這可壞事了，這裙子是今年的新款吧？正好我前段時間做了幾件新裙子，不如高夫人先換上我的？」

高夫人是北方人，長得有些高大，沈夫人是地道的南方人，個子有些嬌小，高夫人氣悶地看了一下沈夫人的身高，抿抿唇沒將心裡的話說出來，只沈著臉搖頭。「沒事，我有帶著裙子，讓人去拿給我換一下就行。」

正好這齣戲已經唱到了尾聲，小紅鶯一個收腔，戲就落幕了。

沈夫人一邊吩咐人給了戲班子賞錢，一邊讓沈二夫人和沈三夫人先帶著客人們回正堂。自己則是打算陪高夫人去換衣服。

高夫人擺擺手。「沈夫人不用陪著我，只讓個丫鬟給我領路就行了，妳趕緊去陪著宋夫人她們吧。」

「這怎麼好意思，到底是我府上的丫鬟做錯了事情……」

「真沒事，這丫鬟瞧著年紀也不大，妳也別太生氣了，回頭說兩句就行了，我自己去換衣服，真不用妳陪著。」

「高夫人是客人，這事情……」

「沈夫人，妳再客氣，我可就以為妳不當我是朋友了啊。」高夫人笑著說道。

沈夫人這才點頭。「那行吧，今兒就怠慢高夫人了，我讓人帶妳過去更衣。」

讓丫鬟領走了高夫人，沈夫人這才跟著去正堂。眼瞧著時候差不多了，就吩咐人將廚房備著的餃子給送過來。

來參加壽宴的人，在用了午膳、聽完戲之後，通常還有一頓加餐，不是正正經經的飯菜，有些人家是一碗湯，有些人家是一碗麵，有些人家是一碗餃子。總之，就是簡簡單單的，賓客把這一碗吃完，整個壽宴才算是落幕，大夥兒就可以散席了。

當然，像是遠道而來的親戚就得留下來了，比如說，二房的娘家。

一邊吃著飯，沈夫人就笑著對沈二夫人說道：「親家遠道而來，我想著，妳也有幾年沒和娘家的人熱絡過了，這次可一定要將親家留下來多住一段時間，至於住處，我覺得海棠園就不錯，妳覺得如何？」

海棠園是個大院子，離二房的院子很近，幾乎是挨著。

沈二夫人笑著點頭。「很好，謝謝大嫂。」

「咱們一家人，哪需說謝謝？」沈夫人不在意地擺擺手。「至於妳姪子，就先和明瑞他們住在一處，妳這邊若是缺了人手，直接和宋嬤嬤說，宋嬤嬤會給你們安排的，一應花銷，咱們府裡承擔，妳讓親家安心住著吧，萬事不用擔心。」

自沈夫人學完出師，宋嬤嬤的職責就不光是教導沈夫人學規矩了，還順帶成了內院的管事嬤嬤。現在內院的丫鬟婆子，全部都歸宋嬤嬤管。

陳嬤嬤是一如既往的沒有野心，在她看來，守護在沈夫人身邊是最重要的。但是，現在府裡有了小少爺，那就是守護著小少爺最重要了！沈夫人能信任的人沒多少，陳嬤嬤絕對是最值得信任的人，讓陳嬤嬤去看護小兒子，沈夫人也是十分樂意。於是，陳嬤嬤就成了沈鳴鶴院子裡的管事嬤嬤。

沈二夫人只管笑著點頭，不管沈夫人說什麼，都不反對。旁邊路太妃瞧著這妯娌兩個說話，笑著轉頭看老夫人。「老夫人真是有福氣，幾個兒媳都十分孝順又相處十分和睦，老夫人以後啊，就只管享福吧。」

老夫人將嘴裡的餃子吞嚥下去，笑著點了點頭，並未接話。旁邊的宋夫人笑道：「老夫人確實是有福之人，不光是兒媳們孝順，幾個兒子也十分孝順。今兒我瞧著，這孫子們有出息，孫女們有福澤，我的兒孫們若都是如此出息，我怕是作夢都要笑了。」

這話老夫人有些不大愛聽，因為聽著跟勸誡一樣，就像在告訴她，要惜福，兒孫出息、兒媳體貼，是多少老人盼都盼不來的事情，若不珍惜，到時候可就要後悔了。

只是，這話是宋夫人說的，老夫人也不能擺臉色，只好裝傻地笑兩聲。

眾人捧著碗，一邊吃餃子，一邊說閒話，屋子裡的氣氛正好，就見外面衝進來一個婆子。「餃子不能吃啊，裡面有毒！」

這一句話，令屋子裡的夫人們立即驚呆了，有些人手一鬆，碗就砸了下來。

沈夫人臉色都變了，忽地起身。「胡說什麼呢？妳是誰家的奴才，誰讓妳來說這樣的話！」

「老奴是高大人府上的，是我們夫人身邊的管事嬤嬤，老奴可沒胡說！」那嬤嬤倒是理直氣壯。

換好裙子回來的高夫人詫異地喊了一聲。「韓嬤嬤，這是怎麼回事？妳剛才說的話是什麼意思？」

「老奴就是為這個事情來的。夫人，這沈家的餃子吃不得啊，裡面都是有毒的！」韓嬤嬤就像是找到了主心骨，連忙撲到高夫人身邊，拉著人上上下下地仔細打量。「夫人您沒事吧？有沒有哪兒不舒服，頭疼不疼，心口疼不疼，有沒有眩暈或想吐的感覺？」

高夫人還有些摸不著頭緒。「這到底是怎麼回事？我沒事，妳先說說，這餃子裡有毒是怎麼回事？」

這會兒沒事，可不代表回家之後沒事。

若是韓嬤嬤誤會了，那就得給沈家道歉，可若不是韓嬤嬤誤會了……高夫人是瞭解自家嬤嬤的，能帶出門就不是不著調的人，至少不是那種被人稍微一撩撥就咋咋呼呼地說這個、道那個的人。這會兒都不顧規矩地闖進來了，可見要說的事情，還真是有幾分把握。

韓嬤嬤仔細打量自家夫人的臉色，見夫人並沒有臉色發青或者是嘴唇發紫的樣子，這才喘了一口氣，上前規規矩矩給屋子裡的人行禮，然後站在正中間說了起來。「之前夫人去換衣服，老奴就出去吩咐丫鬟，將換下來的衣服送到咱們的馬車裡。老奴雖然來過幾次侯府，但侯府太大，園子也多，讓丫鬟去送衣服之後，自己獨自回來的時候走錯路了，正想要找個人問路，就聽假山後面有人說話。」

說著，韓嬤嬤輕咳了一聲，仰著頭低沈著嗓子說道：「夫人讓廚房將餃子送上去了，妳確定那藥已經下了？」

接著韓嬤嬤低頭，再開口的時候聲音就尖細了幾分。「自然，我辦事妳儘管放心，就沒有失手的時候。那裡頭是慢性藥，這會兒不顯，等再過個三、五天，人就會發熱，跟傷風一樣，再好的大夫都檢查不出來。」

「真這麼厲害？」

「那是，我聽夫人說過，這藥可是特意高價買回來的，京城裡都沒有。」

韓嬤嬤說一句變一次嗓音，將兩個人的密謀學得栩栩如生，讓人一聽就能聽出來，這兩人一個是小丫鬟，一個是婆子。屋子裡的人都跟著這話變了臉色。

尤其是沈家的女眷們。今兒這事情，若是不解釋清楚，那可是要得罪了全京城的貴婦，以後他們沈家有什麼宴會，還有人敢上門嗎？

老夫人是惱恨家醜外揚，又想著今兒這事說不定就是個機會，乘機絆倒沈夫人，那麼就算不用老二家的幫忙，她也能掌控侯府，將老大家的給弄死，還省得自己要付出那麼大的代價了，這會兒去部署，應該還是來得及。

沈夫人則是又驚又怒，她正想為了兒女，改變自己在京城貴婦心裡的形象，卻沒想到，她頭一次在京城貴婦圈子裡亮相，竟然就遇上這樣的事情！

她原先一直以為，自己管家管得很好，不敢說半點兒漏洞都沒有，但也不會鬧出太大的事情來，可今兒這事情，就大大給了她一巴掌。

出了這種事情，以後誰敢和他們家如意交好？日後誰敢上門給如意提親？就算如意已經談好親事了，可賜婚的聖旨還沒下來呢！今兒這事情若是傳到宮裡，那如意還能順利地嫁給六皇子嗎？

家裡都有下人給主子們下毒了！這事情哪怕查出來和長房沒有一點兒關係，對長房的影響也很嚴重，畢竟管家權是握在長房的手裡。她這個沈夫人，管家都能管成這樣，誰敢指望沈如意是個管家好手？往深裡想，以後沈如意會不會也和沈夫人一樣，管家的時候鬧出這樣的事情來？

沈夫人又氣又急，都覺得自己快喘不過氣兒，氣得眼前都開始冒黑氣了。只是她不能暈，這會兒得想辦法將局勢給轉過來，要不然，如意一輩子就毀了……還有嗚鶴，以後誰家的閨女敢嫁到沈家來？

「快，讓人去請太醫！」沈夫人使勁拍了一下手，朝身邊的青棉吩咐道：「拿了侯府的帖子，去請太醫過來。另外，讓宋嬤嬤將全府的丫鬟婆子都叫過來，不管是哪一處、哪一房或者是幾等的，全部都叫過來！」

說完，沈夫人轉頭看韓嬤嬤，臉色雖然有些蒼白，眼神卻是已經穩住了。「韓嬤嬤是吧？今兒這事情太重大了，這已經不光是我沈家的事情，在場的眾位夫人，哪個不是金貴的？所以，今兒這事情，我是一定要查個清楚。韓嬤嬤，等會兒還請妳在我府上仔細地看一遍，找出那兩個說話的人。若是我府上的，我一定會給大家一個交代，可若不是我府上的……」

沈夫人話沒說完，視線在眾人臉上掃了一圈，有滿心憤慨、十分不忿的人當即就想起來，這可不是別的什麼地方，這是侯府，沈侯爺可不是好相處的。

若此事真是沈家自己弄出來的那還好說，沈家的家醜，他們想辦法賄賂自己閉嘴還來不及呢。可若不是沈家的人做的……或者說，是誰弄出來這一場鬧劇，再或者是韓嬤嬤說白話，今兒這事情，可就不會輕易了之。

高夫人皺著眉，看著站在中間的韓嬤嬤，心裡也很是疑惑。剛才的事情實在是太出乎意料了，簡直就是不敢想像，京城裡誰家後院沒個隱私的事情？即使在壽宴上弄出事情來的，也不光是沈府一家。可是像沈府這樣，給所有宴會上的客人下毒，還鬧得被人聽見，這還是數百年來頭一次遇見！

韓嬤嬤對自己是忠心耿耿，那麼，就排除了韓嬤嬤被人收買的可能。既然韓嬤嬤沒說謊，那就是有人利用了韓嬤嬤，讓韓嬤嬤不小心撞見了？可這種下毒的事情，不是應該暗地裡議論嗎？誰會去假山後面議論？

「娘，我聽說出事了？」正當屋子裡的氣氛跟結了冰一樣凍人的時候，沈如意忽然急急忙忙進來了，也顧不上給眾人行禮，直接奔到沈夫人身邊。「出了什麼事情？娘，妳可有事兒？」

說著，沈如意瞧了老夫人一眼，順便問了一句。「祖母可還好？妳們都沒事吧？到底是出了什麼事情？」

沈夫人摸摸她頭髮。「沒事，和妳沒關係，妳先去照顧好那些姑娘們。」

「有雲柔在呢。」沈如意這會兒才不會離開沈夫人，她已經遣人和王姨娘說了，有王姨娘指點沈雲柔，沈雲柔定是能照看好那些閨秀們，她更擔心的是沈夫人。

今兒部署這件事情，她和沈侯爺說過，但是沒和沈夫人商量過。不是不信任沈夫人，而是怕沈夫人不願意。在沈夫人眼裡，沈如意和沈鳴鶴是最重要的，若這事會影響到沈如意和沈鳴鶴的名聲，無論如何她都不會答應。

可壯士斷腕，壁虎棄尾，都是要先付出代價的。想要徹底杜絕老夫人再作怪，除了將老夫人給弄死之外，就剩下這麼一條路走了。

沈侯爺就算恨老夫人，也絕不會答應弄死老夫人。以老夫人的年紀，本來就沒多少年好過了，因此沈侯爺願意養著這麼一個人，侍奉老夫人終老。

但是對沈如意來說，不管是十年還是五年，她都不能忍。老夫人是人老成精，若是沒有受傷、沒有癱瘓，那麼等她自己沈下心來，十個沈夫人都不是對手。

自從老夫人再也站不起來，她心裡的怒火越來越旺，神志也就越來越往偏裡走，以前能穩住心，慢慢來，現在卻是恨不得立刻讓沈夫人從她眼前消失。她今兒能說動沈二夫人，等明兒，說不定就能想出更好的辦法。留著這麼一個不知道什麼時候會發作的人物在沈夫人身邊，沈如意嫁人都嫁得不安穩。

她現在不光是要保護自己的娘親沈夫人，還要保護自己年幼的親弟弟沈鳴鶴，這樣就得另外想辦法將這群人一網打盡、息了心思。

為了使老夫人徹底對沈夫人沒威脅，沈如意事先部署，她深知只有將今兒這事鬧得越大，並揭開二房的真面目，讓老夫人和二房的交易攤到陽光之下，才能杜絕後患。

沈侯爺原本不贊成沈如意的做法，可是在沈如意將沈二夫人的打算一句句地說給他聽之後，沈侯爺就撒手不管了。他對沈二老爺也不過是保證他活得好好的，對沈二夫人更是半點兒情面都沒有。

這事情雖然鬧大了對老二的名聲不好，但他會想辦法將老二一家送出京城。等過個十來年，京城裡的傳言淡下去了，讓沈二夫人直接在外地病逝，回京再給老二續弦，那這一關就算是過去了。

沈如意是個倔種，沈侯爺也明白，他就是不同意，沈如意也要想辦法將這事情給做成了。與其等沈如意不知道什麼時候爆發一回，徹底將侯府給搞垮了，還不如答應了，讓沈如意在自己的眼皮子底下辦事，這樣就算超出控制了，他也好伸手幫一把。

至於侯府的名聲，那算什麼東西？自己當初答應爹爹的，並不包括保護侯府的名聲吧？至於沈如意和沈鳴鶴成親的事情，沈如意自己都不在意，他在意什麼？

再說，嫁不了六皇子，他沈正信的女兒，還會嫁不出去？頂多就是再找個地位比較一般的人家罷了。沈鳴鶴麼，大男兒何患無妻？大不了就找個小家碧玉，大家閨秀也不一定是最好的。

不管沈夫人怎麼勸說，沈如意都不願意離開。

沈夫人這會兒很疲乏，也沒太多力氣和沈如意糾纏，再者，沈如意就是她的主心骨，有沈如意在場，再累再怕她都能撐得住，索性也就將女兒留下了。

旁邊的青綢壓低聲音將事情全部說了一遍。

沈如意微微皺眉。「娘，這事情，派人和父親說了嗎？」

沈夫人愣了一下，以前在大名府，遇到事情都指望不上沈侯爺。十來年都養成習慣了，遇事第一是自己想辦法，不管如何先保護住閨女。第二才是和如意商量，至於沈侯爺，那是什麼東西？

所以今兒這事情，竟然都忘記和沈侯爺說了。

沈如意抽了抽嘴角，暗地裡為沈侯爺掬了一把同情淚。

道路長且阻，父親，我會給予您精神上的支持，您自己努力吧！反正等我出嫁，您就是娘親唯一的依靠了，想必到時候，您的付出總會得到回報的。

# 第二十九章

沈侯爺是和黃太醫一起出現的，進門之後，沈侯爺示意了一下。「黃太醫，還煩勞你給眾位夫人把脈，請。」

黃太醫微微一點頭，率先挑了地位最高的路太妃，仔仔細細地把脈，隨後搖頭。「太妃的身子無恙，就是有些氣虛，平日裡多吃些提氣補血的東西就行，煮湯的時候不妨放些黃耆。」

聽聞路太妃沒事，其餘人也都微微鬆了一口氣。那下毒的人，說不定並沒有在所有餃子裡下毒，那自己大概也不會有事的。

高夫人的臉色則是有些緊張了，萬一所有人都沒事，那他們高家可就得罪了在場眾人。不光是誣衊廣平侯府，還嚇唬了這些貴婦們……

黃太醫替夫人們一個個把脈，有些人身子好得很，半點兒小毛病都沒有；有些人則是有氣虛血虛之類的小事情，黃太醫也不開方子，只說應該多吃些什麼。

一圈看下來，誰都沒事。

黃太醫起身朝沈侯爺抱拳。「侯爺，微臣已經查完了，並沒有什麼事情，您看……」

沈侯爺點點頭，示意黃太醫站在一邊，視線在屋子裡掃了一圈。

高夫人這會兒著急得要命，卻不知道該如何應對。若是堅持保住韓嬤嬤，那可就是徹底得罪了侯府，可若是放棄了韓嬤嬤，自己的名聲也要壞了。而且，侯府也不一定會相信，這事情不是自己指使韓嬤嬤的。再者，韓嬤嬤也是家生子，放棄了韓嬤嬤，可就寒了下人們的心，長此以往，怕是於管家不利。

高夫人的臉色多番變化，韓嬤嬤是伺候她多少年的老人了，當即就明白，自己得先想辦法自救才行，趕忙撲通一聲就跪下了。

「侯爺，老奴句句屬實，絕不敢欺瞞眾位夫人，若是侯爺不信，老奴等會兒定是會將那兩個人給認出來的！」

沈侯爺看向沈夫人，沈夫人深吸一口氣，笑著對高夫人說道：「夫人，若是不介意，可否將韓嬤嬤留下來？我瞧著韓嬤嬤很是精明能幹，正好讓她指點指點我這府裡的下人？」

這話說得好聽，高夫人趕緊點頭。「沒問題，只是，我這嬤嬤是個心直口快的人，雖然忠心護主，卻……」

「沒關係。」沈夫人趕緊搖頭。

目前最要緊的就是先將今天的事情給捂住，哪怕眾人都已經知道了，但到底還是得保密，不能讓侯府的家醜給宣揚出去。只是，沈如意哪裡會讓沈夫人將事情給悶在自家，她原先的目的就是鬧大了，最好是鬧得全京城都知道。

「娘，將人留下來怕是不大妥當。」

和老夫人等人不一樣，沈如意除了在意沈夫人的名聲之外，完全不在乎侯府的名聲，甚至連自己的名聲都不大當回事。侯府的家醜就是鬧得滿大街都知道又怎麼樣？皇上難不成就不相信沈侯爺的辦事能力了？或者被議論的人身上就會掉一塊肉？再說，沈如意覺得，你與其遮著捂著，還不如大大方方地展示出來。

越是遮遮掩掩，大家就越是好奇，各種猜測，各種斷章取義，那才是要壞事的。若你大方地將事情全部說出來，是非曲直，自會有公道。

就好像對待家裡犯事的奴才一樣，你覺得家醜不能外揚，自己私底下處理了，回頭外面就傳你殘暴不仁、無法無天、心狠手辣了，但你光明正大將人送到官府，家裡下人會覺得你辦事不留活路，可外面頂多是說一句鐵面無情，誰會吃飽了撐著說你做得不對？

朝廷律例在那兒放著呢，送官府才是最正確的選擇。

沈如意才說了一句，沈夫人立刻就捂住她的嘴。能管家是一回事，但在長輩們都在的時候，自己要出頭拿主意、擅作主張，那就是不對的。

誰家敢要一個事事自己作主，連長輩的話都能反駁的媳婦？這年頭，娶媳婦就要娶對外能幹，對內溫順孝順的人。

「如意，妳弟弟應該醒了，妳趕緊回去看看。」沈侯爺不大贊成沈如意的做法，見沈夫人反對，立刻就開口了。「還有妳妹妹那裡，她年紀小，能幫忙照看一會兒就不錯了，還能一直幫妳照看著？」

眾目睽睽之下不能反駁雙親的話，沈如意只好行禮告退。離去前，她看了宋嬤嬤一眼，宋嬤嬤眨了眨眼，沈如意這才安心出去。但到底是有些不放心，索性又叫來陸嬤嬤。

「妳去幫著，宋嬤嬤有想不到的地方，妳悄悄給些提示，記住，妳自己也不要出面。」她人都走了，將自己的嬤嬤留下來就更不像話了。比起不聽話，陽奉陰違更讓人厭惡。

陸嬤嬤也知道事情的輕重緩急，忙點了點頭。「姑娘放心，奴婢知道應該怎麼做，您趕緊去園子裡，那些姑娘們都嬌弱得很，這麼半天沒信兒，怕是早就急了。」

正堂出了這麼大的事情，侯府的丫鬟婆子們又被召集起來，這事情根本不可能遮掩下去。那些姑娘們看似性子爽朗耿直，但真正遇上事情了，還能保持平靜的並沒幾個。

沈如意若是一直不露面，沈雲柔根本招架不住。那些姑娘們不光是問，還時時刻刻想往正堂去，真讓誰闖過去，那侯府可就沒臉了。

當沈如意忙拎著裙子去園子裡時，沈雲柔正焦急地拉著一個姑娘的手勸道：「趙姑娘，真沒事，我保證，妳稍等等，今兒這事情，定然會給妳一個交代。」

「你們這算是什麼道理？哪有將客人困在園子裡的？」趙姑娘昂頭說道，但她到底是不敢得罪侯府，掙扎了兩下，也沒有過激的動作。

旁邊圍了一圈的姑娘，她們倒是想乘機自己出園子呢，只是沈如意往正堂去的時候，順帶就吩咐了幾個婆子，將園子的門口給守住了。

都是千金姑娘，誰會和幾個婆子扭打？

瞧見沈如意出現，沈雲柔臉上都放光了。「大姊，妳來了？快，妳和趙姑娘解釋一下，咱們家真沒出什麼事情。」

王姨娘之前還能派丫鬟來指點她怎麼做，但剛才丫鬟婆子都被叫走了，只剩下門口守著的這幾個，她也不知道應該怎麼辦，說得口乾舌燥都沒空去喝口水。

沈如意三兩步過來，笑著拍了拍趙姑娘的肩膀。「趙姑娘，實在是對不住，只是今兒這事情有些太急了，事發突然，我這才叫走園子裡的丫鬟婆子。不瞞妳們說，到這會兒，我也不怕家醜外揚了，之前高夫人家的婆子說聽到園子裡有人密謀在餃子裡面下毒……」

「啊？」眾人驚慌，七嘴八舌地就問開了。「真的？真的有人下毒？」

「那個高夫人家的婆子，是在哪兒聽見的？我們在園子裡玩耍半天，都沒聽見什麼啊。」

「這會兒應該怎麼辦？」

「哇，我要我娘……」

年紀小的姑娘已經開始哭了，而年長些的姑娘，雖然不至於哭出來，眼圈卻是通紅的。

沈如意忙往下壓壓手。「別著急，要真是出了什麼事情，我這會兒能不著急嗎？」

她笑得溫和，身上衣服、首飾和之前都沒什麼變化，一副安穩的樣子，眾人瞧著，竟也跟著平靜下來了。

「我父親請了黃太醫過來，給大家把把脈，有事的話，我沈家絕對會給妳們一個交代，若是沒事，咱們不就皆大歡喜了嗎？身體健健康康才是最重要的，妳們說是不是？」

看熱鬧哪有保命重要？說是餃子裡有毒，誰知道其他的點心、茶水裡面有沒有什麼問題？

沈如意擺擺手。「一個個來，都別著急，之前在正堂已經給各位夫人把過脈了，夫人們的身體都很好。黃太醫是老太醫了，眾位家裡也聽過黃太醫的名聲，那醫術可是絕佳的，黃太醫說沒事，那就是真的沒事，妳們也不用太擔心。」

說著，她側了側身子看沈雲柔。「妳來安排一下，等會兒可別亂套了。」

眾位夫人的等級分明，但姑娘們還分嫡出庶出，嫡出的身分不一定高過庶出的，庶出在禮法上又是低於嫡出的，這會兒誰都想先把脈，就有些不大好處理了。

沈雲柔有些為難，正要說話，沈佳美就撲過來了，抱著沈如意的胳膊晃。「大姊，前面真沒事？若是沒事，那些夫人應當讓自己身邊的丫鬟、婆子們來說一聲。」

這話一落，那些本來已經平靜下來的姑娘們又炸鍋了。誰不是自己娘親的心頭寶？出了這樣的事情，娘親竟然沒讓人來問一聲，也太不尋常了吧？

「不是她們沒派人過來，而是要等會兒才來，我剛才不是說了，高夫人身邊的婆子說是聽見有人密謀，不光是我們家的丫鬟、婆子要讓那婆子篩選一番，各位夫人也都很大義，想將自己身邊的丫鬟、婆子也送過去篩選，我娘自是不願意，正在那裡勸解著呢。」

沈如意顧不上追究沈佳美的意圖，忙先安撫那些姑娘們。「妳們別著急，估計一會兒就會來人了。」

她特意點名高夫人，就是告訴這些人，不是他們沈家要對這些客人沒禮貌，而是高家的人弄出這樁事情，就算惹得賓客不滿意，那也不是沈家的問題。

果然有幾個想開口的人，張張嘴，卻沒說出話來。

沈如意看了沈佳美一眼，並未過多計較，反正過了今日，沈佳美就只是一個知府的女兒，再也不是侯府的姑娘，她就發發善心，不和她計較。

沈雲柔趕忙說道：「妳們這麼多人呢，個個家世不凡，再者，妳們的父親兄長還都在前院呢，真不用太擔心。」

聰明些的人，已經知道這是沈家的後宅私事，自是不會再開口了；不聰明的人，好言安慰幾句就消停了。於是，這群姑娘們，總算是安靜下來了。

快到晚上的時候，正堂那邊才來人，來的還是一群那些夫人們身邊的嬤嬤、丫鬟，並非是沈家的下人。

趙姑娘眼尖，一下子就瞧見自家的人，連忙站起身。「林嬤嬤，怎麼樣了？我娘還好吧？」

「還好，沈侯爺和沈夫人想得周到，請了太醫過來把脈，這才耽誤了時間，前面咱們家老爺過來傳話，說是時候不早了，咱們也該告辭了。」

這話也就明面上說得漂亮，正常情況下，應該在後半下午的時候說的。

沈侯爺可沒有忘記前面的那群男賓，請了黃太醫過來把完脈之後，就連忙去前院安撫男賓了。

至於後院這些事情，全都交給了沈夫人，當然，沈侯爺也不是完全放心，所以，特意在沈夫人身邊安排六個婆子。

這會兒還是在沈家，趙姑娘也不好打聽太多，只轉頭看沈如意。「今兒妳們招待得很周到，多謝了。」

「是我要多謝妳們才是。」沈如意忙擺手。「今兒這事情，是我們疏忽了，才弄成這樣的局面，實在是對不住了。」

寒暄了兩句，趙姑娘就跟著林嬤嬤走人了，走了這一個，後面也就好辦了，大家說起客氣話後紛紛告退。

送走所有人，天已經徹底黑下來了。沈如意一邊擔心著沈夫人，一邊心急火燎地和沈雲柔商量。

「這剩下的事情，就由妳來打理，好不好？」

沈雲柔在王姨娘的教導下，已經懂事了很多，知道正堂那邊肯定是發生了很嚴重的事情，以她現在的年齡和身分，是不好參與進去的。再者，想知道時還可以問王姨娘，沒必要自己去正堂打聽消息。因此她聽了沈如意的話，當即就點頭應了下來。

「大姊妳放心吧，我一定會做好這些事情的，不過今兒天色已晚，收拾完了，我就不過去給母親請安了，妳幫我給母親告個罪好不好？」

「好，妳放心，母親知道妳今兒辛苦了，定是會表揚妳。」沈如意笑著說。說完，看了旁邊的沈佳美一眼，一句話沒說，轉身走人了。

沈佳美頓時感到委屈，拽了拽沈雲柔的衣袖。「二姊，大姊是不是不喜歡我？」

沈雲柔的性子和不踩到底線萬事就只追求平和的沈如意不一樣，沈雲柔在沈如意跟前很和順，那是因為她佩服沈如意，覺得對方很聰明且本事大。

可沈佳美算什麼東西？白眼狼一個，她和大姊都如此給沈佳美機會了，結果沈佳美還是抓住機會就反咬她們姊妹倆一口，良心都被狗吃了。所以，沈雲柔才不會給沈佳美好臉色，揮開她抓著自己衣袖的手，冷哼了一聲。

「我怎麼知道大姊喜不喜歡妳，不過，我不僅不喜歡妳，還特別討厭妳，像妳這種人，就不能給好臉色！」

沈佳美臉色變了變，抽了抽鼻子，立刻泫然欲泣。「二姊……」

「快別這樣，在我跟前做這個樣子，我可不會心疼妳，看著就噁心。」沈雲柔皺眉，不再搭理沈佳美，轉頭吩咐丫鬟、婆子。「將園子裡的東西都收拾了，盤碗、碟子都收到廚房，明兒安排人刷洗。另外，各處的布置也都拿下來，布簾子什麼的，送到漿洗處，果子、點心之類的則收集到一處，妳們做完事情後，一人分一些，怎麼分不用我交代吧？」

「不用不用，二姑娘您放心，咱們以前都做過這種事情，定是會收拾得乾乾淨淨，明兒早上姑娘過來一瞧，這園子裡保證和以前一樣！」婆子笑嘻嘻地說道。

沈雲柔點點頭。「妳好好做，我就先回去了。」

那婆子忙給沈雲柔行禮，等沈雲柔走了，轉身就吆喝道：「快，該做什麼做什麼，天也黑了，一會兒各處院門該上鎖了，咱們先將這上面的東西都給收拾了，至於掃地、抹桌子、抹柱子什麼的，明兒一早過來弄，燈籠也點上。」

各處的丫鬟婆子應了一聲，就趕緊散開去幹活了。誰也沒搭理還站在原地的沈佳美，沈佳美氣得臉都有些發青，沒處發脾氣，抬腳就踹旁邊的柱子，隨後差點兒抱著腳跳起來，掃了一眼周圍，沒人注意她，這才悻悻地瘸著腳走開。

沈如意回到正院的時候，沒進門就聽見沈夫人的聲音。

「你們父女倆是不是早就商量好了，這是拿我當傻子哄是不是？所有的事情你們都安排好了，我就是個提線木偶，到時候只要跟著你們的安排走就行了，是不是？」

半天沒傳出沈侯爺的聲音，沈如意站在門口猶豫了，看這樣子，娘親是正在發火，脾氣還不小呢。平日裡，自家娘親別說是和父親發火了，大聲說一句話都是沒有過的事情。

以前沈夫人和沈侯爺怎麼相處的，沈如意並不清楚。但自從沈侯爺去了莊子上，沈如意就將他們兩個的相處看在眼裡：大事由沈侯爺拿主意，小事還是沈侯爺拿主意。

沈夫人真想有自己的主意，必定要先做些事情討好沈侯爺一番，比如說：給沈侯爺做個衣服，親手下廚做個點心，或者就是……咳，少兒不宜。

就算是沈如意將沈夫人的性子扳過來不少，但《女誡》這些東西，不是說忘就能忘的。沈侯爺是沈夫人頭頂真正的一片天，可現在，沈夫人竟然敢大聲和沈侯爺吵架，怎麼看，這事情都不可能輕鬆就解決了。

要不然，自己還是先撤吧？

讓父親先頂一會兒，等那些火氣發洩出來後，娘親明兒就肯定能恢復了。反正，父親一個大男人家，皮糙肉厚的，說兩句也不會掉肉是不是？

想著，沈如意就悄悄後退了，打算趁著這會兒沒人發現她，迅速地逃離現場。只可惜，時運不濟，她剛退了一步，那邊青棉就從廊下繞出來了。

「咦，大姑娘，您來了？怎麼不進去？」

沈如意正要開口，就聽見裡面沈夫人喝道：「如意，給我進來！」

沈如意一張臉頓時苦成一團，這個時候進去，會不會太不妙了？可是，又不能不進去……正磨蹭著，就見門簾掀開，露出自家娘親一張怒氣沖沖的臉。

迅速地，沈如意那臉就燦爛了。「娘，妳怎麼出來了？外面冷，快進去！」

不等沈夫人說話，她就將人推進門，一瞧見沈侯爺就急忙上前行禮說話。「父親，您也在啊？我之前不是囑咐過您，不要喝酒的嗎？您上了年紀，喝酒對身體不好，喝太多會傷身子的，您喝了多少啊？喝了醒酒湯沒有，要不要我讓人給您煮一碗醒酒湯啊？對了，您看過弟弟了沒有，弟弟今天乖不乖，他吃了幾回奶啊？這會兒睡覺了沒有？」

沈侯爺輕咳了一聲，一本正經地回答。「我今兒沒有喝多少酒，就喝了兩杯，不要緊的，喝少點兒還可以活血健身呢，不用醒酒湯。我之前去看過妳弟弟了，妳弟弟今天很聽話，吃了六回奶，這會兒正睡著呢！時候不早了，妳晚飯吃了沒有？肚子餓不餓，要不要吃點兒宵夜？」

沈夫人冷笑一聲，沈如意趕緊將張開的嘴巴閉上，諂笑著湊到沈夫人身邊給沈夫人捶肩膀。「娘，妳肚子餓不餓？要不要吃宵夜？」

「我肚子不餓，我看見你們兩個我就氣飽了！」沈夫人揮手打開沈如意的胳膊，一臉寒霜地在軟榻上坐下，抬手點沈如意。「妳給我跪下！」

瞧出今兒沈夫人這怒火不是輕易能平息，沈如意這會兒也不敢回嘴，反正自家娘親麼，多跪兩下也沒什麼。於是，她反應十分迅速，撲通一聲就跪下了，那聲音清脆得讓人懷疑地磚是不是被沈如意的膝蓋給砸碎了。

沈侯爺的表情，難得沒有維持住以往的風輕雲淡、萬事不在意，很毀形象地做了個齜牙的動作。

沈夫人也微微往前傾了傾身子，看樣子是想扶著沈如意，但到底是沒伸出手，迅速地又將身子給挺直了，冷笑一聲問道：「知道自己錯了嗎？」

當然必須認錯啊！

沈如意很是乖順。「我知道錯了，娘別生氣，我下次再也不敢了！」

「還有下次？」沈夫人氣得冷笑。「妳幹這一次還不夠，竟然還打算有下次？這次是二房，下次是三房？」

「娘，這次不光是二房，還有三房的分兒。」沈如意趕忙說道。一次解決兩個，完全不用第二次。

她本意是想安慰沈夫人，讓沈夫人不用擔心會有下一次的，但是聽在沈夫人的耳朵裡，這話的意思就多了。

沈夫人氣得直按胸口。「妳要氣死我了！妳長大了，翅膀硬了，做事情都不願意和我商量了！」

沈如意忙道歉。「娘，我錯了，我真的錯了，我下次……不，再也沒有下次了，我以後不管做什麼事情，都會先和娘親商量的，妳別生氣好不好？」

下一刻，沈夫人的眼淚就掉下來了。「妳是要氣死我！妳以前多聽話、多乖巧啊，我說不讓妳做什麼，妳就不會做什麼，現在好了，妳翅膀硬了，敢自己偷偷拿主意，這樣大的事情，我事先竟一點兒都不知情，妳半句話都不和我說。妳有了爹就不要娘親了，想當年，我們母女倆相依為命，妳這麼小一點兒……」

沈如意這會兒是萬分後悔啊，早知道剛才在門外就應該趕緊跑掉，這會兒好了，娘親很久沒發揮她的功力，眼下是火力全開啊，不是一般人能應付得住的。

「娘，妳別哭了，我聽話，以後不管妳說什麼，我都聽行不行？以後這種事情，我再也不自己亂拿主意了，我都和妳說，然後妳拿主意好不好？我和我爹不親，我只和妳親……」

沈侯爺使勁咳了一聲，沈如意頗為哀怨地看他。

這會兒說句謊話騙騙我娘都不行嗎？你看你都不救場……好歹我也是你閨女吧，就這麼乾坐著看我受罪？

「那什麼，如意也不是故意不告訴妳的。妳看妳吧，還是太單純了些，若是早早就告訴妳，事情暴露了，妳當場就要露餡兒的是不是？」沈侯爺開口。

沈夫人立刻轉頭。「你說得好聽，這事情，要不是你暗地裡答應了，如意會有這麼大的膽子嗎？還有，你不僅不阻止，竟然還給她分派人手！你是生怕她將事情鬧得太小是不是？你是生怕別人不知道她是你沈侯爺的女兒，繼承了你的無法無天是不是？你是生怕她嫁出去，非得要將她的名聲毀了是不是？」

沈侯爺伸手摸摸鼻子。「妳看妳，說這什麼話，如意是我親閨女，我怎麼會不想讓她嫁人，怎麼會想毀了她的名聲呢？」

「可你就是那麼做了！」沈夫人怒吼。

沈侯爺縮縮脖子不說話了，沈夫人喋喋不休，一邊哭，一邊說：「我早應該想到的，你們父女兩個湊在一起就沒有什麼好事情，你們兩個一個想主意，一個派人手，氣死我了……」

不過一炷香的事情，沈如意就疲憊不堪了，沈夫人若只是說一說、哭一哭就算了，她就當是沒聽見，左耳進右耳出，完全沒什麼妨礙。關鍵是，沈夫人說兩句，還要問一句，沈如意不得不應對著，還得小心不能說錯話，因為一旦說錯了，就是開啟沈夫人的另外一番教訓，那簡直是苦不堪言了。

沈侯爺也感到疲累，卻不敢走。一來，以前沈夫人和沈如意不在的時候還沒多少感覺，現在身邊多了妻子兒女，忽然變得熱鬧起來了，沈侯爺覺得，自己還是有些享受這樣的熱鬧，所以他不願意在沈夫人不高興的時候再火上澆油一把。

他好不容易哄著這隻兔子往外走了走，若是再將人給嚇回去，還能哄得回來嗎？不過是坐著聽說話，就當自己沒長耳朵好了。

「我不管你們要做什麼，你們做之前，總得先和我打個招呼吧？這樣弄得我措手不及，萬一中間出了什麼岔子怎麼辦？如意，妳眼看要訂親了，名聲壞了的話，誰還敢要妳？這兩年訂不下來，再等兩年就不好找了。你們之前還說，覺得六皇子不錯，可咱們侯府出了這樣的事情，六皇子那邊還能行嗎？

「皇家最是看重臉面了，就算這事情和如意沒有什麼關係，可咱們侯府的名聲卻是壞了，這可怎麼辦？六皇子那邊，侯爺你不如再去打聽打聽？」

沈夫人說著說著，總算是將怒火發得差不多了，發完脾氣就開始想後果了，先是將沈如意給拽起來，然後就看沈侯爺。「還有給各府上送禮的事情，侯爺你覺得怎麼樣？」

沈如意扯了扯沈夫人的衣袖。「娘，後來到底怎麼樣了？我都不在，擔心了這麼大半天，後來發生的事情怎麼樣？」

「太醫把過脈之後，眾人沒事，要麼是韓嬤嬤聽錯了，要麼就是咱們府上真有這樣的事情。宋嬤嬤說咱們府上不能揹這樣的黑鍋，那會兒若是讓大家都回去了，這事情咱們就說不清楚了，以後誰還敢來咱們侯府作客？所以，必得當場解決了才是。」

沈如意在心裡暗暗誇獎宋嬤嬤，果然事情交給她，還是很靠得住。

既然韓嬤嬤在那麼多人面前捅出來，沈家的人若是不出聲將事情說明白，那以後誰敢和沈家有聯繫？怕是來沈家喝一口水都不敢了吧？

所以，這事情必須當場解決。

沈夫人繼續將之後事情的發展一一說來。那時韓嬤嬤也知道這事情到了這一步，是不能沒有個說法的。要麼是沈家的問題，要麼是犧牲一個無關緊要的奴才。若真和沈家沒什麼關係，那她大約踏出侯府就沒命了。

高夫人也知道事情輕重，韓嬤嬤是他們高家的奴才。誰不知道，高家之前和沈家是敵對的？後來，何大人當了首輔，高家沒了前進的路，這才回頭想和沈家緩解關係。今兒這事情不解決，以後沈家對高家肯定是不會留情面的。

這兩家的意思達成一致了，剩下的人既是要當證人，又是想要看熱鬧，就沒人想離開。

沈夫人還特意將自家下人的賣身契給拿出來了。反正都答應了，就不如做得更光明正大一些，讓人挑不出錯來。

沈夫人拿著賣身契點下人出來，然後一個個到韓嬤嬤面前說出密謀的那段對話，讓韓嬤嬤得以聽音辨人。

此乃性命攸關的事情，韓嬤嬤自是不敢怠慢了，也不能胡亂指認。因為今兒這宴會，沈家肯定是安排好人手，誰在哪一處負責什麼事情，都是提前定好的，也就是說，只要沒亂跑，就是有證人的。

若韓嬤嬤指認錯一、兩個，那大家還能當她是太緊張出錯了，可指認錯三個以上，怕是高家就洗刷不了誣衊的罪名。

讓沈夫人鬆一口氣的是，韓嬤嬤還真沒在沈家的下人裡找出那個婆子和丫鬟。

這下子輪到高夫人著急了，韓嬤嬤更是出了一腦門的汗，臉色灰白，不住地給高夫人和沈夫人磕頭。「老奴真聽見了，要不然，老奴也不敢闖進來說這話是不是？老奴發誓，若是老奴有一句謊話，五雷轟頂！讓老奴全家不得好死！」

誓言這種東西，有人特別看重，有人是半分不看重。但是，基本上沒人在發誓的時候扯上自己全家。

高夫人張張嘴，又閉上。若是事情真解決不了，沈家是沒什麼事，可高家就要糟了。和之前的結論差不多，若是沈家做的，那以後沒人敢上沈家的大門了。可若不是沈家做的，以後誰敢請高家上門？

心一橫，高夫人就開口了。「也不一定是在沈家的這些人裡面。」

趙夫人是個暴脾氣的，當即喝道：「高夫人，妳這是什麼意思？難不成是懷疑我們各自帶過來的人？別說是我們有沒有這個膽子，侯府的後廚是誰想去就能去的嗎？妳是在寒磣侯府，還是在拉人墊背？」

眾人當即就吵起來了，有冷嘲熱諷的人，也有幫著高夫人的人。破船還有三斤釘（注），高家雖然沒什麼出路了，但高大人現在還在內閣，指不定什麼時候就能翻身。

高家的勢力也還沒完全沒落下去，再加上姻親關係，高夫人也不是沒有幫手的。

兩邊瞬間就吵起來了，沈夫人忙出面安慰這個、安慰那個，最後很惋惜地告訴高夫人。「真沒有外人能進我們家的廚房，那廚房是在更裡面的院子裡，外面都有婆子守著，若是有外人過去，就會有丫鬟去將人領出來，妳若是不信，咱們就將人叫過來，問問看今兒有沒有人去後廚。過好幾道門，都有人守著，一個人能說錯，總不可能所有的人都說錯是不是？」

眼看陷入了死局，韓嬤嬤一咬牙，使勁朝高夫人磕了個頭。「老奴真的是半句假話都沒有，可如今因著老奴，讓夫人陷入困境，都是老奴的錯，老奴願一死以證清白，還請夫人多多保重！」說完，一躬身，朝著柱子撞過去了。

這屋子裡人多啊，剛才還沒來得及散開，沈夫人喝了一聲，就有七、八個人衝上去拽住了韓嬤嬤，雖然沒跟得上，但到底是緩解了一部分衝勁，韓嬤嬤只撞破了額頭，人連暈都沒暈過去。

眼看快鬧出人命，那些反對的人家也有些不大好意思開口了。雖說一個奴才死了就死了，但朝廷律例可是光明正大地寫著，簽了死契的奴才，也不能無緣無故地處死。

人命就是人命，不管是不是奴才，誰都不能眼睜睜瞧著一個人沒了。而且，不就是說兩句話給韓嬤嬤聽嗎？真死槓到底不願意說，那才是惹人懷疑呢。

侯府的後廚管理還挺嚴的。三道門，每一道門都有兩個婆子守著，任何人出入都是記著的。

韓嬤嬤聽了半天，眼看著人一個個減少，她還是沒找出來，臉上的神情就有些麻木，眼神更絕望。

正在這時，宋嬤嬤忽然提起一句。「海棠園那邊……」

沒說完，沈二夫人就怒了。「妳這個奴才是什麼意思？難不成是覺得我娘家會千里迢迢地過來給誰下毒不成！」

另外一個守著門的婆子忽然說道：「夫人，老奴想起來了，今兒確實是沒外人進廚房，可海棠園那邊……」

不算外人，也不算是自己人，所以剛才讓侯府所有的婆子、丫鬟們出來說話的時候，海棠園那邊就被遺忘了。

注：破船還有三斤釘，比喻有錢人家敗落後，還有一定家底。也比喻有權勢的人失勢後，還有一定的影響。

別人的丫鬟婆子都檢查過了，沈二夫人這會兒也不敢說不檢查海棠園的人。

沈如意只聽沈夫人說，也能想像到當時的場面。

沈二夫人是早有計劃，而沈如意是跟在沈二夫人後面行動的。她知道沈二夫人去買藥，還買通了廚房的某人，甚至知道動手的時機，要不然，她也不會在沈二夫人讓人動手之後，自己將局面給反轉過來。

韓嬤嬤是一枚棋子，這枚棋子的作用，就是將沈二夫人給釣出來。

沈二夫人很是小心謹慎，不管是收買廚娘還是買藥，用的都是外面的人。春花她們好不容易查出那執行下毒任務的小丫鬟，待小丫鬟和那嬤嬤接觸過後，沈如意就將人給扣押起來。只等今兒過了，將人送到老夫人面前了。

「那人果然是海棠園的，一個是二夫人嫡親大嫂身邊的管事嬤嬤，至於那丫鬟，卻是沒發現。」沈夫人嘆口氣。「那婆子死不承認是自己，但韓嬤嬤就認準了她，還特意說明自己當時走的是哪條路，讓咱們自己問那守門的婆子，可曾見過二夫人大嫂身邊的這個嬤嬤。」

自沈如意開始管家，侯府的每個門都是有婆子守著，而那條路是在後院，不管是誰走過都會有人知道。

這麼一對質，二夫人的娘家大嫂就有些說不清了。

老夫人當場就氣得暈過去了，沈二夫人哭喊著說自己是冤枉的，只是有多少人相信她，這就說不準了。

見事態明朗，路太妃率先起身，叫了身邊的婆子、丫鬟向侯府告辭，有人起頭，剩下的人也都趕緊告辭。大家都是聰明人，事情鬧到這一步，這肯定是侯府自家的事情，即使二夫人不是主謀，這事情也和二房脫不了關係。

她們之前留在這裡圍觀，那是有由頭的，這會兒還不離開，就太不識趣了。侯府的笑話，是妳想看多久就能看多久的嗎？結果看不到，回頭自己打聽打聽不就行了嗎？

雖然整件事情裡面，有很多不清不楚的地方，比如說：韓嬤嬤的話到底可不可信，若是可信，為什麼餃子裡沒有毒藥？若是不可信，為什麼就真能找到這麼一個婆子，時間還正好能對得上？

可她們也都不是大理寺或刑部的官員，只能猜測一些，胡亂八卦一番，倒是沒人想到這是沈家自己弄出來的事情，畢竟，韓嬤嬤可是高家的人，以前沈家和高家關係並不是很親近，甚至高家還曾經和沈家作對過，高家的嬤嬤怎麼可能會幫著沈家的人？

這事情八成是湊巧，高家的嬤嬤是性子太急了些，又忠心護主，才湊巧揭露了這裡面的事情。

「然後呢？人都走了，事情要怎麼解決？那個婆子還有二嬸娘，要怎麼辦？」沈如意瞪大了眼睛問道。

沈夫人揉揉額頭。「妳祖母暈過去了，這事情就暫且放下。至於那個婆子，我讓人先關起來了，這事情不著急，明兒等老夫人醒過來了再說。至於海棠園那邊的人……」

沈如意眨眨眼，沈夫人嘆口氣。「還能怎麼辦？這會兒沒有確實的證據，他們自己也不敢走，就只能先放著。如意，妳說說，這次的事情，妳到底是怎麼弄的，又插手了多少？」

「也沒多少，不過是讓人打聽二嬸娘的動靜，換掉了二嬸娘買回來的藥，並請春花將二嬸娘在外面的人給查出來，然後借了父親的人手，將那個丫鬟給看管起來。後來不是沒找到那個丫鬟嗎？就是我讓人給抓起來了。」沈如意笑著說，聽了這個結果，即使再被沈夫人訓上一個時辰也是值得的。

「那丫鬟是咱們府上的？」沈夫人皺眉問道。

沈如意搖搖頭。「咱們府上的丫鬟、婆子，今兒不是讓韓嬤嬤全部見過了嗎？二嬸娘不知道從哪兒找到那丫鬟，長得和王姨娘身邊的小雀兒有幾分像，只要打扮起來，乍看還以為是一個人呢。

「二嬸娘之前找了王姨娘幫忙，想要王姨娘在壽宴當日將小雀兒給藏起來，不過，王姨娘早就告訴我了，於是我讓王姨娘按照二嬸娘說的去辦，然後等二嬸娘找來的那個丫鬟露面的時候，趕緊將人抓住了。」

雖說有些亂，但沈夫人還是聽懂了。「王姨娘幫忙了？」

沈如意點點頭，笑咪咪地看沈侯爺。「父親，這次也多虧了王姨娘幫忙，你可得給王姨娘一些獎勵才是。」

沈夫人的腦袋還是有些轉不過彎。「那二弟妹找個和王姨娘的丫鬟長得一樣的人做什麼？」

「到時候這戲就要唱大了。娘，妳一出事，父親必定是要查的，有這麼個丫鬟，父親說不定要冤枉一番王姨娘，之後釐清，父親不得給補償嗎？」

沈夫人仍是不解地搖搖頭。「那長得一樣的丫鬟，到底有什麼用？」

「到時候找證人的時候，那些人肯定要指證王姨娘吧，可這兩個丫鬟的身高和聲音不同，就成了脫身的辦法。」沈如意眨眨眼，又說了一遍。

沈夫人還是有些迷茫，不是她不聰明，而是她腦筋真的有些轉不過彎來。

沈侯爺輕咳了一聲表明了自己的存在。「如意的意思是，二夫人要製造一個不存在的凶手出來。若是由這府裡的人動手，做了就有痕跡，可要是府外的人，就算有痕跡，咱們也對不上。比如說，申時的時候，那凶手正在下藥，廚房有好幾個人看見了，那樣子和小雀兒一模一樣，可同時小雀兒是在王姨娘身邊伺候著，王姨娘院子裡的人也能證明，這樣一來，線索斷了，就查不下去。」

沈夫人這才恍然大悟。「而王姨娘之所以願意幫忙，就是用這個機會讓自己出頭？」

沈如意忙點頭，沒好處誰願意跟妳合作？

二夫人自以為她許給王姨娘天大的好處，若是王姨娘配合得好，指不定等沈夫人死了，她就能妾室扶正。或者，當個隱形的夫人也可以，可她沒想到，王姨娘看得太清楚，也將沈侯爺的脾氣摸得太準，完全沒有被誘惑到，轉身就將她賣給了沈如意。

沈如意順藤摸瓜，將二夫人的行動徹底掌握在手裡，還順便將計就計，反將一軍。可以說，這次若是沒有王姨娘的幫忙，沈如意的行動不會這麼順利，說不定，還要讓沈夫人以身涉險，這是沈如意最不願意看到也最不可能同意的事。

「那咱們可真的要好好謝謝王姨娘了。」沈夫人忙說道，伸手推了推沈侯爺。「你說，咱們將家產再多分給王姨娘一成好不好？」

沈侯爺挑眉。「只分家產？」

沈夫人瞪大了眼睛。「要不然呢？總不能連府邸都分了吧？說起來，府邸也是侯府的一部分，要分了也行，等二房和三房搬走了，就將那邊劃給王姨娘，你覺得如何？」

沈侯爺摸摸下巴，這是裝傻還是真傻？不過，分家產是最好了。他本來就不是很在乎美色，如今膝下也有兩子兩女了，以後不去王姨娘那裡，也還說得過去。

而且，這樣一來，侯府也能平和一些。王姨娘畢竟管了十多年的長房，若是以後還得寵，就算王姨娘自己不出頭，也有人想要替她出頭了。

反正家產麼，自己多得是，夠吃夠喝就行，沒必要一直攢著。

於是，沈侯爺笑著點頭。「就按妳說的辦，回頭妳自己找王姨娘商量一下這件事情。時候不早了，如意，妳是不是該回去睡了？」

沈如意眼睛瞪得再大，沈侯爺都只笑著看她，她只好回去睡覺，同時在心裡嘟囔：反正，今兒不讓自己知道，總有一天自己會知道的。

# 第三十章

翌日，為了看這齣好戲的發展，一大早，沈如意就慌慌張張地起床，她趕到的時候，沈侯爺正坐在軟榻上發呆，說好聽點兒，沈侯爺正在思考人生，而沈夫人才剛起。至於沈鳴鶴吃過奶後，被奶娘和丫鬟們逗得咯咯笑。

沈如意過去行禮。「父親，今兒不用上朝？」

「請假了。」沈侯爺簡單乾脆地說道，斜睨了沈如意一眼。「妳以為，妳的打算真無遺漏？我若是不留在這兒，就算二房翻不了身，老夫人那邊，妳連她的根基都撼動不了。」

既然事情已經走到這一步，那就徹底解決算了，反正老夫人是死都不會跟長房和睦相處了，說不定，已經將長房的人恨得想要扒皮抽筋了，留著，指不定以後還要鬧出什麼。

「真的？謝謝父親，我就知道，您對我和娘最好了。」沈如意驚喜地說道。有沈侯爺在，這把握就更大了幾分。

對於沈如意的誇獎，沈侯爺只是冷哼了一聲，不接話。

沈如意也不在意，轉身就去抱沈鳴鶴，手指在那軟乎乎的臉頰上輕輕點了點，看到可愛的弟弟，就覺得所有的陰霾都消失了，世界如此美好。

「弟弟，想我了沒有啊？昨天有沒有睡好啊？」

沈鳴鶴瞪著眼睛看她，認出是常常來和自己玩耍的姊姊，白嫩嫩的小手伸出來，抓住沈如意的手指，咧著小嘴笑，亮晶晶的口水順著嘴角流下來，沈如意忙拽了他脖子下面繫著的布巾給他擦乾淨。

沈鳴鶴這會兒已經玩了大半天，睜著大眼睛看了一會兒，就忍不住張著小嘴打了呵欠，沈如意趕忙讓沈侯爺看。

「父親，快看，這個樣子多可愛啊。」

沈侯爺看了看，唇角上挑的弧度又加大了幾分，也忍不住伸手點了點沈鳴鶴的臉頰。

沈鳴鶴疑惑地側頭看他，似乎對沈侯爺眼生，於是，很乾脆地閉眼睡覺。

沈如意也不敢亂晃他，小孩子被晃習慣了，睡覺不抱著就睡不安穩。

剛將孩子放到內室蓋好小被子，王姨娘就帶著一雙兒女過來請安了。

眾人各自行過禮，沈雲柔就笑嘻嘻地上前抱著沈如意的胳膊。「大姊，等會兒去給祖母請安，我也去吧？」

王姨娘是肯定能打聽到昨天發生的事情經過，再者，之前她向沈如意投誠的時候，也早知道會有這麼一天。但是她沒想到，沈如意會選在昨天動手。

既然王姨娘知情，沈雲柔肯定也知道，於是，今兒就想跟過去看戲。可這事情王姨娘無從置喙，沈夫人又最是聽沈如意的，沈雲柔這個聰明人，一下子就找到了關鍵。

沈如意有些猶豫，沈雲柔忙抱著她胳膊晃了兩下。「大姊，我真的想去，我保證到時候一句話都不說，不，一個字都不說！我也不會被嚇到的，以後說不定還會遇上更亂的事情呢，這次就當是汲取經驗了？大姊，讓我去嘛，不讓我自己去看看，回頭我好奇了，還得讓人去打聽……」

沈如意挑眉。「正好鍛鍊一下妳的那些丫鬟們。」

「大姊，求妳了……」沈雲柔就當沒聽見之前那句話，只磨著沈如意要去。

沈明修眼珠子骨碌碌地轉，一會兒看看沈如意，一會兒看看沈雲柔，本來想過去湊湊熱鬧的，但是一瞧見坐在一邊的沈侯爺，那勇氣立刻就洩了。

「好了好了，讓妳去。」沈如意被纏得沒辦法，只好答應，就如同沈雲柔說的，以後指不定還會遇上更大的事情，這次讓她開開眼，以後才能更好地處理這一類的事情。

至於二房他們會不會在晚輩面前丟臉，沈如意表示，他們既然敢做出這樣的事情來，就不怕丟臉。

看二姊喜笑顏開，沈明修總算是鼓足了勇氣，一邊偷瞄沈侯爺的臉色，一邊湊到沈如意身邊，軟軟糯糯地開口。「明修也想去。大姊也帶明修過去好不好？」

「你和明瑞他們，關係好不好？」沈如意想了想，蹲下身子問道。

沈明修猶豫了一下。「大堂哥很照顧我。」

府裡的先生只有兩個，一個是啟蒙的，一個是教學的。沈明修要啟蒙的時候，沈明瑞已經開始正經地上學了。沈明修明年才算是啟蒙完畢，要開始正式上學，可今年，指不定沈明瑞一家子就要搬走了。

「大堂哥很丟臉的時候，必定是不願意別人看見的，這樣一來，有損他的男子漢形象對不對？就像你有時候尿床了，不會想讓別人知道吧！」沈如意笑著問道。

沈明修趕緊搖頭，臉色通紅。「大姊，我五歲就不尿床了！」

「嗯，對，明修是個好孩子，五歲就不尿床了。」沈如意揉揉他的腦袋表示讚揚。「既然大堂哥對你很好，他不想別人看見他丟臉，你還會堅持去看他丟臉的情形嗎？」

沈明修是好孩子，猶豫了一下就搖頭。「那我就不去了。」

「乖，我們明修最善良了。」沈如意笑咪咪地說道。

二夫人雖然心狠手辣，但她的兒子們尚未學到那些手段。誰也說不準，那兄弟兩個長大了會是什麼秉性。

若是教得好，以後也說不準能和明修他們相守相助。可今兒這事情，真不是什麼好事，有這樣的母親，還要被攤在陽光下宣布罪名，今兒誰在場，以後明瑞兄妹就在誰的跟前抬不起頭。

心裡梗著一根刺，以後還能好好相處嗎？就算現在年紀小，明瑞他們自己都說不清這種心思，可人總有長大的一天，等成年了，忽然想起來：哎呀，那天給我娘定罪的時候，你沈明修就在一旁看熱鬧！

即使知道是自己的娘親咎由自取，心裡也會不舒服的。

小孩子家的，不知道這裡面的彎彎繞繞，大人則是都明白的。王姨娘當即就感激地對沈如意笑了笑。

沈如意擺擺手，又笑著說道：「明修昨日玩了一天，今兒是不是要將功課給補上？」

沈明修頓時苦了臉。

沈如意繼續說：「你今兒若是將功課補上了呢，那下次我出門，就帶你一起好不好？」

沈明修眼睛立刻就亮了。「真的？大姊下次要帶我出去玩耍？」

「真的！大姊向來說話算數，不信你問你二姊。」沈如意使勁點頭。

沈雲柔笑嘻嘻地跟著點頭。「是啊，大姊說話最是算數了，下次咱們要去莊子上玩耍，是吧，大姊？」說著，她還擠眉弄眼的。

對於沈雲柔這種無傷大雅的小心思，沈如意是一向不在意的，只挑了挑眉，就算是應下了。「嗯，咱們趁還沒天寒地凍前，再去莊子上玩一天。」

沈明修握拳，一臉激動。「好，大姊放心，我今兒一定會將功課給補上的！」

說話間，沈夫人就收拾妥當出來了，見一屋子人都在，臉色立刻發紅，很是有些尷尬。她以前都很早起，要送沈侯爺上朝，要等王姨娘過來請安，然後再去向老夫人請安。

可昨天……想著，沈夫人的臉色就更紅了。

「讓你們久等了。」

沈侯爺輕咳了一聲。「無妨，我已經讓人去請了太醫過來，一會兒就去長春園那邊替娘親把脈。咱們趕緊用膳，用了早膳就能過去了。」
沈夫人忙應了一聲，門外的陳嬤嬤立即讓人將早膳給擺上來。
沈夫人很不習慣王姨娘站在後面伺候，但王姨娘又不能和他們同桌，以往，都是王姨娘請過安就回自己的院子去，今兒卻不行了，因為等會兒去長春園，王姨娘也是個關鍵證人，他們得一起過去才行。
不等沈夫人說話，沈侯爺就率先說道：「給王姨娘在外面擺早膳。」
陳嬤嬤立即應了一聲，王姨娘蹲身行禮，跟著陳嬤嬤出去用膳。
自過年的時候，沈侯爺和沈夫人上門拜訪過一次黃太醫，老夫人的身子一有問題，侯府就會請黃太醫來，這次也不例外，大約是昨晚的事情已經傳到了宮裡，黃太醫都沒去太醫院，直接在自家等侯府的人上門。
侯府的下人依照沈侯爺的吩咐，將黃太醫請到長春園。
仔仔細細地替老夫人把過脈後，黃太醫搖搖頭。「並無大礙，只是有些急火攻心，昨兒休息了一晚上，已經有些緩過來了。只是，老夫人上了年紀，之前又傷了身子，所以，不能再大喜大怒。」
「那我娘怎麼這會兒還沒醒？」沈侯爺皺眉問道。
黃太醫輕咳了一聲，伸手摸了摸鬍子。「要不然，我替老夫人扎兩針？」

「不會有什麼妨礙吧？」沈侯爺有些遲疑。
黃太醫搖頭。「侯爺放心吧，定是不會有什麼妨礙的，且老夫人年紀大了，總是這麼昏睡著也不行，早些醒過來才是好事。」
既然是為老夫人好，那必須要扎針啊！
沈侯爺這一同意，黃太醫下手飛快，一根銀針跟飛起似的，還沒怎麼看清呢，黃太醫就已經將銀針給收起來了。
再看床上的老夫人已轉醒，此時，她正瞪大著眼睛一臉的怒氣。
沈侯爺看了老夫人一眼。那眼神也說不出是帶著什麼意思，卻讓老夫人身子一僵，已經張開的嘴巴又合上了。
「有勞黃太醫了。」沈侯爺點點頭，親自送了黃太醫出門。一轉頭回來就見沈二老爺和沈三老爺正小心翼翼地站在門口，沈侯爺今兒沒去上朝，這兩位也沒能出門。
拖了一張椅子，沈侯爺坐在床邊，看著老夫人，開門見山說：「娘，妳也別想辦法拖時間了，事情既然已經鬧到了這個地步，該知道的都知道了，不該知道的也都知道了，這京城多少高門大戶，眼睛就盯著咱們家等後續呢，我若是不儘早處理了這事情，以後誰都當我侯府是軟柿子，想捏就能捏一把。」
「你夠狼心狗肺，那可是你親弟弟！」老夫人眼睛赤紅，怒吼道：「你只顧著你沈侯爺的面子，你弟弟的生死就不顧了嗎？這事情不處理，別人可能會說你是軟柿子，但處理了，你弟弟一輩子就完了！」

說著，老夫人又軟了聲音。「再說，你就是不處理，也不一定會有人將你當軟柿子啊，說不定外面的人還要說你顧及親情，重視兄弟呢！老大啊，老二他平日裡雖然有些小毛病，可血濃於水啊，他和你一母同胞，和你一樣身體裡流著你父親的血啊，你就看在你死去的父親分上饒過他這一次了？」

旁邊的沈二老爺也紅了眼圈，哽咽地喊道：「娘……」這一聲喊得千迴百轉。

喊完，沈二老爺撲通一聲給沈侯爺跪下了。「大哥，昨兒的事情，我實在是沒臉再面對你，我也不求大哥會原諒我，只是，明瑞他們年紀還小，我實在是……」說著就痛哭了起來。

沈三老爺也很是不忍心，看看老夫人和跪在地上哭得唏哩嘩啦的二哥，再看看寒著一張臉的沈侯爺，他咬咬牙，也跟著撲通一聲跪下來了。「大哥，你就饒了二哥吧，這事情，也不是二哥做的，他是不知情，要不然，也不會讓二嫂的娘家人做出這樣的事情來。我和二哥都是侯府的人，我們怎麼可能會做出這樣的事情？咱們兄弟從小一起長大，二哥的性子您還不知道嗎？他怎麼有膽子做出那樣的事情來，您說對不對？」

若說這三個沒事先商量一番，那沈侯爺是絕對不相信的，先硬後軟，老套了。

沈侯爺挑眉。「我什麼時候說過要處置二弟了？這事情是二夫人做的……」

「和老二家的有什麼關係？」老夫人當即打斷沈侯爺的話。「老二家的也不知情，事情都是老二家的那個大嫂做的！」

「她一個外人，為什麼會插手侯府的事情？」沈侯爺似笑非笑。

老夫人估計是想了一晚上，這會兒開口是半點兒沒停頓。「她有個女兒，想要說給明瑞，又覺得明瑞的身分太低了，所以想要將明瑞過繼到你名下，然後繼承咱們侯府的爵位，就是這樣！」

沈侯爺拍拍手。「這真是個好主意，只是，娘一個人說了不算，二夫人的娘家大嫂到底是怎麼想的，咱們不如親自問問？」

老夫人橫眉豎目。「你是不相信我？」

沈侯爺搖頭。「我自是相信娘親的，只是，從昨兒事發到現在，娘親都沒來得及和二夫人的娘家大嫂見面，娘親怎麼知道二夫人的娘家大嫂是怎麼打算的？還是說，娘在昨天事發之前，就已經知道二夫人娘家大嫂的打算？」

「我不知道。」老夫人迅速反駁，對上沈侯爺的眼神，一張老臉頓時又青又紅。

沈侯爺嗤笑了一聲，低頭看跪在自己面前的沈二老爺和沈三老爺。「你們兩個也起來吧，昨兒的事情，我是定要查個水落石出，要不然，往後誰都能在我這侯府下毒，我這日子也別想過得安心了，與其在這府裡被人天天惦記著性命，還不如趁早搬出去，給你們騰個地方。」

「大哥言重了，您不能搬出去，這侯府是您的，您才是侯爺，怎麼能搬出去呢？」沈二老爺臉色發白地說道，順著沈侯爺的力道站起身，又順帶將旁邊的沈三老爺也給拽起來。

事已至此，兄弟三人出了老夫人的臥室，就見沈夫人坐在左邊，其後是王姨娘，旁邊是沈如意和沈雲柔。右邊正對著沈夫人坐著的是沈二夫人，以及快要將自己縮成一團的沈三夫人。

沈佳美今兒沒來，大概沈二夫人也知道自己今兒是討不了好，所以沒敢將沈佳美帶過來。但是，沈明瑞她是帶過來了。真到了關鍵時候，沈家的人得知道，自己還有一個兒子呢。

看沈侯爺兄弟三個出來，坐著的人立刻都起來行禮。

沈侯爺擺擺手，直接吩咐道：「去請二夫人的娘家大嫂過來。」

看了沈二夫人一眼，沈侯爺又轉頭看沈夫人。「昨兒抓住的人，也都讓人帶過來吧，還有那一包藥粉。」

沈二夫人的臉色更白了，一絲血色都沒有，手裡抓著帕子，手背上的青筋都跳起來了。

她原本想不明白，應該是天衣無縫的計劃，怎麼就會出了紕漏，定然是王姨娘這賤人出賣了自己！

不過是個嫡女的名額，就徹底將她收買了嗎？她怎麼就不想想，盧婉心若是真的大方，怎麼沒有將沈明修記成嫡子？一個女孩子而已，能對盧婉心造成什麼影響？

外面的人知道了，都只說盧婉心夠賢慧，不過是一份嫁妝錢，就能替自己的子女拉攏到一個好幫手。盧婉心打的是好算盤，王姨娘原先也不蠢，怎麼就上了盧婉心的當？活該！真是活該！等她以後被盧婉心收拾的時候，她就該後悔今天的選擇，她活該被盧婉心一點一點地給磨沒了！現在是她的兒女，以後就是她王姨娘的性命了！

只是，自己應該怎麼脫身？那韓嬤嬤雖然指認出了喬嬤嬤，但誰有證據說那喬嬤嬤是自己指使的？昨天說是喬嬤嬤下毒了，可誰中毒了？那毒藥，誰有證據證明是自己給那丫鬟的？

二夫人臉色又逐漸多了一些血色，只要自己不承認，沒有證據，說什麼都白搭。死槓著不承認，才能保住自己。至於大嫂……喬嬤嬤是她帶過來的，大嫂就是受些責難也不要緊的，畢竟大嫂不是沈家的人，大不了就是賠禮道歉，回去之後到佛堂住一段時間，給沈家一個交代就算完了。

大嫂不過是一個外人……或者，自己可以補償一下大嫂，等這次的事情過了，就為明瑞訂下婚事。只要大嫂能將這次的事情給糊弄過去……

可從昨天到現在，自己都沒能見上大嫂，要如何將這些話告訴大嫂呢？這會兒派人過去，能不能和大嫂說上話？等會兒給大嫂使幾個眼色，大嫂能看明白嗎？

此時沈二夫人心亂如麻，一會兒想想這個，一會兒想想那個，連沈侯爺說什麼都沒聽清楚。等上面的老夫人使勁咳嗽了兩聲，她這才回神，看著半躺在軟榻上的老夫人，二夫人還有些回不過神。

兒好。

「老夫人，您怎麼出來了？」

但她隨即就想到老夫人出來，那必然是站在自己這邊的。若是老夫人不幫著自己，自己就將之前老夫人和自己的交易說出來，反正她是有證據的，自己不得好，老夫人更是沒半點兒好。

沈二夫人當即就露出一點笑容。「老夫人，您也不相信這事情和我們二房有關係的是不是？這都是栽贓陷害，我和二老爺平日裡對您這麼孝順，我們怎麼會做出這樣的事情來！「我們侯府現在還沒分家呢，侯府的名聲壞了，對我們二房也沒什麼好處，我們怎會做出這種壞自己根基的事情來。」二夫人急切地說道。

老夫人敷衍地點點頭。「妳放心，只要你們沒做，這事情就和你們沒關係。」

得想個辦法，將老二家手裡的那東西拿回來才是。看老大那個白眼狼的樣子，這次的事情是不會善了。二房怕是保不住了，既然二房不行了，這事情就不能牽扯到自己身上，只有自己活著，三房才能更好。

那東西怎麼拿回來呢？昨兒晚上，全侯府都戒嚴了，她也不能派人去將老二家手裡的東西偷出來，到了這會兒，就有些抓瞎（注一）。

沈三夫人看看老夫人，又看看沈二夫人，心裡有些猶豫。若是以前，自己鐵定是只能站在老夫人這邊，不管是感情還是利益，自己和老夫人才是一條線上的。

可是，如果這次，連老夫人都倒下了呢？那自己這會兒去巴結長房，還來不來得及？老夫人的私房錢雖然也不少，可是沒了侯府的庇佑，自己的相公不過是個五品官，在京城這種地方就跟大海裡的一朵浪花一樣。

最重要的是，老夫人若是被侯爺給收拾了，就再也不能纏著自己的父親了，那自己就再也不用擔驚受怕，生怕這事情被人察覺出來。

以父親的年紀，現在若是再續弦，還是能為自己添一個弟弟吧！沒了這事情，侯爺也不會壓著父親，讓他升不了官，若是娘家站起來，她以後也不用費盡心思去討好老夫人，巴望著老夫人幫她鎮著後院了。

老夫人對她再怎麼好，到底是和三老爺更親。可若是自己的父親能仕途順遂，那自己才是真正能挺直腰板和三老爺對抗了。三老爺到時候可就是要看自己的臉色，而不是自己費盡心思去討好三老爺了。

她年紀大了，沒色沒財，總有一天老夫人會過世，若是她娘家能壓住沈三老爺，那不管她多大年紀，這後院就沒人能越過她。

可不幫著老夫人，老夫人的那些私房錢……再者，百足之蟲，死而不僵（注二），沈侯爺又不能要了老夫人的性命，過了今天，老夫人若是願意，還是能掌控三房。自己在侯府沒什麼根基，都是藉著老夫人的勢力才站穩，若是老夫人對自己沒了支持，那這侯府，她也站不住吧？

注一：抓瞎，比喻做事漫無條理或毫無頭緒。

注二：百足之蟲，死而不僵，比喻人、事雖然衰亡敗落，但尚能維持興旺繁榮的假象。

還有，三老爺對老夫人的感情深厚，自己今兒若是背叛了老夫人，三老爺那裡要如何交代？夫妻之間，若是半點兒感情都沒有，只有利益，那也實在是太悲哀了。

三夫人低著頭，手指在帕子上劃拉著，心裡實在是衡量不清哪一邊的分量更重些。她去偷看沈三老爺的臉色，見他也是低著頭，一點兒表情都沒有，她什麼也沒看出來，實在是心煩意亂。

屋子裡的人各自盤算自己心思的時候，沈二夫人的娘家大嫂已經被請過來了。沈侯爺沒出聲，沈夫人笑著和她打招呼。「陸夫人，昨兒休息得可好？」

陸夫人眼睛下面一片青黑，臉色也有些憔悴，定然是一晚上沒睡好，只是這會兒，還是得笑著點頭。「多謝沈夫人關心。沈夫人今兒叫我過來，是為了昨天的事情吧？我也不瞞著沈夫人，喬嬤嬤雖然是我身邊的管事嬤嬤，但並非是我的陪嫁，而是我嫁到陸家之後，陸家安排的管事嬤嬤。」

這話就一個意思——喬嬤嬤是陸老夫人的人。能讓陸夫人不能動的嬤嬤，也就只能是陸老夫人身邊的人。

沈二夫人的臉色那叫一個難看，陸夫人話音剛落，她就喊出來了。「大嫂，妳什麼意思！」

她完全沒想到，陸夫人竟然一進門就先說這樣的話。在她看來，陸夫人應該是先想辦法為她開脫才行。自己可是侯府的兒媳呢，陸夫人以前多巴結自己、多討好自己，自己也對她多有提攜，現在她竟然落井下石！

陸夫人看了沈二夫人一眼，輕哼了一聲。真以為她是傻子嗎？她是陸家的兒媳，可也是曹家的女兒。若是這次的事情，她替小姑子擔了罪名，那以後曹家的姑娘還嫁得出去嗎？

再說，她擔了罪名，自然也得接受侯府的懲罰。侯府是什麼樣的人家？會輕易放過她嗎？整個京城的人可都看著呢。她若是真認罪了，回去之後，不是病逝就是去佛堂，要不然就是被休。

不管陸家會給予自己什麼樣的承諾，自己死了，陸老大定然是要續弦的，而她的兩個兒女們，可就要在繼母手下討生活了。陸家就算有承諾在先，到時候會全心全意護著她的兒女嗎？

去佛堂就更不用說了，自己擔了這樣的罪名，以後孩子們的親事怎麼辦？為了一個小姑子，就將自己的兒女娘家扔到一邊，真以為她是傻子嗎？現在她不認這事情，頂多是惹惱了老夫人，可老夫人能活多久？

自己一個嫡妻，就算是被老夫人刁難了，又能難到什麼地方？真以為自己娘家沒人嗎？

昨兒她想了一晚上，小姑子之前做下這樣的事情，根本就沒有和她商量，喬嬤嬤之前要跟著來京城，她還以為是婆婆想念小姑子了，有什麼私密話要說，結果倒好，她們母女竟是要做出這樣的大事來！事先竟然一點消息都沒有向她透露，她們不將自己當成陸家的人，憑什麼要自己來承擔後果？

做得差了她們要埋怨，做得好了她們也不見得會滿意。為了這麼一對母女，自己竟是要對上沈侯爺，難不成自己在她們心裡，就是個傻子？

冷笑了一聲，陸夫人繼續說道：「喬嬤嬤自從到了京城，有什麼事情就沒再和我說過，都是找我們家的姑奶奶，這事情，不光是我身邊的人能證明，連二夫人院子裡的人，也是能證明的。她恨不得一天三頓，連飯都在姑奶奶的院子裡用，我這幾天見她的次數屈指可數，喬嬤嬤不管做了什麼事情，都和我沒什麼關係。」

喬嬤嬤頓時號哭開了。「夫人，您不能這麼說啊！夫人，奴婢可是伺候了您這麼些年，您不能就這樣扔下奴婢啊！」

喬嬤嬤是孤注一擲了，無論這事情栽到誰的頭上，她這個奴才都沒活路了。既然她活不了，就得為家人留一條路。

她的家人都被掌握在陸老夫人的手裡，若是自己保下了姑奶奶，那陸老夫人怎麼也得對自己的家人好一些吧？不說賞賜，就是讓他們好好活著就行啊。

喬嬤嬤一路哭一路爬到陸夫人跟前，伸手要抱陸夫人的腿，陸夫人厭惡地皺眉，她身後的另外一個嬤嬤迅速上前將喬嬤嬤給踹開。

「妳個老不死的，滾開！夫人也是妳能碰的？妳不是天天鼻子長在腦袋上，恨不得用鼻孔看天的嗎？妳不是說夫人也要看妳的臉色過活嗎？有本事，妳別來求夫人啊，自作自受，死了活該！」

「侯爺，夫人。」陸夫人不看喬嬤嬤，直接轉身面向沈侯爺和沈夫人。「你們也許不會相信我的話，不過我有辦法證明我沒說假話。喬嬤嬤一家祖孫三代共有十四口人，全部的賣身契都在我們家老夫人手上，侯爺這會兒只要派人去將那些賣身契和人都帶過來，這個婆子就會說實話了。」

喬嬤嬤那臉色啊，就跟開了染坊一樣。

沈二夫人迅速出頭。「大嫂，妳怎麼能說這樣的話！咱們陸家的臉，都被妳丟完了！」

陸夫人冷笑一聲。「我就是丟了陸家的臉，也比妳丟了陸家全家人的性命強！」

若是昨兒的宴會上，真讓這個小姑子得手了，就算只死了一個沈夫人，沈侯爺這脾性，也定是會讓整個陸家為沈夫人陪葬的。

這個小姑子，總是覺得自己是天底下最聰明的人，她想算計誰就能算計誰，從來不將別人放在眼裡。她也不想想，這世上的事情，只要發生了總是有痕跡的。雁過留痕，就算是一、兩天發現不了，那三、五年呢？

更何況，老天爺不是沒長眼的。善惡有報，不是不報，是時候未到。

「妳胡說什麼！」二夫人急了眼。

陸夫人也不搭理她，轉頭繼續說自己的。「喬嬤嬤這段時間見我的次數都是有數的，她說的話我也全部記得，我身邊的丫鬟們都能證明。當然，你們也許不相信，我身邊的人自然是按照我的意思來說的。但我問心無愧，不管你們想知道什麼，我知無不言。」

沈夫人點點頭，轉頭看沈侯爺，沈侯爺還沒來得及說話，就聽老夫人說道：「好一張利嘴，說得可真好聽，只是這大話誰不會說？不過是看誰說得更好聽一些罷了。妳說這嬤嬤和妳沒關係，那她怎麼會和妳一起出現在沈家？她是經常留在老二的院子裡，但誰能證明她不是奉了妳的命令去和老二家的商量事情去了？」

冷笑一聲，老夫人接著說道：「老二家的一向是孝順懂事，在我們沈家這麼些年都沒做過什麼錯事，怎麼妳一來，老二家的就出了這樣的紕漏？當年我們沈家去陸家求娶的時候，可是打聽過陸家姑娘的名聲，你們陸家的姑娘，難不成都是這樣的陰險小人？」

陸夫人臉色頓時變了，她想護著自己娘家姑娘的名聲，可也不能壞了陸家姑娘的名聲，她還有個嫡親的閨女呢。老夫人這話，就是拿陸家姑娘的名聲威脅她了。

陸夫人臉上露出了左右為難的神色。今兒這事情，若是她揹了黑鍋，那她娘家女兒的名聲就都要跟著壞了，不管是親姊妹還是堂姊妹，姪兒還是外甥女，都不會有什麼好名聲了；反之，若是沈二夫人的名聲壞了，那陸家所有女孩子的名聲都要受影響，包括陸夫人自己的親女兒。

沈夫人瞧著她臉上的神色，笑了一下。「陸夫人，若是這次的事情真是妳做的，我想著，令千金以後怕是嫁不出去了吧？有妳這樣一個親娘……」

剩下的話沈夫人用不著說完，親娘和親姑母哪一個更親近？

陸夫人剛才不過是腦筋沒轉過彎，只想著兩大家族女孩子的名聲，竟是忘記哪個更親近。

對女兒來說，有一個心狠手辣、覬覦小姑子婆家爵位財產的親娘，和一個心狠手辣、算計婆家爵位的姑母，哪一個影響更大，根本就不用掂量。

「多謝沈夫人指點。」陸夫人忙行禮，對著沈夫人的時候，臉上的笑容也真誠了幾分。「這次的事情，是我陸家對不住你們，竟是沒想到，陸家養出這麼個陰狠貪婪的人，這個喬嬤嬤我就交給你們了，該怎麼處置，我們絕不干涉，只是還請沈侯爺和沈夫人手下留情，給我家小姑子留一條命。」

這話竟是直接坐實了沈二夫人的罪名，沈二夫人氣得很。本來沒有證據，自己還能狡辯一番，結果現在倒好，自家大嫂親手捅了一刀，別說是有證據了，就算是沒證據，等她家大嫂這話傳出去，她的名聲也不怎麼好了。

老夫人還想說話，但被沈侯爺一句給打斷了。「娘，既然喬嬤嬤做的事情咱們拿不準是誰指使的，眼下還有這個丫鬟，咱們不如聽聽她怎麼說，總是能抓到背後的人？」

論起地位，沈侯爺和沈二夫人，完全不能相比。之前沈二夫人不管承諾得多堅定，給的好處有多少，但在沈侯爺面前，這些都不夠看啊。

當即，從那小丫鬟開始，一條線就拽出來了。

「我原先是河間府的人，之前陪著我娘去上香的時候，被一位嬤嬤找到了，她說，只要我辦好這次的事情，就給我一百兩銀子，還將我全家送到江南那邊去，保證不會讓人查出來。

「我原先想著，這種害人性命的事情，我怎麼也不能去做，可沒想到這嬤嬤用了陰損辦法，將我爹和我哥哥打傷，若是不及時醫治，性命可能保不住了。我實在沒辦法，後來他們願意給三百兩銀子，我就只能答應下來。」

那丫鬟哭得不能自已，昨兒被抓起來的時候，沈如意就派了夏蟬去和這小丫鬟談心，讓小丫鬟明白一件事情——她若是老實交代，沈侯爺還能放她一馬。要是不老實，那就全家等著坐牢去吧！一個內宅婦人，本事再大，能大得過侯爺？別說是這丫鬟一家人了，連他們河間府的知府大人，沈侯爺一句話也能將那知府一家給辦了。

一個小丫頭，見識能有多大？河間府的知府就是她見過最厲害的人了。至於沈侯爺，雖然聽說官也挺大的，但是，沒人見識過這位沈侯爺的本事啊。

「那個找妳的嬤嬤長什麼樣子？」沈夫人隨即問道。

小丫鬟一邊哭一邊說：「長得白白胖胖的，眼睛往上挑，嘴巴有些大，鼻子塌塌的……」

沈夫人讓人拿來了筆墨紙硯，請畫師一邊聽，一邊動手在紙上勾勒，很快，就畫出一個胖嬤嬤。

小丫鬟一看，連忙使勁點頭。「對對對，就是長這個樣子！就是她，她來我家說，讓我來京城辦一件事情，為了讓我爹娘相信，事先還給我們家留了二百兩銀子。」

沈夫人直接將畫像遞給了陸夫人。「陸夫人，可認識此人？」

陸夫人臉色通紅，臉上滿是憤恨怨怒，好一會兒才咬牙切齒地說道：「認識，這個人是我婆婆院子裡的管事嬤嬤，姓花，她和喬嬤嬤是親家！」

她原以為小姑子雖然心狠手辣，但是對自家人還算不錯，卻沒想到，小姑子竟是如此喪心病狂。自己的人手不用，用的都是陸家的人，這事情查出來，就算陸家說自己無辜，也得人家願意相信啊。怕是她在事發之前早已經決定，萬一出事了，就將自己這個娘家大嫂推出來定罪的吧？

虧自己還想著她在侯府生活不易，每年的年禮給得很豐盛，卻沒想到，自己掏心掏肺，竟是換了這麼一個結果！

想了一會兒，陸夫人的臉色更難看了幾分。

陸老夫人能不知道自家閨女的性子？她還配合著去做，是不是也想著，等事情被揭露出來時，就用自己這個當兒媳的換親閨女的性命？要不然，怎麼這次侯府老夫人的壽辰，自家老夫人好巧不巧生病了呢？

以侯府的地位，再加上這是侯府老夫人第一次辦整壽，陸老夫人應該親自過來賀壽的。可巧得很，出門的前兩天，陸老夫人受涼了。

因為喬嬤嬤是陸老夫人送過來的人，往日裡，陸夫人只是讓人捧著她，並不要這位喬嬤嬤做什麼大事。出門更是不會帶著她，可這次，老夫人硬是說，自己有話讓喬嬤嬤帶過去，非得讓自己帶著她過來。

傳話怎麼不用老夫人自己的心腹，非得用陸夫人院子裡的嬤嬤？那喬嬤嬤在陸夫人那裡已經待了十多年，就算她是老夫人的心腹，但對老夫人身邊的事情，未必瞭解得比老夫人身邊的二等丫鬟多。

喬嬤嬤也不是小姑子的奶嬤嬤、教養嬤嬤，和小姑子也不算是很親近，既然如此，為什麼傳話的時候，要用這麼一個人？

越想越心驚，越想越心涼，陸夫人心裡的惱恨也越多。

事情到了這一步，已經差不多可以下結論了——要麼是沈二夫人做的，要麼是陸夫人做的，要麼就是陸老夫人做的。可不管是誰指使的，沈二夫人都脫不了干係。

「還有那藥，是從哪兒買來的？」沈如意問了一句。

那小丫鬟有些迷茫。「我不知道，這藥是另外一個嬤嬤給我的。」

沈二夫人做事很小心，用人還要娘家從別處找過來，這買藥的事情更不會親自出手了。當然，這事情也不能交給親娘去辦，那就太明顯了，若是事發，人是娘家給的，藥是娘家給的，這事情就釘死了是陸家做的。

就算沈二夫人是坑了娘家一把，但也不想將娘家徹底給坑死。沒了娘家，她可真是無根的浮萍了。若是事情到了最後關頭，實在過不去了，陸家只能落得一個從犯的名頭，卻不能揹上主犯的罪名。

最關鍵的是，她原本想坑的人是娘家的大嫂，可以將此事推到一直不知情的自家大嫂身上，即使娘親身邊的人有嫌疑，但陸老夫人已經多年不管家了，誰知道是不是陸夫人收買了陸老夫人身邊的人？

但買藥的事情，真沒辦法推。要找人，要出錢，要將藥送到沈二夫人手上，這不是一、兩個人就能辦成的事情。陸老夫人多年不管事，想要在不驚動陸夫人的情況下辦成這件事情，可能性有多大？

偏偏這事情又是不能出差池的，沈二夫人又很不放心讓別人去做，所以買藥的事情，沈二夫人就沒讓娘家的人出手。可不管是哪一邊出手，只要有動作，就不可能是半點兒痕跡沒留下的。

根據那丫鬟的描述，畫師又畫出一幅畫像，沈侯爺一拿到後迅速派人去捉拿。

與此同時，沈夫人轉頭開始詢問廚房的廚娘——李嬤嬤，光是將藥帶進廚房不算完，還得有人掩護將藥粉給撒進去。只憑著一個對侯府後廚什麼人都不認識的丫鬟，肯定是辦不成的。

就算之前有人給那丫鬟描述過，說廚房的人都長什麼樣子、應該怎麼稱呼，她本人的身分又是冒充哪一個，但見到真人又是另一種情況。別人問你兩句府裡的閒事，你回答得稍微有些不對，就要引起懷疑。

李嬤嬤的作用就是在廚房外替這個丫鬟掩護，讓她得以進廚房順利投毒，之前沈二夫人說的原話是：「就算事發，妳什麼也沒做，頂多就是在別人和這丫鬟說話的時候打岔接了幾句話，然後見她好奇，就答應讓她到鍋邊看了看，頂多算是失職，事情牽扯不到妳身上。」和那個丫鬟比起來，李嬤嬤得到的好處翻了好幾倍——銀子一千兩！事情沒成之前，只給了五百兩，等事情完了，再給五百兩。

李嬤嬤原先也是按照沈二夫人教的話說，又哭又嚎。「這事情和奴婢真沒關係，奴婢是聽劉嬤嬤問她話，然後一時好奇說了兩句，她說自己想看看那餃子餡兒，若正好是王姨娘喜歡吃的，就多要一些，她為主子著想，這不是很正常的事情嗎？我能攔著不讓看嗎？誰知道她包藏禍心，竟然在餃子餡裡面下毒！老奴冤死了！」

「不是讓我將毒藥下在一個紫砂罐裡面嗎？」那丫鬟猶豫了一下，打斷了李嬤嬤的話，一臉迷茫地看李嬤嬤。「我進府沒多久，就被抓住了，根本沒進過廚房。」

沈如意怎麼可能會真的讓沈夫人去涉險？明知道對方手裡有毒藥，還非要布局等抓證據，那不是傻子嗎？

反正這丫鬟冒充的是小雀兒，讓小雀兒真身在廚房晃一圈，不也行？

「誰跟妳說是在餃子餡裡面下毒？」沈如意嗤笑了一聲。

李嬤嬤的聲音立刻就停了，她不是蠢人，一想就有些明白過來了。那個韓嬤嬤說是餃子餡裡面有毒，她就以為毒是下在餃子。昨天被關了起來之後，她都不知道到底有沒有人中毒。太醫上門的事情她倒是知道，可太醫的診斷結果會隨便告訴人嗎？

卻不想，沈二夫人之前並非是真的相信她們，每個人的任務她都沒有告訴另外一個人。

「妳也別覺得自己冤枉，妳家裡的財產，我已經讓人清點過了，妳以為將地契房契什麼的，記在妳女婿名下就行了嗎？」沈如意冷笑了一聲。

這李嬤嬤倒是個聰明人，當年沒讓自己的女兒立志當姨娘，而是在外面找了個小商人嫁出去。這些年，她女婿仗著侯府的名聲賺了不少，而李嬤嬤拿回去的東西，轉了一圈之後也有了正經出處。

「給妳銀票的是誰，妳現在可以老實交代了。」沈如意敲了敲桌子，頗有些不耐煩，只聽她們在這裡吵吵鬧鬧，互相推諉，拚命喊冤枉，這都過了大半天，眼看著快中午了，她實在不想在這上面耗費時間了。

又冷笑了一聲，沈如意看李嬤嬤。「妳不願意說也沒關係，不知道偷盜主家財產，甚至偷了御賜之物的奴才，會是個什麼下場？」

說著，她轉頭看沈侯爺。「父親，咱們家有御賜之物吧？」

沈侯爺笑了笑。「妳說呢？」

「我覺得，咱們家應該有幾件東西，能在李嬤嬤家找出來。」沈如意瞄了李嬤嬤一眼，繼續說道：「偷盜御賜之物，那可是死罪，還要牽扯全家的，李嬤嬤妳小孫子幾歲來著？真是可惜了，長得白白淨淨，這要是進了大牢，嘖嘖，以後就不好說了。還有妳那大孫女，今年也有十幾歲了吧，是不是該說親了？」

見李嬤嬤臉色慘白，老夫人迅速插話。「咱們侯府這樣的人家……」

沈如意有些不耐煩地皺眉，沈夫人趕在沈如意前面說道：「老夫人，您這話說得可不對了，咱們家雖然對下人很是寬和，但是偷盜御賜之物，這罪名可不是咱們說能遮掩就能遮掩的，無論良民還是官員，偷盜了御賜之物都要全家下大牢的，李嬤嬤的身分，難不成比官太太還貴重？」

老夫人都快發狂了，今兒不管她說什麼，盧婉心這賤人，總是能找到由頭給反駁回來！甚至，自己發脾氣裝頭疼，他們也都當看不見。果然，老大家的都是白眼狼，以前的孝順聽話都是裝出來的，最後自己還是得靠兩個小兒子！幸好自己眼明心亮，早就看出老大一家的德行，早早就將希望放在老二和老三身上了。

要真是等老大夫妻孝順自己，那還不如自己早早死了乾淨！

只是今兒這局面，真是讓人惱恨，到了這地步，能扭轉過來的可能已經微乎其微。老二家的，簡直就是個沒腦子的！要狠就狠到底啊，全部將事情交給娘家去做不就行了嗎？非得留個把柄！這下子好了，沒辦法推脫了吧？

老夫人絞盡腦汁，沒有辦法再替沈二夫人辯解，她更不能說就這麼算了，不繼續往下查了。全京城都在看著呢，之前老大可是擲地有聲地說了，這事情不能就這麼算了，一定得有個交代。

老夫人心中一抹念頭閃過：要不然，就放棄老二一家的？

# 第三十一章

老夫人心思急轉，沈侯爺只當不知，轉頭看了看老夫人。「事到如今也算是水落石出了。娘，您看是怎麼處置？在侯府裡下毒，這罪名不小，我能保得住二弟和姪子姪女，卻不會替二弟妹說話的。娘也知道，我是最遵紀守法了，這衙門判案，可是最公平不過了。」

沈二夫人臉色煞白，這話的意思，是要將她送到衙門？

送到衙門，就算她以後能活著出來，她也不能好好過活了！不僅娘家不會讓她回去，沈侯爺一手遮天，也定然不會讓她回沈家的。

一個坐過牢的女人，能有多大的活命機會？

「不是我做的，都是誣陷！」沈二夫人撲通一聲就跪在老夫人跟前了，伸手抱著老夫人的腿，又哭又喊的。「老夫人，您最是知道我了，我一向膽子小得很，我怎麼會做出這樣的事情來呢？都是誣陷！都是妳！」說著，她轉頭，惡狠狠地瞪王姨娘。

沈二夫人現在知道了，沈夫人是沈侯爺的心頭肉，暫時是不能碰的，那就只能找王姨娘來擋著了。

「是妳，妳想要害死大嫂！想要妳的兒子當大哥唯一的兒子，所以就想出這樣的毒計！」

王姨娘簡直哭笑不得。「二夫人，您說話也要有個證據是不是？空口無憑的，您說這事情是我做的，那麼，我是怎麼認識二夫人的娘家人？還是陸老夫人身邊的人，妳以為我有通天的本事啊？」

「定是妳收買了喬嬤嬤，還有這個丫鬟肯定也是妳找來的，這世上，沒有關係的人會長得這麼像？她們定然是親姊妹，妳早就知道，所以找了她來誣陷我！」

沈二夫人也不蠢，生死關頭，那腦袋轉得也是飛快，前面那個理由，她自己也知道站不住腳，人證物證俱在，她逃不掉一個罪名。於是，很迅速又整理出一條線。

「她早就想對大嫂動手了，連毒藥都準備好了，我只是聽信她的話，才做下了錯事的。」

主犯和從犯的待遇可是不一樣的，沈二夫人也知道，到了這個地步，她想完全脫身那是不可能的，只能想辦法將自己身上的罪名給減輕一些。

沈雲柔有些擔心地看王姨娘，王姨娘微微搖頭，笑著看沈二夫人。

「二夫人，我還是那句話，不管說什麼都要有證據，妳說喬嬤嬤是我收買的，那我用什麼收買她？我以前什麼時候見過喬嬤嬤了？還有這個丫鬟，妳說她和小雀兒是親姊妹，咱們不如請了大理寺的人來查一下祖宗十八代？」

沈二夫人臉色一僵，又回頭抱著老夫人的大腿哭起來了。「老夫人，您最是知道我了，我豈會是那種心思歹毒的人？我嫁到沈家多少年了，我為沈家生兒育女，從來就沒有說過半句怨言。我若是真想謀奪沈家的爵位，那在大嫂回來之前做，不是更容易嗎？王姨娘不過是姨娘，我若是想對付王姨娘，那不是簡單得很嗎？為什麼非得等大嫂回來才做出這樣的事情來？老夫人，妳幫我說句話，這事情真不是我做的啊！」

老夫人的腿動不了，伸手使勁推了沈二夫人兩下，沈二夫人卻紋絲不動。

沒辦法，老夫人只好開口。「我也覺得，老二家的沒這個膽子，也沒這個必要，她就算想爭奪爵位，那應該是先出手對付孩子，明修都平平安安長到了現在，可見老二家的是沒想過這爵位的事情……」

她不幫著老二家的不行啊！老二家的剛才那話，說著好聽，實際上就是威脅自己，若是不幫著她……老夫人心裡更慌了，那個東西，還沒拿回來，若是被老二家的反咬一口……

「老大啊，我知道這次的事情，你和你媳婦受委屈了。」老夫人自己解釋著，也覺得沒什麼說服力，只好改了路線。「但是，若是這時候將老二家的推出去，咱們侯府才更是丟臉，為了爵位爭得你死我活，還鬧出給全京城的貴婦們下毒，說出去也不好聽是不是？若是王姨娘老老實實的，我也不會說什麼，但現在瞧著，王姨娘就是個禍根，留著她，將來侯府必定是家宅不寧。」

老夫人看了看王姨娘，苦口婆心地勸解沈侯爺。「這次的事情，真和老二家的沒什麼關係，你若是心裡實在是不高興，我作主讓二房賠償你們一些好不好？老二媳婦也不是存心做出這件事，都是這些奴才攛掇的！親家母也沒好好教導老二家的，這才讓她走了錯路……」

一邊的陸夫人臉都黑了，這是指責陸家的教養不好？

「你還不高興的話，我這裡也有些好東西，本想等我百年之後分給你們兄弟的，現在全留給你好不好？」

老夫人繼續利誘，見沈侯爺不僅不說話，臉色還帶出了幾分不耐煩和不高興，她的耐心也快到頭了。「我年紀大了，聽不得家裡有這麼亂的事情，你若是想要我老婆子好好的，就聽我一句，這事情就算了，王姨娘不過是個姨娘，你就是為了盧氏著想，這事情該找誰算帳也應該能想清楚。」

反正不能處置沈二夫人，真要推出一個人當凶手的話，那就王姨娘吧。

「你若是不聽勸，非要一意孤行，那我老婆子被吵得腦袋疼，就不想在家裡待著了，我要出門走走，和以前的老姊妹們說說話、散散心了。」

這就是威脅了，若是沈侯爺聽話，那一切好說，不光是二房會給補償，連老夫人自己的私房錢，也要分出一部分給沈侯爺。若是沈侯爺不聽話，那回頭她就出門宣揚一下沈侯爺夫妻是多麼的不孝順！

威逼利誘簡直是用到極點了，若是放在別人身上，沈侯爺少不得讚一句用得好。只是，這自家親娘用到自己身上，沈侯爺那臉色，簡直沒詞語來形容了。

沈夫人等老夫人說完了，才輕笑了一聲。「老夫人，怕是不行呢，王姨娘這次不僅沒做錯什麼，反而立了大功，我們怎麼能將王姨娘推出去呢？」

沈夫人將老夫人的用意直接說出來，頓時老夫人的臉面也有些掛不住，臉色微微有些發紅。

見老夫人惱羞成怒地瞪向自己，沈夫人也不在意，繼續說道：「更何況，這京城裡的人，哪個會是傻子？王姨娘一個大門不出、二門不邁，這十多年幾乎不怎麼見外人的女眷，從哪兒買回毒藥？或者，咱們將這毒藥送到衙門驗一驗？是什麼毒、哪兒產的，總是能查出來的，咱們看看王姨娘有沒有那個本事？

「老夫人您常常說，咱們這樣的人家，對人就是要寬和一些，王姨娘為侯爺生兒育女，又替我伺候侯爺十來年，這份功勞，哪怕侯爺向朝廷請封個誥命都是使得的。這樣對咱們侯府有大功勞的人，是不是更應該厚待幾分？」沈夫人看著老夫人，認真問道：「咱們不僅沒獎勵，還要推王姨娘去頂罪，咱們這樣的人家，怎麼能做出這樣的事情來，說出去，侯府的臉面還要不要了？」

老夫人氣怒。「妳什麼意思！妳說我冤枉一個姨娘？」

「老夫人您怎麼這麼說啊，剛才冤枉王姨娘的可不是您？」沈夫人瞪大眼睛，很是詫異。

她看了看二夫人，轉頭問陸夫人。「二弟妹到底是陸家的女兒。陸夫人，我們沈家將來如何處置二弟妹，你們陸家要插手嗎？」

陸夫人看了沈二夫人一眼，迅速搖頭。「我們陸家對自家的女孩都很重視，只是小姑子這次做了大錯事，我很是心痛，卻不能因為小姑子是我陸家的女兒，就視律法於無物。再者，小姑子已經嫁進了沈家，俗話說，嫁雞隨雞、嫁狗隨狗，嫁了乞丐跟著走，小姑子現在已經是沈家的人了，沈家如何處置，我們陸家是不能插手的。」

沈二夫人眼裡的怒火都快要噴出來了，若是娘家能給她作主，哪怕將來要住家廟，只要活著就有翻盤的機會。可陸夫人將話說到這個程度，完全杜絕了陸家再出面的可能，不管她有什麼後果，陸家可都不會管的。

「大嫂，妳別說得痛快，陸家妳能作主嗎？」沈二夫人和這個娘家大嫂也算是徹底撕破臉，說話的時候就帶了幾分不客氣。「妳可別忘了，我娘還活得好好的，她老人家雖然已經不管事了，但她說的話，妳能當耳邊風嗎？」

「陸家的事情，我作不了主，老夫人也作不了主，唯一能作主的是妳大哥。」陸夫人譏諷地看了沈二夫人一眼，冷冷淡淡地說道。

陸老夫人倒是能命令自家兒子，但是陸老爺是那種耳根子軟的人嗎？況且，就算是耳根子軟，那陸老爺聽的枕頭風也多一點。

聞言，沈二夫人臉色鐵青。

沈如意有些不耐煩地扯了扯沈侯爺的衣袖，都中午了，該用午膳了。事情都水落石出，還要說什麼？二夫人就算不想認罪，可證據不都已經明擺著了嗎？只要最後宣布一下罪名，然後說出處置方法，這事情不就解決了嗎？

不用拖那麼久了，處置完之後，就能去吃午膳了。吃完飯，她可是想要好好睡一覺呢，這都幾天了，晚上都沒睡好過。等二房、三房全都分出去，說不定，侯府的天空都要更晴朗幾分呢。

沈侯爺瞪了她一眼，不過還是開口了。「證據確鑿，我不會冤枉哪一個，也不會放過凶手。王姨娘是無辜的，而且在這次的事情裡還立了大功，回頭我給王姨娘兩個莊子，當作王姨娘自己的私產。」

說完，視線轉到沈二夫人身上，沈侯爺先抬頭看了看沈二老爺。「二弟，對於二弟妹的處置，你有什麼話要說嗎？」

沈二老爺臉色頹敗，若說他對爵位半點兒覬覦都沒有，那是假的。若說他對沈二夫人的行動半點兒察覺都沒有，那也是假的，夫妻兩個成親之後也算是恩愛有加，自己枕邊人的動靜，他怎麼可能都沒察覺？

以前不出聲，只是想著，若是成功了，自己這輩子就算是圓滿了。原以為，自己的媳婦很是聰明，這計劃又是天衣無縫，必定能成功。可誰知道，竟還是被查出來了。看大哥的樣子，是絕不會輕易放下這件事了。

深吸一口氣，沈二老爺給沈侯爺行了個大禮。「大哥，我知道，這次的事情是不能輕拿輕放的，我媳婦做出這樣的事情來，也絕不能饒恕。不管大哥做出什麼樣的處置，我都不會有意見。」

頓了頓，他又說道：「只是，她到底是跟了我十幾年，又替我生養子女、打理了後院，這十幾年，伺候娘親也算是精心，所以，我只求大哥，給她一個體面。」

沈二夫人的臉色青青白白，沈二老爺那話，明顯是說她已經沒活路了，現在不過是在決定她的死法而已。

體面？那東西能幹什麼？能保證她不會死嗎？還是能保證她下輩子投個好胎？就算是下輩子能投個好胎，那能和這輩子一樣嗎？她死了，她的孩子怎麼辦？

「老爺，我不要死，我不能死，求求你。」沈二夫人撲到沈二老爺跟前，一邊哭一邊喊，眼淚鼻涕跟著流下來，那樣子，別說和以前比了，和剛才比都像是換了一個人。

沈二老爺也是滿臉悲色，一手搭在沈二夫人的肩膀上，一邊伸手揉眼睛，眼圈通紅，好半天沒說話。原本他是等著沈侯爺說話的，可誰知道，不管他表現得多悲痛，沈侯爺一句話都沒說。

過了好一會兒，沈二老爺都有些撐不住了，只好開口說道：「妳且安心，妳去了，我會好好照顧孩子們，妳放心，岳母那邊，我也會時時詢問……」說了兩句就哽咽著說不出話來了。

沈二夫人忙轉頭對沈侯爺和沈夫人磕頭。「我錯了、我錯了，這次你們就原諒我吧，求求你們，饒過我這一次，以後我再也不敢犯了。大嫂，妳最是心軟了，妳饒我一次好不好？」

沈侯爺穩坐如山，不躲不避，沈夫人倒是有些不自在，只是側了側身子，就看見一邊的沈如意，心裡的那點兒惻隱立刻就消失不見。

這次是對自己動手，下次可就是對自己的兒女動手了，自己萬不能將這麼一個人留在兒女身邊。

之前侯爺和如意都商量好應該怎麼做，自己就不要插手了，只要等著就行，反正，她最相信的人就是自己的女兒，其次就是沈侯爺。這兩個都不開口，自己更不能開口了。

「大嫂，求妳替我說兩句話，我若是死了，妳回去了，娘親也不會饒過妳的啊。」沈二夫人磕頭半天都沒得到一句話，又轉頭撲向陸夫人。

陸夫人厭惡地皺了皺眉。「娘親就是不饒過我也沒什麼，反正，我能等。」

陸老夫人都多大年紀了，難不成還能再活一百年？

沈二夫人又看沈三夫人，只見沈三夫人一臉憐憫，可對上她的視線，沈三夫人立刻又轉過頭去。再看老夫人，她合著眼，一臉的疲憊，完全沒有要開口的打算。

難不成，自己這次，是真的要將性命給賠進去了？

「不，我不要！」沈二夫人喃喃道。

她不能死，她還沒活夠啊！她還想看著兒子娶媳婦、看著女兒出嫁，她還有富貴榮華沒有享受，她不能死！

可看了沈二老爺一眼，明白這個男人這個時候靠不住了，於是，沈二夫人猛然轉身抱著老夫人的腿，一張臉都快猙獰起來了。「老夫人，妳就是這樣對我的？既然妳不仁，可不要怪我不義了！」

老夫人頓時大驚，拿起桌子上的茶杯就砸。「妳個瘋婦，快鬆開！妳是瘋了、瘋了！快，堵住她的嘴，拖出去！」

「不，我要活著，我不能死！」沈二夫人使勁地搖頭，眼神也越發瘋狂。「想要我死，就要有人給我陪葬！我好歹也有幾個心腹之人，除非你們能殺光這府裡所有的人，否則，老夫人妳做的事情就等著被世人知道吧！」

老夫人臉色也有些驚慌，沈二夫人這會兒大約是真嚇傻了，一邊威逼老夫人，一邊轉頭看沈侯爺和沈夫人。

「你們不是說要找凶手嗎？你們都說自己最是公平、最是遵紀守法，那我告訴你們，老夫人才是幕後主使！她才是真正的殺人凶手！你們要懲罰就懲罰她啊，要是沒有她，那些事情我碰都不會碰的，我有證據！

「老夫人想殺了盧婉心，自己手上沒人，就攛掇著我去做，她承諾我殺了盧婉心之後，她自己動手殺了沈鳴鶴和沈明修，然後她會勸說侯爺將爵位傳給二老爺的！」

「閉嘴！」老夫人在上首怒吼，伸手想要拿茶杯，可是茶杯剛才已經被她砸出去了，於是順手就拎了桌子上的盤子砸過去，盤子裡的點心掉了一地。

老夫人用盡全身的力氣，可到底是年紀大了，準頭不怎麼好，沒砸到二夫人身上，盤子直接掉在地上。

沈二夫人一臉譏諷，哈哈大笑，像個傻子。「現在害怕了？現在想要堵住我的嘴了？告訴妳，晚了！」

也不知道是不是死到臨頭，沈二夫人將這事情當成僅存的生機。「真的是老夫人的主意，我有證據的！若非聽從老夫人的話，我自己才不會做這樣的事情，老夫人才是凶手！」

老夫人又驚又怒又怕，這事情若是說出去，她也別想活了！就算看在老大的面子上，沒人明面上會說什麼，但她在侯府別想有好日子過了。以前那種呼風喚雨的日子，更是不可能有了。

沈二夫人語無倫次，說著就放開了老夫人，又撲到沈夫人身邊。「妳饒我一命，要懲罰就懲罰老夫人，若不是她，妳上次也不會差點早產，都是老夫人做的，妳這次要是不解決老夫人，她以後肯定還要殺死妳的，她對妳是不死不休的，妳若放過我，我就將證據都交給妳好不好？」

有了這些證據，沈夫人就能拿捏老夫人了。以後老夫人想要對沈夫人再做什麼，就要衡量一二了。

沈二夫人生怕沈夫人拒絕，不等沈夫人說話就又趕緊說道：「我不光是有老夫人要殺妳的證據，還有老夫人偷人的證據！老夫人不守婦道，早幾十年就已經給老侯爺戴了綠帽子！」

「閉嘴！」沈侯爺冷喝了一聲。

沈二夫人愣了愣，趕緊閉嘴。

老夫人則是臉色蒼白，身子哆嗦得不成樣，放在膝蓋上的手都快抖成一團。她一直以為，有老大死命遮掩著，府裡除了老三家的，就再也不會有人知道這件事情了，卻沒想到，老二家的竟然也知道！她什麼時候知道的？都告訴了什麼人？

她之前還說她也有幾個死忠……若是這話真傳出去了，或者，早已經告訴了陸家，那陸家要是想為老二家的報仇……再或者，不小心說出去了，這種事情，向來是傳得最快的。

越想老夫人哆嗦得越厲害。就算本朝風氣開放，寡婦也能嫁人，可寡婦嫁人和偷漢子是不一樣的！更不要說，她這身分……若是事情真傳出去，她也別想活。

朝廷不會要一個不守婦道的誥命，老大原本就是看在老侯爺的面子上才容忍她，這事情傳出去，讓老侯爺的名譽掃地，老大還會再容忍她嗎？怕是生吃了她的心都有了。

想著，老夫人就有些撐不下去，兩眼一翻就暈過去了，這次不是裝暈，而是真的暈過去了。

沈三夫人正站在老夫人身邊，忙伸手扶了老夫人一把，幸好老夫人不能走路，從剛才到現在，都一直是坐在軟榻上的，後面墊著厚厚的軟枕，倒下去也沒能撞到老夫人的腦袋。

沈侯爺迅速讓人去請太醫，黃太醫來得也快，診斷得更快，他很遺憾地起身，攤手。

「我之前說，老夫人現在年紀大了，之前又受過傷，所以，最好是別有大起伏的情緒，大悲大喜大怒都不行，現在老夫人這脈象，應當是氣怒交加，驚嚇過度，所以……」

沈侯爺皺皺眉，看著黃太醫。「黃太醫有話請直說。」

「老夫人中風了。」黃太醫很乾脆地說道，轉身去寫方子。「我開個藥方，能緩解一下老夫人的病情，但能不能好，要看老夫人自己。這病最是受不得刺激，以後你們萬不能不將我的話當一回事，若是再有一次，我怕老夫人連性命都保不住了。」

沈侯爺點頭，看了沈二老爺一眼。「這事情是你媳婦弄出來的，你自己回去想想，看應當如何處置。」說著，沈侯爺陪黃太醫出去開方子。

沈二老爺的一張臉青青白白，然後一片灰敗，出了這樣的事情，怕是大哥更是拿住了自家的把柄，為今之計，不管等會兒大哥會提出什麼處置結果，他也只能先保住自己和兩個孩子了。

送走了黃太醫，沈侯爺轉回正堂。

沈夫人剛才已經將陸夫人先送走了，至於陸夫人會不會說出這件醜聞，沈夫人相信，陸夫人應該是很識趣的人。別說陸夫人沒證據，就算有證據，礙於侯府的勢力，她也不能說。

今兒這事情雖然和陸家沒關係，但陸老夫人插手侯府內宅，已經得罪了沈家。若是陸夫人再不識趣，將這事情給傳出去了，陸家別想得好了。

陸夫人自然不在乎陸家，可陸夫人在乎陸家兒女們。為了自己的兒女，她也得知道閉嘴兩個字怎麼寫。

沈二夫人坐在地上，也不知道是不是徹底絕望了，這會兒竟是沒有哭鬧，只是傻愣愣地在發呆。

沈侯爺嘆口氣。「誰說過想要妳的命？之前那事情，雖然是妳做出來的，但畢竟是沒有出事，我原想著……」

沈二夫人眼睛立刻就亮了。「沒有出人命？那侯爺的意思是，我就不用償命了？我還能活著？」

沈侯爺屈指在桌子上敲了敲。

看到了希望，沈二夫人自然不敢再和沈侯爺作對，只是眼巴巴地瞧著他。

沈侯爺轉頭看沈二老爺。「她到底和你是十幾年的結髮夫妻，又給你生兒育女打理後院，任勞任怨地伺候老夫人十幾年，這次的事情既是沒有死人，我也不是那麼不近人情的人。」

沈二老爺一臉驚喜。「真的？大哥願意饒過這蠢女人？謝謝大哥！謝謝大嫂，大嫂您放心，我以後必定會看好她，再不會讓她有機會做出這樣的事情來，這次的事情，我們二房會給大嫂壓驚的。」說著，給沈二夫人使了個眼色。

沈二夫人忙點頭。「是是是，大嫂放心，我以後再也不會犯傻了，只要饒了我這一次，以後我都吃齋唸佛，天天為大嫂祈福。大嫂您就大發慈悲，饒過我這一回吧。」說完，還給沈夫人使勁磕了兩個頭。

沈夫人原本就沒打算鬧出人命來，她一向比沈如意心軟。若是遇上沈如意，那必定是要將這種威脅到自己性命的人給除掉。可到了沈夫人身上，她只會覺得世上都是好人，犯了錯也應該給予對方悔改的機會。

「只是，事情鬧到這一步，我若是什麼都不做，一點兒交代都沒有，那昨天在我們府上受驚嚇的人，定是不會同意的。」沈侯爺嘆口氣，看沈二老爺。「再者，二弟妹剛才將娘親給氣得……太醫說是中風了，日後再不能動怒，二弟妹以後，是不能在娘親面前出現了。」

沈二夫人知道老夫人的醜事，老夫人自然是不願意再看見沈二夫人。自己的醜事被兒媳捏在手裡，都沒臉活了。

沈二老爺遲疑道：「那……我將她送到廟裡？或者，我在自己的院子裡建個小佛堂？她既然是將娘親給氣成這個樣子，就讓她天天唸經誦佛，為娘親祈福吧？」既然大哥說留下她的性命，他自己若是再提出將人給休了，就有些太冷血了。

「咱們家世世代代，還沒出過被送寺廟的女人。」沈侯爺冷哼了一聲。「沒有家廟，別處的尼姑庵，你敢將人送去嗎？至於家裡建佛堂，那也不行，若是以後家裡的人犯了錯，都以為只要進佛堂唸兩天經就算是完事了，以後誰還會有什麼顧忌？我說不要二弟妹償命，可不是說半點兒懲罰都沒有！」

「只要不休了我，大哥說什麼，我都答應！」不等沈二老爺說話，沈二夫人連忙說道。

沈侯爺瞇著眼睛看了看她。「妳放心，不會休了妳的，就是為了明瑞他們著想，我也不會讓老二休了妳。你們夫妻一體，榮辱與共，二弟妹做錯了事情，也有你教導不力的責任。俗話說，堂前教子，枕邊教妻，男子漢大丈夫，一屋不掃何以平天下？這次的事情，你也有責任。」

沈侯爺看著沈二老爺，別看沈二老爺站著，比坐著的沈侯爺高出小半個身子，但在沈侯爺面前，沈二老爺就是有些抬不起頭。

「大哥說得是，這事情我也有錯，我應當早些發現，然後勸阻她。我沒做到這些，實在是愧為人夫，事情鬧到這個地步，我也有責任，大哥要處置我，我甘願領罰。」

「如今，這京城，你們兩個是留不下來了。」沈侯爺瞇著眼睛說道。

沈二老爺猛地抬頭，瞧見沈侯爺的臉色，臉色白了白，沒出聲。

沈侯爺繼續說道：「我會給你謀個外任，最短六年，最長十年，你在外面好好幹，等這事情完全沒有聲息，我覺得你有出息了，我再將你弄回來。」

十年，老夫人的身子不好，最多也就能熬十年。沒了老夫人，老二一家回來，正好趕上分家。

至於老三和老二不一樣，老三因為上面還有一個嫡親的二哥，哪怕大哥死了，爵位也輪不到他頭上，所以，比起老二，老三要安分多了，所求也不過是些錢財罷了。

老三媳婦又是個蠢笨的人，沒有老二家的將她當槍使，也沒有老夫人在背後攛掇，老三家的也沒膽子做什麼大事情。總不能老夫人剛中風，她最疼愛的兩個兒子就被趕出京城吧？

可惜，他沒預料到老二家的竟也知道老夫人的事情，還當堂給說出來。

按照如意的計劃，應該是沈二夫人犯了錯，然後從犯是沈三夫人，正好一鼓作氣將兩家都給趕走。她也沒想到，竟會弄到了這一步。老夫人這一倒下，三房就不能走了。

沈二老爺左思右想，外放肯定沒有在京城風光。在京城有侯府的名頭在，哪怕他官職不高，巴結他的人也是一大把。可在外面，天高皇帝遠，誰會管你是不是沈侯爺的弟弟？就算是，你若是沒得罪沈侯爺，為什麼會被趕出京城？以沈侯爺的地位，想要將人留在京城那是輕而易舉的事情吧？

在京城能吃香喝辣的，到外面能嗎？在京城事事有沈侯爺罩著，在外面就算發生了什麼事情，送信都來不及的。

「你放心，不會讓你太憋屈的。」沈侯爺瞧出他的不願意，也不放在心上，更不會收回自己的決定。「在外面，你就能自己當家作主了，該做什麼事情、不該做什麼事情，也不用我教你了，回頭我到吏部看看，若是有適合你的位置，你收拾一下，大約這幾天就能定下來了。你現在的差事，也不用去了。」

頓了頓，沈侯爺又補充了一句。「趁著還沒走，你就在娘親跟前伺候著吧，別讓你媳婦去。」

說完也不管沈二老爺的臉色，沈侯爺轉頭看沈夫人。「剛才這屋子裡……」

「侯爺放心吧，該封口的我會讓人封口，那話保證半句都不會傳出去。」她還有沈如意這個女兒要嫁人，沈鳴鶴長大了要娶媳婦呢，若這醜聞傳出去，侯府的子孫往後都不好談親事了。

沈侯爺點點頭表示明瞭，回頭叫了沈二老爺和沈三老爺。「你們跟我去書房一趟。」他起身，對著女眷們擺擺手。「散吧，該幹什麼就幹什麼去。如意，妳讓人準備午膳，一會兒送到書房去。老夫人這裡，就由三弟妹先照看著。等藥熬好，就先餵老夫人吃藥。」一說完就走人。

沈如意也跟著起身，扶著沈夫人。「娘，咱們也回去？」

沈雲柔剛才跟著王姨娘走了，屋子裡也就沒剩幾個人。

沈夫人點點頭，一邊走一邊嘆氣。「那個丫頭，著實是可惜了，原本是好人家的女兒呢，這一趟，可是將命都折進去了。」

「娘，妳傷心什麼啊，這事情又不是咱們做的。那丫頭啊，讓我說一點兒都不可惜，原本就心性不好，她若真是個善良的，那藥粉拿到手裡，要麼是去衙門告狀，要麼是來咱們這裡通風報信，可她做了什麼？」

沈如意笑著說道，沈夫人想了想，還是嘆了口氣。「若是沒那嬤嬤找上門……」

沈如意撇撇嘴，之前沈二夫人瘋了一樣把什麼事情都往外說的時候，不光是陸夫人還在場，喬嬤嬤、那個丫鬟以及李嬤嬤都在場，這事情一揭穿，幾個人當即就被拉下去灌藥了。

此事是沈夫人親口吩咐的，當沈夫人說出那句話的時候，沈如意差點兒沒震驚死，她那娘親雖然不是花落掉淚的那種人，但也心軟得不行，有陌生人在她面前受傷，她都要趕緊讓人去找大夫的。下面的人若是做錯了事情，先是說教，說教不行了，再罰月例，罰銀子不行了，才革除差事，最嚴重的時候，就是打板子。

可今兒，竟是在她還沒反應過來的時候，就先開口讓人灌藥了！

用過午膳後，沈如意回自己的房間休息時，就和陸嬤嬤說起這件事情。

「妳不知道，娘一開始開口的時候，我還嚇了一跳，生怕她是讓人拖下去之後，直接關到柴房或者是送衙門，卻沒想到……」

陸嬤嬤笑呵呵地說道：「那是夫人疼姑娘您，您想想，在那屋子裡的人，除了夫人和您，還有誰能下令給人灌藥？二夫人是巴不得全府的人都知道老夫人的醜事，三夫人更是嚇傻了，陸夫人總不能越俎代庖，幾位老爺又跟著去看老夫人了，夫人若是不開口，可就輪到姑娘您了。」

沈如意愣了一下，隨即忍不住笑。「我娘還是和以前一樣。」

「姑娘是有大福氣的。」陸嬤嬤也笑。「姑娘要不要歇一歇？這幾天都沒怎麼好好休息，事情好不容易解決了，二房馬上就要搬出去，老夫人也不能再興風作浪了，以後姑娘可算是高枕無憂。」

「說起來，還真是有些累了。」沈如意點點頭，打了個呵欠，由夏冰服侍著更衣去睡覺。

這一覺雖然睡得好，但半個時辰之後，沈如意仍然是被叫醒了。

「姑娘再睡下去，晚上可就睡不好了，起來喝碗茶吧？」

沈如意迷迷濛濛起身，任由丫鬟們給她換衣服。喝了一杯溫水後，這才徹底清醒過來，左右閒著無事，沈如意就去正院，打算找自家弟弟玩耍。

進了屋子，卻沒瞧見沈夫人，只有青棉在，沈如意忙問了一句。

青棉嘆口氣。「老夫人醒了，但是不肯吃藥，三夫人不知道該怎麼辦，讓人請了夫人過去。」

沈如意微微挑眉，沈三夫人伺候不了老夫人，開玩笑的吧？以前老夫人就是看一眼沈三夫人，都能多吃一口飯，這會兒沈三夫人說自己沒辦法，騙誰呢？

「書房那邊，話都說完了？我父親呢？」沈如意問道。

她用完午膳的時候，書房估計剛剛開始談話，所以人一直沒出來。她現在都睡了半個時辰，想必書房那邊應該是結束了吧。

「找我有事？」青棉還沒來得及回答，就聽見沈侯爺的聲音從後面傳來。

沈如意忙笑嘻嘻地過去。「沒有，只是沒見到父親，所以問一句，父親等會兒要出門？」

沈侯爺身上的衣服已經換成了朝服，只是這都下午了，沈侯爺換朝服做什麼？

「進宮一趟，這事情皇上定然是已經聽說了，與其等別人參我一個內宅不休，不如我自己先進宮說明情況。」沈侯爺不在意地端起桌上的茶水一飲而盡。「妳娘呢？讓她和我一起進宮。」

沈如意有些吃驚。「我娘也要進宮？」

「內宅的事情，太后和皇后那邊，怕是也要過問。」沈侯爺皺了皺眉說道。

沈如意撇嘴。「這些人都是吃飽了沒事幹，人家家裡的事情……」

沈侯爺瞪她一眼，沈如意忙閉嘴。

「這事情若是解決不好，妳和六皇子的婚事怕是就要吹了。」沈侯爺挑了挑眉。

沈如意嘆口氣。「早在計劃這件事情時，我就已經有這個準備了。若是婚事真告吹，那就算了，是六皇子沒做到，可不是我虧欠六皇子。反正，還有父親您在，您總不會讓我留在家裡當個老姑娘的。」

不過是內宅的一些事情，六皇子若真是因為這個嫌棄她，那就不是她認識的六皇子了。而若是皇上嫌棄她，不願意讓她做皇家的兒媳，那六皇子這個要娶媳婦的人就得出面解決。能解決，那自然皆大歡喜。解決不了，要麼是六皇子沒用心，要麼是六皇子沒能力。

若是前者的話，不管沈如意嫁誰都一樣了，反正生活個幾十年，總是能稍微培養出一些感情；若是後者，不還有沈侯爺嗎？沈如意堅信，沈侯爺是肯定不會在自己的婚事上有什麼疏忽。這輩子和上輩子，可是完完全全不一樣了。

她連侯府內宅最大的敵人都扳倒了，還有什麼能阻止她稱霸後宅？咳，反正這話沒說出來，誰也聽不見。

沈侯爺似笑非笑。「妳倒是相信我。」

「那是，您是我爹，是我的父親，我不相信您還能相信誰？再說了，這京城誰不知道，沈侯爺一言九鼎，說話算話，一諾千金？我身為沈侯爺您的女兒，深感驕傲，同時，我也最相信您了。」

沈如意忙拍馬屁，今兒這事情，若是沒有沈侯爺幫忙，還不一定能辦成呢！雖然現在有點兒……唔，沒解決掉三房，卻讓老夫人氣到中風了，算是……獲利更多？

和三夫人相比，自然是老夫人的殺傷力更大一些。中風之後，若是嚴重點兒，屆時老夫人連話都說不出來。可這中風，也是有恢復的機會，不過要恢復也得一年半載，沈夫人正好能將沒了沈二夫人的侯府給管理得更好是不是？

不想了、不想了，反正兩個最大的禍害都已經栽了跟頭，她只要知道，沈侯爺出力甚多就行了。

「對了，父親剛才說是要進宮，那我能陪著我娘進去嗎？」沈如意忙轉移話題。

沈侯爺搖頭。「不能，畢竟是……妳一個姑娘家是不能聽的，只能在家等著。」

「啊？我不能去？」沈如意大驚。「可娘那性子，要是嚇著了怎麼辦？」

「妳多少也相信妳娘一回。」沈侯爺有些無奈。「以前她性子是軟了些，但到關鍵時候，妳娘也是能頂事的，就像今天處置那幾個人，妳娘猶豫了沒有？」

見沈如意搖頭，沈侯爺又說道：「妳娘有自己的主意，妳別總是想將她護在身後，她也想保護妳和妳弟弟的，妳這樣子，會讓妳娘覺得自己很沒用，時間長了，妳娘說不定又要變回以前的樣子了。」

沈如意嚇了一跳，她好不容易讓沈夫人的性子強硬了一些，若是再變回去……天哪，不活了！

不過，想想沈侯爺的話，好像也很有道理啊。之前娘親為什麼會改變性子？那是因為侯府很危險，她若是不能護著自己，就有可能會掉到火坑裡。於是，娘親花費時間去改變自己。後來生孩子、坐月子、學看帳本、學為人處事的手段……慢慢地長成了今天這個樣子。

若是自己再不讓她接觸外面的風風雨雨，她好不容易養出來的韌性，是不是又會被抽走？

「父親教訓得是，是我疏忽了。」沈如意知錯就改，忙吩咐了青棉去找沈夫人。

可說是那樣說，沈如意怎麼可能會真的放心？等沈侯爺和沈夫人出了門，她就開始擔心了。

椅子上像是長了釘子，她根本坐不住，過一會兒就要問一次。「青棉，妳說，父親和娘這會兒是不是進宮了？我娘見到太后和皇后了嗎？」

青棉看看時辰，搖頭。「這會兒大約是還沒進宮呢，姑娘別擔心了，夫人身邊跟著宋嬤嬤呢，肯定能應付過去。」

沈如意點點頭，過一會兒又問：「青棉，妳說，我娘進慈寧宮了沒有？這個時辰了，應該見到太后和皇后了吧？在太后和皇后跟前回話，宋嬤嬤應該是不能出面的，妳說，我娘會不會很害怕？」

青棉沒辦法，只好讓人去抱了鳴鶴過來，結果，沈如意不問青棉了，直接問鳴鶴。「鳴鶴，你說，娘見了太后和皇后……」

鳴鶴一個勁兒地打呵欠，大眼睛水汪汪，恨不得馬上睡過去。只是，他的親大姊就像是一隻蒼蠅，嗡嗡嗡個不停！

最後實在是撐不住了，鳴鶴哇的一聲哭了起來，奶娘忙過來拯救自己的小主子。「姑娘，小少爺是睏了，這會兒應該睡覺了。」

沈如意傻呆呆的，好半天才反應過來。「喔，那我哄他睡覺，奶娘妳歇著去吧。」

鳴鶴簡直要悲憤了，但哭了一陣子，還是沒能見到奶娘，哭得太累了，也不管耳邊吵不吵，眼睛直接閉上，睡著就聽不見了。

夏冰從外面進來。「姑娘，三夫人那邊派人來請，說是老夫人不肯喝藥……」

沈如意有些驚訝。「剛才娘親不是去看過了嗎？」

夏冰嘆氣。「夫人沒能勸得了老夫人，由於急著進宮就直接走了，現在還是三夫人在伺候老夫人。」

這會兒沈如意真沒心情去探望老夫人，哪怕是作為勝利者到老夫人面前耀武揚威一番都沒心情，所以，她直接擺手。

「她不喜歡喝就別喝了，反正咱們府上有錢，可以買很多很多藥，妳過去就這麼說。」

夏冰自己琢磨了一會兒，將這話稍微潤飾了一番，自家姑娘還沒出嫁呢，若是傳出去，對長輩說話這麼硬氣，可是對名聲十分不好。

沈如意心煩意亂，眼看著一個時辰過了，沈侯爺和沈夫人還是沒回來，連抱沈鳴鶴的心情都沒有了。

# 第三十二章

沈如意正站在門口等著，前頭名喚回夏的丫鬟過來了。

「六殿下過來借書，但是侯爺不在，小的們也不敢亂進侯爺的書房，姑娘您看……」

沈如意眼睛立刻就亮了。六皇子啊，他總應該知道宮裡的消息吧？

急匆匆地帶著回夏去了前院，沈如意一見六皇子，劈頭就問：「你是從宮裡過來的還是從自己府裡過來的？」

「從宮裡。」六皇子笑得和春風一樣。「你們府上昨日發生的事情，全京城都傳遍了，我今兒下了早朝之後，就一直留在宮裡，等沈侯爺進宮後，我就去了慈寧宮。妳放心，沈夫人很好，太后和皇后娘娘都是和善的人，這件事沈夫人又沒做錯什麼，太后和皇后娘娘也只是想知道一下事情緣由。」

沈如意總算是放心了些。「那就好，我一直在擔心。不過，既然我娘沒事，怎麼這會兒還沒出宮？」

「太后娘娘留了沈夫人說話，估計再一個時辰沈夫人就能回來了。」猶豫了一下，六皇子還是問道：「你們府上的事情……可都解決了？」

「已經解決了，太后和皇后那裡是什麼意思？有沒有覺得我們家的事情很丟臉，不願意讓我和你扯上關係？」沈如意乾脆得多，直接問道。「還是說，皇上那裡不滿意？」

六皇子愣了一下，忍不住笑。「妳想什麼呢，咱們兩個的婚事已經差不多全定下來了，就剩下一道賜婚的聖旨和成親了，怎麼可能因為這個就將婚事作廢了？妳想太多，就算父皇那裡不願意，還有我呢，我願意就行了，我自會想辦法讓父皇願意的。再說，這事情和妳有什麼關係？妳是給人下毒了，還是收買了丫鬟婆子誣陷自己的長輩？就算妳真的做了這些，我相信妳，必定是事出有因的。」

「就算我給別人下毒了，你也不會嫌棄我？」沈如意挑眉。

六皇子使勁點頭。「妳的性子，我還是瞭解的，我瞭解妳的品格，妳若是給別人下毒，那被毒死的必定是十惡不赦的人，我定會信妳，站在妳這邊。侯府發生的事情，妳也不用太過於擔心，大家都不是傻子，有眼睛的人，自是明白誰是誰非。

「我心悅妳，我想娶妳，那麼首先，我就應該相信妳，若是做不到這個，我又有什麼資格說要娶妳？」六皇子笑著說道，抬手揉了揉沈如意的頭髮。「妳不會自己傻乎乎地想了一天吧？」

沈如意紅著眼圈不屑地撇嘴。「你想多了！我頂多就是想想，你若是不相信我，那我就得趕緊讓我父親另外挑選一個夫婿了。」

若是上輩子，四皇子能信她一次，她又怎麼會被韋側妃逼到那個地步呢？

六皇子大驚，然後又很是慶幸，伸手拍胸口。「幸好，我的表現還是很好，那麼，娘子，現在妳對我的表現滿意嗎？」

沈如意臉色通紅。「誰是你娘子！」

「現在不是，馬上也要是了。」六皇子笑得溫和。

沈如意也跟著笑。真好，活了兩輩子，總算遇上了對的人。

快到晚上的時候，沈侯爺總算是帶著沈夫人回來了，六皇子之前正好走人，兩邊也沒有遇上。沈如意忙迎了出來，就見沈侯爺臉色很平靜，沈夫人面上也沒有什麼大變化，瞬間，沈如意被六皇子安慰後，僅剩下的那一點擔憂也沒有了。

「父親、娘，你們回來了？怎麼樣，宮裡是如何說的？」伸手扶了沈夫人的胳膊，沈如意忙問道。

沈侯爺看了她一眼。「自然是能說的說，不能說的不說。」

什麼能說？那就是老夫人偏心，慫恿著二房謀害長房，想要爭奪爵位；什麼不能說？那自然是老夫人給老侯爺戴綠帽子的事情不能說。

「晚膳準備好了？」沈夫人笑著問道。

「早就準備好了，之前六皇子來過，和我說了一下宮裡的情況。」沈如意忙點頭，轉身吩咐陳嬤嬤去將晚膳給擺上來。

知道這事情瞞不過沈侯爺，沈如意很老實地自己交代。「說是太后和皇后娘娘對娘的印象都很好，讓我不用太擔心了。娘，太后娘娘和皇后娘娘，今兒沒有責備妳吧？」

「沒有，太后娘娘只感嘆了幾句，人都是偏心的，但是偏心到老夫人這個程度的人，著實不多。然後就換了話題，問我如何處置二房。」

「我就說，侯爺決定的，先將二房送出京外放幾年，別的沒多說。」沈夫人一向也不瞞著沈如意，就將事情簡單地說了一遍。當著太后和皇后的面，這件事情中但凡有沈如意插手的地方，沈夫人都給隱瞞下來。

雖然說各家長輩給自己的兒孫挑媳婦的時候，都是選賢能的人，但是，沒有人家會願意讓自己的兒孫娶個特別厲害的人，除非是兒孫太胡鬧，需要人鎮著。

可六皇子那性子，是需要人鎮著的嗎？姑且不論皇上平日裡很喜歡六皇子了，就連太后和皇后，對這個身體不是很好的六皇子也很是喜歡。

六皇子性情溫和，他們這些長輩，自然希望六皇子迎娶一個端莊賢淑、溫柔大方的人，就像沈如意之前表現的那樣，一點兒厲害之處都沒有。

沈侯爺說的內容更多一些。「皇上對這種事情，很是厭惡，原打算重重處置二房的，畢竟是在這個節骨眼上。」

就算話沒說太明白，沈如意也馬上就想到緣由了。皇上這是從爵位想到了皇位。沈侯爺這個爵位乍看挺尊貴的，但是到國公面前，真不算什麼。連個爵位，親兄弟都虎視眈眈地盯著，恨不得你斷子絕孫，他立刻接掌過去，然後霸占你的家產、虧待你的妻小，更不要說，皇上坐的那個皇位了。

皇上年輕的時候經歷過兄弟之間的爭戰，就算贏了，也不是那麼容易，因為上面有個偏心的長輩，若不是皇太后還算有手段，指不定皇上繼位的過程就要更麻煩一些。

現在則是輪到皇上的兒子們，一個個鬥得都快忘了彼此是兄弟，恨不得早早將對方給弄死，連晚輩都不放過，皇上心裡是惱得很，所以一聽說沈侯爺家發生這些事情，皇上的第一反應就是重罰一番，當然此舉不是為了替沈侯爺出氣，而是要殺雞儆猴，最近大皇子、二皇子以及三皇子，實在是鬥爭得太厲害了一些。皇上想讓他們都安分一些，所以想藉此重重處置沈二老爺。

可沈侯爺沒答應，沈侯爺以老夫人中風為由，不想讓老夫人再經歷一次情緒的大變化，免得病情加重，堅持給沈二老爺謀個外任的想法。

而且，沈侯爺還開解了皇上——這事情都是沈二夫人做的，沈二老爺並不知情，他還是很相信自己的兄弟，堅信沈家三兄弟是相親相愛的，所有不好的事情，都是外人煽動。

皇上深受感動，覺得沈侯爺是個大好人——這句話是沈如意看沈侯爺得意的樣子，自己補充的。

皇上正為皇子們鬥爭的事情煩心呢，沈侯爺要是說，皇上啊，你們家兒子都是心大了，看中了你的位置，誰都想要，所以就打起來了。回頭皇上惱羞成怒，指不定就要將沈侯爺給處置了。

可是現在，沈侯爺換了個說詞，皇上啊，你的兒子們都是好兒子，一個個都很孝順，兄友弟恭，也都做得很好，現在之所以不好了，那是因為被外人給鼓動。

皇上一想，可不是嗎？自己的兒子們以前多聽話啊，小時候，孩子們相差的年歲不大，上學都一起，即使一個人犯錯，大夥兒全跟著求情，哪像現在一樣，一個人犯錯，周圍全都是落井下石的人。

兒子們是好的，那攛掇著兒子們爭奪皇位的人自然都不是好的。

皇上心裡舒坦了，看沈侯爺都覺得十分順眼，今兒處處誇獎沈侯爺，於是侯府發生的這些事情，就算是揭過去了。

至於皇上對沈如意的看法，沈侯爺隱晦地將聖上的意思表達了一下：沈侯爺如此精明能幹、正直忠心，沈如意作為他的親生女兒，也定然是很好的。幸好他早早就替小六訂下來了，要不然，就要錯失一個好兒媳了。

「眼瞧著就要過年了，過完年妳就十六了，六皇子年齡也不小，就想著，過年的時候給你們兩個指婚，你們兩個先訂親，至於成親的日子，定在明年秋天，妳覺得如何？」

沈如意張口結舌。「這麼快？不是說，今年冬天訂親，明年冬天成親嗎？怎麼就變成明年秋天了？」

沈侯爺微微皺眉。「冬天和秋天有什麼差別？要我說，秋天更好一些，秋高氣爽的，天氣好，人也舒服一些。等到了冬天，冷冰冰的，著實有些不方便。再說，妳的嫁衣不是已經開始準備了嗎？既然準備好了，就趕緊出嫁吧。」

沈如意頓時哀怨了。「父親，您就這麼迫不及待想要將我掃地出門？」

沈侯爺冷笑。「有人要妳就不錯了，我怕再耽誤下去，妳上了年紀就嫁不出去了，原本就只有一張臉能看，再過幾年，連這張臉都沒有了。」

這個閨女簡直是他的剋星，他原想著，夫人這麼柔柔弱弱的一個人，遇上了什麼困難，定是只能來找他這個相公，結果倒好，這個閨女遇神殺神、遇佛殺佛，想著自己快要出嫁了，竟然想要將侯府全部蕩平了！給她娘親留下一個太平的侯府，那還要他這個當家男人做什麼，看著玩嗎？

所以，閨女還是趕緊嫁出去好，兒子還小，尚不能搶奪他老子的風頭。等閨女出嫁了，這侯府的事情，夫人可不就只能和自己商量了？

沈如意完全不知道沈侯爺的打算，只感到哀怨，自己好不容易營造了個清靜的環境，結果竟然不能享受太久，立刻就要換到新戰場去了，這簡直是不能更悲傷了。

沈夫人倒是很不捨得自己的女兒，眼巴巴地看沈侯爺。「明年如意才十六呢，能不能拖到後年，皇上那裡，非得要明年嗎？不是說，四皇子還沒成親嗎？這當兄長的，怎麼也得排在弟弟前面吧？」

「六皇子今年十八，明年十九了。」沈侯爺嚴肅地看了沈夫人一眼，更是堅定明年秋天就將沈如意嫁出去的打算。「至於四皇子，估計指婚的時候，是和六皇子一起，婚事大約會定在明年夏天，肯定會比六皇子早，妳就不用擔心這個了。如意接下來的時間，就不能做別的了，趕緊做她的嫁衣之類的，還得學規矩……」

沈如意瞪大眼睛。「還得學規矩？」

沈侯爺點頭。「妳以前學的，是當姑娘以及大家族媳婦的規矩，雖然大方向不差，但和皇家的規矩比起來還是差了些。比如說，宮裡的妃嬪，以前妳只需要見了太后、皇后娘娘，以及四妃行禮就行了，現在妳得分清楚，見皇后行什麼禮，見了妃嬪該行什麼禮，而且皇家的家族祭祀更嚴苛一些，是半點兒不能出錯，所以，規矩妳還得學。」

沈如意點頭。「好吧，我知道了。時候不早了，那我就先回去了，父親和娘在宮裡待這麼久，想來也應該是很累了，你們早些休息吧。」

今兒一天發生的事情實在太多了，用過早膳就去長春園那邊處理二房的事情了，用了午膳沒多久就進宮，這會兒天色早就黑漆漆了，連沈如意都覺得有些犯睏，就更不要說沈侯爺和沈夫人了。

翌日，沈如意一覺睡到大天亮，竟然也沒有人來叫她起床請安什麼的，等她掀開床簾一看，外面天色大亮，再看看漏壺，沈如意拍拍額頭，竟然將上午都睡過去一半了！

「姑娘醒了？早上夫人身邊的青棉姊姊來了一趟，說是夫人吩咐的，這兩天姑娘太累了，所以早上就不用叫姑娘起床，讓姑娘睡到自然醒，想什麼時候起床就什麼時候起床。」

夏冰原本就在桌子前坐著，聽見動靜，忙過來給沈如意行禮。「姑娘是想再睡一會兒，還是這會兒就起床？」

「這會兒就起吧，時候不早了，再睡下去，晚上就該睡不著了。」沈如意笑咪咪地說道。

真好，果然將那一窩東西給收拾了，侯府的天空都變得比以往更加晴朗了。這種自己想什麼時候起床就什麼時候起，想什麼時候吃早膳就什麼時候吃，可真讓人愉悅啊。

瞇著眼睛，笑呵呵地用完了自己的早膳，沈如意才去正院。

沈夫人正在處理家事，沈如意也不打擾她，更不湊上去出主意，她既然已經將管家的事情都交給沈夫人了，自然是不能胡亂插手。再說，她就要出嫁了，沈夫人早晚是得獨立，就像沈侯爺說的，她一直庇護自家娘親，只會妨礙沈夫人的成長。

沈如意給沈夫人行了禮，轉身就去內室抱弟弟去了。這會兒沈鳴鶴正是吃飽睡足的時候，瞪著眼睛吐著泡泡，自己和自己玩得很開心，見了沈如意，笑得更開心。

他叫了兩聲「啊」，就伸著小手想往沈如意那邊搆，沈如意忙遞過去一根手指，沈鳴鶴立刻死死拽住。

小孩子的力氣能有多大？沈如意卻很喜歡那種感覺，笑咪咪任由沈鳴鶴拽著自己的手指，坐在床邊逗弄他。

「鳴鶴看得見姊姊嗎？看看這個是什麼？叮鈴鈴，會響喲，鳴鶴想不想要？」

沈鳴鶴傻乎乎地笑著，小腿歡快地蹬了兩下，另一隻小手握成拳頭放在自己的腦袋旁邊。

沈侯爺進來轉了一圈，笑了笑。又出去看沈夫人，見沈夫人忙著，索性就去書房。

長春園裡，沈三夫人端著藥碗站在老夫人的床頭，一臉的為難。

她身後的丫鬟探頭瞧了瞧。「夫人，咱們是不是將老夫人給叫起來喝藥？再不喝，這藥就要涼了。」

沈三夫人瞪了她一眼。「妳以為老夫人醒來就願意喝藥了？」

「那怎麼辦？」小丫鬟昨兒就跟著沈三夫人，自然知道老夫人昨天下午醒過來之後，知道自己中風了，就開始不停鬧騰，雖然不能動不能說話，可光是瞪眼猙獰的樣子，就很是讓人恐懼。

那藥就算餵到嘴裡她都能吐出來，自家夫人總不能捏著老夫人的嘴灌吧？

「要不然，咱們也別管了？」頓了頓，小丫鬟壓低聲音，湊到沈三夫人耳邊，輕聲說道：「您看，大夫人和二夫人一個都沒來，今兒早上都沒過來請安，咱們是不是也不用在這裡伺候著？」

沈三夫人沒好氣地瞪她一眼。「大嫂是忙著呢，怎麼有空過來？二嫂做出那種事情，讓她過來豈不是要氣死老夫人？」

那小丫鬟有些委屈。「可是，侯爺昨天說了，讓二老爺在外放之前，先過來伺候著老夫人……」

沈三夫人愣了一下，隨即拍頭。「就是啊，我竟然忘記這件事情。反正老夫人現在不能說話。」

攛掇二嫂的事情她亦有分兒，二嫂昨天只供出老夫人，可說不定什麼時候，就會供出自己來，她是不是先到大嫂跟前討好一番呢？

伺候老夫人這種事情，實在是太沒前途了。明眼人都能看出來，以後老夫人就是躺在床上等死，嘴不能言、手不能寫，她能表達出什麼？自己總不能一直繞著老夫人轉，這侯府可是由大哥大嫂當家。以前，自己總是被老夫人當槍使，在大嫂面前，那是一點兒的好印象都沒有，若是再不轉變自己在大嫂心裡的印象，以後怕是……

看看一直想要弄死大嫂的老夫人的下場，再看看聽了老夫人慫恿的二嫂的下場，回想自己以前對大嫂也是不怎麼尊敬的。等輪到自己的時候……

還有，之前二嫂竟是說出了那樣的事情，看大哥的反應應當是心裡有數的，哪怕以前不知道，現在也會調查一番，那自己的父親不就沒辦法隱藏了嗎？

得罪了沈侯爺，能有什麼好下場？萬一沈侯爺遷怒……不，萬一沈侯爺要嚴懲，那父親可怎麼辦？

想來枕頭風應該很管用，自大嫂回來後，大哥變了許多，那麼大嫂說的話，大哥也應當能聽得進去。

自己去巴結討好一番，大嫂若是能為自己說些好話，以後的日子想來也不會太差了。雖然，留在侯府不能自己當家作主，還要時時刻刻聽大嫂的吩咐，可留在侯府的好處也更多啊！一來自己的相公，能用侯府的名頭庇佑自己。二來，吃喝穿用都是公中出錢，侯府財大氣粗，想來是不在乎多養一房人的。自己這邊的錢財，攢下來才能積少成多。

傻子才要分家呢！可現在，二房都要分出去了，若是自己再不識趣，指不定大嫂就要攛掇著大哥將他們三房也分出去了吧？

沈三夫人越想越出神，完全沒注意到老夫人已經睜開了眼睛。

小丫鬟原本也是在發呆，但她比沈三夫人警覺多了，察覺到老夫人的視線，只看了一眼，就嚇得一哆嗦，趕緊在後面扯了扯沈三夫人的衣服。

沈三夫人微微皺眉，低頭瞧了老夫人一眼，趕忙扯出了笑容，可想了想，現在老夫人不能說不能動，自己何必和以前一樣，將她當成高高在上的老祖宗呢？再說，若不是老夫人老不修，非得給自己的父親寫信傳書，怎麼會讓二嫂給抓住把柄？若不是老夫人非得……自己現在何必為難？都是老夫人自己不要臉，才牽連了自己和爹爹，自己憑什麼要給她好臉色？

於是，沈三夫人的臉又繃起來了，也不想和老夫人說話，直接拿勺子，舀了藥汁就要往老夫人的嘴裡灌。

老夫人雖然嘴巴有點兒歪，表情做得不是那麼到位，但那一臉驚訝還是很容易就能看出來。她實在是想不明白，昨兒還對她十分孝順的兒媳，今兒怎麼就換了一副臉孔。難不成，是被欺負了？

老夫人立刻就想到沈侯爺和沈夫人，他們兩個是不是將二房給趕走了還不甘心，又找了三房的碴兒？

老夫人立刻就著急了，嗷嗷嗷地叫了幾聲，沈三夫人根本不知道老夫人說的是什麼，只以為老夫人和昨天一樣不願意喝藥。她心裡又煩又亂，一面擔心沈侯爺會對她娘家出手，一面又擔心沈夫人會攛掇著沈侯爺分家，恨不得早早就去找沈夫人賣個好，也好早些將這些事情給解決了。

可老夫人不喝藥，二老爺又沒過來，她也不能隨意走開，若是沈侯爺過來發現沒人守著老夫人，指不定是要生氣的。所以，一看老夫人又不願意配合她喝藥，心裡就竄出一股火來，也不用勺子了，直接叫自己的丫鬟托著老夫人的後腦勺，她一手端著藥碗，一手捏著老夫人的下巴，就那麼將藥給灌進去了。

老夫人大吃一驚，那藥汁又苦得很，沈三夫人灌得也急，老夫人被嗆得差點兒翻白眼了，等沈三夫人一鬆手，直接就趴在床邊吐出來了。

沈三夫人也不在意，叫了外面守著的丫鬟進來。「老夫人喝了藥之後有些不舒服，吐了一地，妳們給收拾收拾。」

因為昨日處置沈二夫人的事情時，二夫人大聲說的那番話恐怕也進了老夫人身邊的大丫鬟耳裡，所以為了以防萬一，這些大丫鬟們還是被處置了——當然不是弄死了，好歹也服侍了老夫人一場，平日裡又沒有犯什麼錯。

正好遇上老夫人中風這件事，因此沈夫人將人都給許配出去，今兒早上送了一大筆嫁妝，將幾個大丫鬟給送回家了。

一家子的賣身契都在沈夫人手裡捏著，這會兒她們又被許出去了，若是昨兒的事情傳出去，一家老小都沒活路了。

聰明的人自然知道應該怎麼做，蠢笨的人就算說出去了，也還有一個誣衊主子的罪名在等著呢。所以這會兒，老夫人院子裡伺候的都是些小丫鬟。長春園裡的丫鬟，已經過第三次梳理了，不說是人人心驚膽戰吧，卻也差不多都站好隊了。

這會兒長眼睛的人都知道府裡的形勢是什麼樣子，傻子才會站在老夫人這邊。因為拿不準長房那邊的態度，也沒人敢對老夫人太殷勤，再加上昨天老夫人鬧騰得厲害，不願意更多人瞧見她現在的樣子，所以將丫鬟們都趕出去了，沈三夫人過來的時候，才沒人在屋子裡待著。

小丫鬟將地上的穢物收拾了一番，迅速地走人。

沈三夫人厭惡地看了看老夫人，瞧出老夫人臉上的憤怒和疑惑，正要往外走的身子就頓住了。她挑了挑眉，彎下腰，壓低聲音說道：「老夫人，妳該不會認為我是真的孝順妳吧？」

老夫人有些發愣，沈三夫人壓低聲音，冷笑了幾聲。

到了這時候，她既然已經選擇去巴結沈夫人，那自然是要和老夫人撕破臉的，她自知不算是聰明的人，要不然，這些年來也不會只躲在老夫人的身後。即使有老夫人撐腰，她還是鬥不過二夫人呢，所以，她也從沒想過兩面討好這種事情。

就算以後老夫人會康復，但是中風這種事情，養好也得三、五年。老夫人能有幾年時間？有那三、五年，原本就站在勝利那一方的沈夫人，怎麼可能不將侯府後院打理得只有她一個人高高在上？

看著老夫人的眼神透露出幾分厭惡，沈三夫人壓低聲音繼續說道：「若非是因為這侯府，我唯一能依靠的只有妳，妳以為，我會整天對妳巴結討好？妳肯定不知道吧，我作夢都想殺了妳！」

沈三夫人伸手在老夫人的脖子上捏了兩下，笑了笑。「這脖子，我一用力，妳就再也睜不開眼睛了吧？現在妳連話都說不出來，也動不了，要殺死妳太容易了，可我不想殺死妳，妳知道是為什麼嗎？

「不是因為我不忍心，而是我覺得，死了太便宜妳了，妳這種人，就應該活著受罪。」

沈三夫人收回手，皺著眉將自己的手在帕子上擦了擦，厭惡地將帕子丟給了身後的小丫鬟。這丫鬟雖不是從小陪著她長大的，卻是她奶娘最小的幼女，可比長年服侍的嬤嬤對自己更忠心可靠。

「若非是妳，我娘怎麼會抑鬱致死？」沈三夫人冷聲說道。

偷情這種事情，從來不是一個人就能成的。她是父親從小帶大的，她雖然不怨恨父親，但她怨恨這個該死的老妖婆！

「若不是妳，我父親一身才華，怎麼可能會在五品官的位置上一坐就是二十年？」沈三夫人冷笑。「妳以為妳很愛他，所以他就應該很榮幸？妳以為，我父親是積德了才遇上妳？我告訴妳，妳的愛，對他來說簡直就是毒藥！要命的毒藥！若不是妳，他早就出了京，就算做不了封疆大吏，也能成為一府父母。妳給他帶來了什麼？恥辱，桎梏！我爹他是倒了八輩子的楣，才遇上妳這個掃把星！若不是因為怕妳，他豈會委屈自己幾十年？」

老夫人氣得雙眼通紅，一張臉鐵青，喉嚨裡呼哧呼哧地喘著氣，若不是動不了，那樣子就活像想將沈三夫人給掐死，可她連一根手指頭都動不了。

「可我竟然還得巴結著妳才能過得好。」沈三夫人歪著頭，一臉的不可思議。「我都不知道，我以前是怎麼忍受妳，我竟然能忍這麼多年呢，難怪我會是我爹的女兒，我和我爹可真是一模一樣，面對妳這樣噁心的人，竟然都能忍得住，實在是太偉大了！」沈三夫人拍手笑道。

身後的小丫鬟連忙伸手拽了拽她，頓了頓，沈三夫人忽然沒了說話的興致，直起身子，嘆口氣。「算了，我和妳說這麼多做什麼呢？反正，妳也沒多久能活了，我既然都忍受了這麼些年，何必又說出來呢？」

沈三夫人喃喃自語。「是了、是了，我還是不甘心啊。妳說，我和我爹那麼像，我爹是不是也會不甘心？等知道了妳中風癱瘓的消息，我爹會不會仰天大笑呢？說不定得立刻放鞭炮慶祝一下？」

這個對老夫人的打擊最大了，她活一輩子就這麼一個執念，老侯爺長得英俊瀟灑，人又專情，可她就是不喜歡。為了那個人，她甚至拋家棄子，可現在有人說，那個人根本不想和她在一起，那個人一點兒都不喜歡她，只是迫於壓力才願意和她在一起，原本在她心裡那麼溫馨、讓人幸福的事情，在他心裡，竟然都是恥辱，是他想要迫不及待擺脫的噩夢！

老夫人不懷疑沈三夫人說的是假話，因為沈三夫人是那人最疼愛的女兒。所以她知道，沈三夫人說的就是那個人心裡想的。終於，老夫人一口血吐出來，再也撐不住了，兩眼一翻，就人事不知了。

# 第三十三章

沈侯爺很發愁，沈夫人也有些發愁。

「太醫是怎麼說的？」

「太醫說，老夫人怒氣攻心，眼下雖然是將人給救回來了，但中風痊癒的可能……」沈侯爺嘆口氣，沒說完，但沈夫人和沈如意都明白過來了，怕是老夫人這中風是再也好不了了。

「那老夫人的性命可有妨礙？」沈夫人蹙眉問道。之前老夫人中風的時候，太醫說幸虧老夫人身體養得好，雖然中風了，但養個幾年還有希望痊癒，至少也能活個十來年。現在中風更嚴重了，連痊癒的可能都沒了，那會減壽吧？會不會對如意的婚事有什麼影響？

沒出嫁的孫女和出嫁的孫女守孝的時間可是不一樣的，如意沒出嫁老夫人就過世了，那等出孝……

「有一些妨礙，不過不要緊。」沈侯爺知道沈夫人擔心的是什麼，頓了頓說道：「日後，咱們每隔三天給老夫人請一次脈，有什麼不對的地方，也好早些發現。如意的婚事，我原想著還是儘快些吧。雲柔年紀也不小了，夫人忙完了如意的事情，就帶著雲柔出門作客，最好是能早些訂下來，訂年紀小點兒的對象沒關係，到時候說不定就要等了。」

沈夫人忙點頭，猶豫了一下又問道：「那三弟妹那裡……」

「不用管，平日裡娘最是疼愛老三，三弟就算被寵得有些過了，該怎麼做，他自己心裡還是有數的。」沈侯爺不在意地說。

再說，他深覺得老夫人這次的事情是因果循環，老三家的做得固然不對，可他這個大哥也不能出面去訓斥處罰，只能老三自己動手。

「不過，咱們也不能半點兒表示都沒有，畢竟府裡上上下下都看著呢，若是老三媳婦這次將老夫人氣暈的事情這麼簡單就揭過去，府裡那些人精，定是要誤會咱們長房的態度。」沈侯爺沈聲說道。

府裡的下人們一個比一個精，若是誤會他們長房對老夫人只是面子上的事情，實際上還縱容這種輕視發生，那落井下石的人肯定不會少。沈侯爺從小就不喜歡老夫人，可不代表沈侯爺就願意讓人作踐自己的親娘。

沈夫人點頭。「我明白，你只管放心，我想著，咱們短時間內不會分家，我就想讓三弟妹去唸佛一年，罰她三年的月例，你覺得如何？」

「妳們內宅的事情，我懂得不一定有妳多，妳覺得好，那就這麼辦。」

沈侯爺並不反對，沈夫人點頭表示明白。

這邊上午商量定了對沈三夫人的處置，下午聖旨就到了。

旨。

現在侯府並沒有說分家的事情，所以哪怕這聖旨是給沈二老爺的，沈侯爺也得出面接旨。

官員的聖旨，用不著後院摻和。沈夫人一邊帶著沈如意做針線，一邊時不時抬頭往院子外看。

「父親！」沈如意眼尖，一瞧見沈侯爺進了院門，忙迎出去。「聖旨上說了什麼？是不是二叔父調職的事情？」

沈侯爺點頭，進了屋，接過沈夫人遞過來的茶水，抿了一口潤了潤嗓子，這才說道：「聖旨上說，讓老二到鳳翔府當知府，馬上上任，許帶家眷。」

「馬上上任？」沈夫人有些吃驚。「那今兒就要走？」

「不是，明天走。」沈侯爺說道。「咱們去老二那裡看看，今兒記得將行李收拾好，我還有些事情要交代老二。老二家的那裡，妳也多說說。」

沈夫人點頭，沈如意也跟著過去了，她倒不是不放心沈夫人，沈二夫人自那次之後就再也蹦躂不起來，她得罪自己的娘家大嫂，就算陸老夫人對她很是心疼，但親娘畢竟年紀大了，親哥哥和大嫂相敬如賓，更是不願意輕易得罪侯府，所以暫時也不會給她什麼幫助。

只是，沈如意怕沈二夫人走示弱的路線，沈夫人心軟，萬一答應幫忙什麼的，雖然也沒什麼大妨礙，可沈如意還是有些不大願意。和沈夫人比起來，她的心眼實在是太小了，一點兒的委屈都放不下。

到了二房，沈二老爺和沈侯爺去書房說話了。

沈夫人帶著沈如意去見沈二夫人，一進門沈夫人就有些吃驚，不過兩天，沈二夫人看著就瘦了一大圈，臉色又黃又枯，眼神都有些呆滯。

「二弟妹？」沈夫人叫了一聲。

沈二夫人身子一哆嗦，趕緊轉身，瞧見沈夫人就要下來請安，只是，也不知道是不是身體太虛了，竟然一頭朝下面栽下去。

沈夫人忙搶上前將人扶住。「小心些！」

等坐定，她才擔憂地問道：「妳這是怎麼了？不過兩天工夫，怎麼就瘦成了這樣？」

「大嫂，妳真好，這個時候也就妳這樣心軟善良，還能關心我兩句，就連我們老爺，整日裡看見我也都眼不是眼、鼻子不是鼻子的，恨不得我早早死了算了。大嫂，我做了那樣的事情，那樣陷害妳……妳竟還關心我，我……我，我實在是慚愧啊，我沒臉見人啊！」

說著，沈二夫人開始嚎啕大哭。「我不是人啊，我怎麼就鬼迷心竅，做出那樣的事情呢？我簡直是白活了幾十年啊，我狼心狗肺、畜生不如啊，我怎麼就做了那樣的事情呢？

「老夫人以前對我多好啊，雖然比不上親娘，可在京城裡，誰不誇我運氣好，遇上這麼一個好婆婆，從不插手我們房裡的事情，有什麼好東西也都想著我們，我怎麼就忘記了老夫人以前對我的好呢？我怎麼就能那樣，我實在是……」

說著，沈二夫人就臉色發白，一手捂著胸口，有些喘不上氣來了。

沈如意趁著沈夫人沒看見時，翻了個大大的白眼，果然，她原先預料得沒錯，沈二夫人現在到了絕境，就掐準沈夫人的性子，開始走柔弱路線了。

以沈夫人的心軟，沒準兒還真有可能一時衝動應下什麼話來。

「二弟妹啊，不是我說，妳之前那些事情，做得真不對。」沈夫人嘆口氣，伸手拍了拍沈二夫人的背，替她順過氣來。「我也知道，妳是真心知道自己做錯了，可做錯了事，就得受懲罰。妳若是真心想悔改，就好好跟著二弟去吧，等過些年再回來。」

沈二夫人愣了一下，臉上瞬間露出驚愕的神色，但很快就收了起來，垂下眼簾，苦笑了一聲。「大嫂，這話我真沒臉說，可又不能不說，我知道，是我做錯了事情，所以老夫人現在才重病在床，我想贖罪，想親自照顧老夫人……」

沈二夫人是聰明人，她知道這次的事情，她不光是得罪長房，還得罪了自己的相公。知府說是一府父母，可這地方官能和京官相比嗎？更何況，丈夫這次出去，還不知道什麼時候才能回來。

對孩子們來說，後果更嚴重。知府家的孩子，能比得上侯府的孩子嗎？男孩子倒還好，能自己奮鬥起來，可女孩子，身世和婚姻可是有大大的聯繫，出身帶來婚姻上的差距，可不是一步、兩步。

就比如說現在吧，沈佳美是侯府的姑娘，哪怕是出自二房，那也是侯府的姑娘，將來就算嫁不了王公貴族，至少也能找個三品以上的官員。可若是搬到那個什麼鳳翔府，一個知府的女兒就算能嫁回京城，那能嫁到什麼樣的人家？頂破天就三品。

所以，跟著丈夫上任，不如留在侯府，一來能就近知道長房的各種打算，在京城也好及時作出應對；二來，她帶著孩子們沒走，那就不是分家。沈侯爺再厭惡她，也不會趁著弟弟不在，就將弟妹連帶姪子姪女分出去的。

「二弟妹啊。」沈夫人嘆口氣，再次伸手在沈二夫人的背上拍了拍。「我知道妳的一番心意，妳是覺得對不住老夫人，所以想親自照顧老夫人，有朝一日，老夫人看在妳孝順的面子上，就是不原諒妳，也能稍微減少些憤怒。」

沈二夫人忙使勁點頭，兩眼帶著期盼地看沈夫人，但隨即沈夫人就搖頭了。

「但越是這樣，妳越是不能留下來，妳也知道，妳之前做的那件事情……老夫人實在是難堪，別說是看見妳了，老夫人光聽見妳的名字就恨得不行，妳若是時時刻刻在她跟前晃著，她不氣得更狠才怪。」

沈二夫人張張口要說話，沈夫人擺擺手。「我知道妳想說什麼，妳想說，妳願意天天跪在老夫人面前，日日祈求她的原諒，或者就是為老夫人抄經唸佛什麼的，總歸是要就近照看著，對不對？」

沈二夫人簡直不知道應該怎麼接話了，沈夫人又嘆口氣。「太醫說了，老夫人現在這種情況，是再也不能受刺激，她看見妳就生氣，妳若是時時刻刻出現，她更生氣，這樣一來，病情就會更嚴重，這樣的情況和妳的初衷肯定不符吧？」

不等沈二夫人說話，沈夫人就又說道：「妳就是想唸佛抄經，在哪兒不能唸？妳去了鳳翔府，就在自己府裡弄間小佛堂，日日為老夫人祈福，這也足夠了。再說，妳和二弟是夫妻，妳是他的結髮妻子，二弟去鳳翔府可不是去享福，妳身為他的娘子，最好是跟過去照顧他，還有孩子們，妳就放心讓他們自己跟著二弟走？二弟一個大男人家，怎麼能照顧好孩子？娘親還是跟過去最妥貼了。老夫人這裡，妳要是實在不放心，回頭我讓人多多給妳送信就是了，妳要是有心孝順老夫人，就多送些草藥之類的回來。

「明瑞他們年紀不小了，這個年紀多在外面走走也是有好處的，妳也不用太過擔心。明兒就要出發了，要收拾的行李，可都已經收拾好了？」

沈二夫人有些發愣，大約是從沒想過，沈夫人會拒絕得這麼徹底，不管她前面說了什麼，沈夫人都找了理由反駁回去，反正就一個意思，明兒他們一家必須走。

可沈二夫人不甘心，又哀哀悽悽地看沈夫人。「大嫂，我也知道，在外面走走，對孩子們很有好處，只是佳美是個女孩子，我實在是不忍心她受這樣的罪……」

既然不能全部留下，那留下一個也行。

「佳美長這麼大，都待在京城裡從沒出過城，她年紀也小，身子嬌弱，我實在是擔心她受不了那個長途跋涉的日子。到鳳翔府，無論吃食、說話什麼的，她都不習慣，萬一要是生病了，我這當娘的，心裡就跟刀子挖一樣，咱們都是有女兒的人，」沈二夫人拉著沈夫人的手，企圖打動沈夫人。「大嫂也應當明白，我心裡對佳美，實在是半點兒苦都捨不得她吃啊。」

沈夫人有些詫異地看沈二夫人。「二弟妹，妳的意思是想將佳美留下來？」

沈二夫人忙點頭，沈夫人臉上的詫異更重。「二弟妹，難不成妳不知道，這女孩子都是要跟著當娘的走嗎？原本，若是老夫人沒什麼大事，佳美倒是還能留下來，畢竟，老夫人也是誥命夫人，老夫人教養出來的女孩子，定然不會有人指責什麼，可老夫人這種情況，妳也看到了，對佳美定是有心無力，那麼佳美最好就是跟著妳走。女孩子的教養學識，都是從當娘的身上潛移默化過來的，妳將佳美留下來，以後誰敢上門提親？」

沈夫人轉頭看了看沈如意，又說道：「妳看當年，我難不成不知道到莊子上，如意的日子會不好過嗎？別說是大丫鬟了，連如意的奶娘都不願意跟去，我若是求侯爺，侯爺定會答應將如意給留下來的，可我還是將如意給帶走了，難不成我是不願意讓如意過好日子？」

用自己和沈如意來舉例，沈二夫人就是有再多理由，這會兒也說不出口了，可她心裡，都快要嘔血了。

沈如意那會兒，能和佳美這會兒比嗎？那時沈如意才多大？兩、三歲留在侯府根本是找死，可佳美現在都十幾歲了，又一向聰明，怎麼可能會在侯府遇到危險？再說，那會兒，侯府是什麼情況？有老夫人在，妳敢放心將沈如意留下來嗎？這會兒侯府是什麼情況，誰會沒事對佳美出手？

「二弟妹，我知道妳捨不得佳美受苦。」沈夫人語重心長。「但是，佳美是個女孩子，女孩子家寄人籬下更不好，時間長了，性子就要變了，為了佳美好，妳還是將佳美也帶走吧。」

話音剛落，沈二夫人張口還沒說出話，外面就衝進來一個人影，撲通一聲就向沈夫人跪下了。

「大伯母，我不願意離開京城，我求求妳，讓我留下來吧，我要替我爹娘照顧祖母，俗話說，父母在不遠遊，我爹娘要到鳳翔府去，不能在祖母跟前伺候，我這個為人子女的，就要替爹娘盡孝心。」

一時之間，沈二夫人心裡的感覺，別提多複雜了。她自己替沈佳美謀劃，想將沈佳美留在京城，和沈佳美自己迫不及待想要留在京城、不願意跟著她這個當親娘的走，這感覺可是不一樣。

「三妹倒是個孝順的人。」沈如意笑著說道，看了看沈二夫人，又問：「我瞧著二嬸娘的臉色不是很好，可是最近身子不舒服？」

沈二夫人忙搖頭。「多謝如意關心，我身子好得很，只是這兩天因著自己做錯了事情，又擔憂老夫人，沒睡好，這才看著有些不舒服，並沒有什麼大事。」

沈如意點點頭，又看沈佳美。「三妹有孝心是好的，只是要分得清輕重，祖母有三個親兒子，就算你們二房走了，還有大房、三房照顧。而二叔父和二嬸娘，只有親兒子一個，親女兒一個，若是留下妳這個親女兒，身邊就只剩下一個親兒子了。」

說到這兒，沈如意笑了笑，沒有再說下去，沈佳美臉色青白，這話比打她一巴掌都讓人覺得難堪。

過了一會兒，沈佳美開始哭了。「大姊，妳是不是不喜歡我？妳是不是還因為前兩天的事情，對我很是不滿？我知道錯了，大姊妳原諒我好不好？」

沈夫人有些不解地看向沈如意。前天的事情？

沈如意搖搖頭，表示沒什麼大事。「三妹，前天的事情，妳雖然做錯了，但妳年紀小，對宴會的事情也有些力不從心。我已經原諒妳了，妳放心地跟著二叔父和二嬸娘去鳳翔府吧，我一點兒都沒有對妳不滿，咱們可是親姊妹，哪有隔夜仇。」

說著，她轉頭看沈夫人。「娘，咱們也先走吧？二嬸娘還要收拾行李，時間怕是緊得很，咱們就不要在這裡打擾二嬸娘了，明兒二嬸娘他們還要趕路呢。」

沈夫人忙點頭，跟著起身。「那好，我就不打擾二弟妹了，妳也趕緊開始收拾行李吧，收拾好了，明兒也就不用那麼緊張。妳且放心，你們的院子，我會讓人好好打掃，院子裡面的東西也不會讓人亂動，妳只安心地去吧。」

沈二夫人又氣又急，但之前說的各種理由，都被沈夫人給駁回了，這會兒還真找不到什麼好的藉口，只能眼睜睜瞧著沈夫人和沈如意離開。

沈佳美呆呆地瞧著沈如意的背影消失，想也不想就拿了桌子上的茶杯往門口砸去，茶杯破碎之後，沈佳美衝到沈二夫人身邊嚎啕大哭。「娘，我不想去鳳翔府，那麼遠、那麼偏，那裡肯定很窮！」

沈二夫人嘆口氣，伸手揉了揉她腦袋，卻沒有接話。

「娘，反正也出來了，咱們去看看老夫人？」沈如意側頭看沈夫人。

沈夫人大約是心寬，即使生了兩個孩子，歲月還是沒在她臉上留下太多痕跡。皮膚一如既往光滑水嫩、臉色紅潤有光澤，不過和以前相比，生活有了更多的盼頭，沈夫人的眼神也少了幾分憂愁，多了幾分希望，比過往更加明亮耀眼，多了幾分風情。

或者說，是因為生活更有希望了，所以娘親擁有第二次的蛻變，煥發出屬於自己的光彩。

沈如意堅信，沈侯爺不是沈迷於美色的人，要不然也不會到中年，才看上自己的娘親。京城最不缺的就是各樣的美人兒了，哪怕你想找紅頭髮、綠眼睛的，那也是有的。

進了長春園，重新換的第三個「榮蘭」過來行禮。

「三老爺正在內室伺候老夫人用藥，夫人和姑娘要不先等等？」

沈夫人點頭，和沈如意一起在外面等著。

好一會兒，沈三老爺才出來，拱手給沈夫人行禮。「大嫂。」

沈如意也忙起身給沈三老爺行禮。「三叔父。」

今兒的沈三老爺，看起來和往日還真不一樣。以前的沈三老爺很有些天真，事事都聽老夫人的，老夫人看不慣沈夫人，沈三老爺也從不正眼看沈夫人，就算是行禮，那也是能躲就躲。

老夫人不喜歡沈如意，沈三老爺幾乎連句話都沒和沈如意說過。老夫人想要奪回管家權，沈三老爺那是身先士卒，很勇猛地衝上去。當然，他膽子不大，在發現沈如意後面是沈侯爺，他要是再衝就會對上沈侯爺的時候，就趕忙煞住腳了。

再看看現在的沈三老爺，一臉的鬍子邋遢，眼神不僅滄桑，簡直是黯淡無光得像是死水。說起來，這兩天發生的事情也著實太多了些，對沈三老爺的打擊也確實是不小。

他從小被老夫人嬌養著長大，從沒想過，短短兩天時間，自己的世界就翻天覆地了。為什麼大哥從小不得娘親的喜歡？因為大哥知道娘親的醜事啊。為什麼娘親對自己特別好？因為自己娶的老婆是娘親心上人的女兒啊。這個世界，太可怕了！

然後，忽然之間，自家媳婦不知道又做了什麼，竟然將老夫人氣得吐血了！娘親平日裡不是最寵愛她嗎？她怎麼就忍心將老夫人氣成那樣呢？

心裡惱恨，又有些不解，還有些茫然，他以前尊敬自家的夫人，也不是半點兒感情都沒有的，都有兩個嫡子了，甚至連侍妾懷孕的事情，他都半點兒不隱瞞和夫人商量，可想而知，夫人在他心裡的地位了。

可是，怎麼就出了這樣的事情呢？娘親找的人，怎麼就偏偏是老丈人呢？

沈三老爺又迷茫又痛恨又不解，也幸好沈侯爺管得嚴，不許他們隨意酗酒，沈三老爺雖然快成遊魂了，神志也還算正常。

「大嫂怎麼過來了？」沈三老爺說話都顯得有氣無力。

沈夫人皺眉看他。「三弟怎麼這個樣子，可是午膳沒用好，要不要再去用些午膳？」

「多謝大嫂關心，我很好。」沈三老爺有些狼狽，但隨即就挺直腰背坐好了。

這可不是以前那個無足輕重的女人，而是大哥最看重的女人，若是她到大哥面前關心兩句，回頭大哥不得更關心自己？現在面對大哥，他總有一種很心虛的感覺。

「那就好，你若是不舒服，可千萬不要隱瞞著，要儘快說出來，要不然，你還得伺候老夫人，老夫人瞧你臉色不好，心裡更掛念，也會心情不好的。」沈夫人囑咐了兩句，隨後起身。「我來看看老夫人，這會兒有我照看著，你先去你二哥那邊吧。聖旨下來了，你二哥明天就要走了，你們兄弟也好說說話，晚上我讓人給你們準備酒菜。」

沈三老爺忙點頭。「是，我知道了，多謝大嫂，那娘親這裡就有勞大嫂和如意姪女了，我先去二哥那邊了。」

沈夫人點點頭，沈如意也屈膝行禮。「三叔父放心吧，我們定是會好好照顧祖母的，您儘管去吧。」

沈三老爺笑了笑，轉身出了門。沈夫人這才帶著沈如意去內室。

老夫人閉著眼睛在床上躺著，聽見腳步聲後，她轉過頭，瞧見是沈夫人和沈如意，臉上立即露出怒意。

沈夫人也不介意，反正老夫人對她一向是這副表情，要不然就是漠視，她要是每次都計較，日子也別過了。她現在有兒有女，女兒馬上就要嫁人了，兒子嬌軟可愛，相公也很貼心，日子幸福美滿，她又年輕，還有幾十年的好日子在後面等著呢！

再看老夫人，三個兒子有兩個是離了心，三個兒媳有兩個是恨不得她去死，人又老了，疾病纏身，不能動不能說，吃喝拉撒都在床上，這日子過得……

和這樣的人，她還計較什麼？

「老夫人，天氣冷了，我想著妳這兒的被子也該換了，前段時間，府裡新買了棉花，我讓人給妳做幾床新被子，厚薄都有，回頭讓人給妳送過來。

「以前我也沒怎麼伺候過妳，也不知道妳喜歡什麼口味，按理說，我是應當找人問問。只是大夫說，妳現在病著，飯菜這方面也得忌口，有許多東西不能吃，所以我就想著，做些滋補的藥膳給妳吃最好了，只是這會兒做藥膳的人真不多，我還得多多打聽才行。」

沈夫人說的每一句話都是真心的，她現在就盼著老夫人活的時間長點兒，最好是能等到沈如意懷孕了。

算算日子，沈如意距離出嫁還有一年，成親之後，至少也得半年才能懷孕。老夫人要是忽然在這期間過世了，那沈如意就得守孝，可沈如意守孝不代表六皇子要跟著守孝啊。到時候，可不得安排通房嗎？若是有人比如意先懷孕，那如意的日子可就要難過了。

「今年的炭，莊子上也送過來了，老夫人這裡的還是銀絲炭，沒有煙火的，只是用的時候可千萬記住窗戶要留縫隙，這個我回頭會向丫鬟們交代，老夫人就放心吧。」

「啊啊啊啊！」老夫人的回應是一連串的低吼。

沈如意在後面探頭看了看，很真誠地建議。「娘，我看祖母整日裡這麼躺著，也肯定無聊得很，不如我們給老夫人找些事情做？」

沈夫人有些疑惑，老夫人都這個樣子了，能做什麼？

「祖母以前最是心善了，現在雖然不能動，但我想找幾個人，輪流給祖母唸些佛經、話本之類的東西，祖母也免得無聊了。」沈如意笑著說道，至於話本，她肯定要仔細篩選一番，最好是攸關因果循環的內容。

沈夫人眼睛立刻就亮了。「這個主意好，還是如意聰明。太醫可是說了，老夫人跟前最好有人能經常陪著說說話，咱們找些丫鬟，輪流著給老夫人唸話本，也免得老夫人無聊，至於佛經之類的，說不定，佛祖能保佑老夫人呢？」

說著，她轉頭看老夫人。「老夫人，您覺得這個主意如何？」

「啊啊啊啊！」老夫人吼。

沈夫人點頭。「您也覺得這個主意好？那太好了，回頭我就找幾個丫鬟，得找識字且說話聲音好聽的，還得體貼懂事，這個可有些難，不過，為了老夫人的身子，我會儘快找夠人的。」

只是這事情怎麼樣也得先擱置一旁，因為二房要走，沈夫人還得忙這些事情呢！不是二房走了就算完事，因為二房留下來的丫鬟婆子都要重新安排，院子裡的打掃亦然。

等這些忙完後，才輪到替老夫人找唸書的丫鬟。沈侯爺對此也表示很贊同，他的想法和沈夫人一樣，大夫不是說，老夫人現在不能有太大的情緒起伏嗎？那就找一些讓人感覺平和的書來朗誦，不管是佛經還是話本，予人美好、平靜之感就行。

沈如意的意見在這兩個人面前完全是不夠看的，只好撇撇嘴，息了那點兒小心思，只專心致志躲在自己屋子裡做針線活，不光是要繡嫁衣，還要做一些衣服什麼的。除了皇上、皇后以及太后，六公主那裡也得準備一份。

沈雲柔閒得沒事做了，也會拿著針線活來找沈如意。

沈如意的針線是沈夫人親自教的，又勤學苦練了兩輩子，那手藝就比沈夫人的差一點。而沈雲柔的手藝，是跟著家裡針線房上的嬤嬤學的，不說是特別難看，但也不是很好。因此她瞧見沈如意的針線活，就有點兒羨慕了。

「大姊，我要是有妳這麼好的女紅就好了。」

「想學？」沈如意一邊扯線頭，一邊挑眉問道。

沈雲柔忙點頭。「大姊願意教我嗎？」

「嗯，不過呢，我繡什麼就教妳什麼，妳先記著，回頭自己私底下多練練。」沈如意說道。

和沈佳美比起來，自己這個妹妹簡直太好了，原先的那點兒厭惡早就沒了。再說，沈雲柔現在可是記在自己娘親名下的嫡女，娘親可是以雙面繡在太后娘娘面前出名的，若是沈雲柔的針線太差了，也說不過去。

「來，瞧著。」沈如意扯著帕子，讓沈雲柔坐在自己身邊。「平針的時候要這樣繞，打結的時候是有個訣竅。看，就是這樣，這樣的結打出來，就很是平整，完全看不出來，一點兒都不破壞繡活，這樣做雙面繡的時候是最占便宜了，會了沒有？」

沈雲柔仔細盯著沈如意的動作，等沈如意做了兩、三遍，她連連點頭。「會了，大姊妳先做自己的，等會兒我自己去練練。」

說著，就扯了一邊的碎布，自己找了針線慢吞吞地練習，不光是要學會，還得熟練才行。

她們姊妹兩個相處得好，沈夫人和王姨娘也覺得這樣很好。沈侯爺說話算數，說要給王姨娘獎勵，除了之前說的莊子，又給王姨娘兩間鋪子和一座三進院子的房產。

大約是有了銀錢傍身，知道自己和兒女們也有前途了，王姨娘更加通透起來，有空還要找沈夫人說說話、聊聊天，沈夫人有時候也會帶著王姨娘出門逛街、到莊子上玩玩之類的。

沒了老夫人、沈二夫人，沈三夫人也去唸佛了，侯府就越發平靜，轉眼間就來到了十二月。

「明兒就是臘八了，咱們得準備不少臘八粥。」沈夫人一邊翻帳本，一邊說道。

沈如意捏著沈鳴鶴的小腳，手指在他腳底板刮了刮，逗得沈鳴鶴咯咯笑。

因為屋子裡放著炭盆，又燒著地暖，一點兒都不冷。不過，沈夫人還是有些擔心，抬頭瞧了他們姊弟一眼，催促道：「快將衣服給他穿上吧，大冬天的，剛洗完澡熱呼呼的，再坐一會兒就該冷了。」

沈如意應了一聲，伸手拿了旁邊的小襖替沈鳴鶴套上去，沈鳴鶴還有些不大樂意，不穿衣服多利索啊，想怎麼動就怎麼動，穿上衣服太不舒服了！只是，他人小力微，掙扎了半天都沒能逃出自家親姊姊的手掌心，只能不甘願地被套上衣服，嘟著嘴躺在那裡踢著自己的小腿，發洩自己的不滿。

沈如意伸手穿過他的腋下，將人抱起來，使勁在那粉嫩嫩的臉頰上親了一口。沈鳴鶴瞬間忘記心裡的不舒服，嘻嘻哈哈地湊過去，有來有往，也糊了沈如意一臉的口水。

「臘八粥這個去年不是有定例嗎？」沈如意轉頭和沈夫人說話。

沈夫人搖搖頭。「情況不一樣了，今年咱們得往何家和盧家多送一些，還有咱們自己家，二房那邊的可以省掉了。另外還要布施，往法華寺那邊送，為妳祖母祈福，這個定例就用不上了。」

「那就讓採買的人先買，回頭報帳，不過，妳先讓宋嬤嬤或陳嬤嬤到外面打聽一下東西的物價。這到了冬天，物價也該調整了，我瞧著採買上的報帳，已經漲過一次了，眼看要到年關，說不定還要有兩次漲價。」

侯府採買上的報價，不管是沈如意還是沈夫人，都不會按照最低的價錢來算。當然，也不會是採買的人報多少就給多少，而是先讓人打聽了大致的價錢，定一個中等的標準，你採買時多餘的錢就歸你了。一般說來，錢是不可能不夠用的。

沈夫人點點頭。「是要開始早早打算，馬上要過年了，今年過年也沒有定例。對了，這兩天，雲柔過來找妳了沒有？」

「上午還過來了，怎麼，娘找雲柔有事？」沈如意笑著問道。

沈夫人點點頭。「我想著，雲柔的年紀也不小了，過了年，我就帶著她學學管家的事情。」頓了頓，又說道：「妳的婚事定下來，我就該忙著準備妳的婚事了，家裡的事情，左右也就是這麼幾樣，雲柔初試手，應該也不會出什麼大差錯，再說了，還有王姨娘在，想來雲柔是能辦好的。」

「娘覺得行就行。」沈如意笑著說道。

沈夫人點點頭，過了一會兒又嘆氣。「今兒柳姨娘過來請安，我原先很是不喜歡看見她們幾個，就不愛讓她們出來請安，只是，柳姨娘死活要來……」

「娘，妳說的才能算，要是人人都和柳姨娘一樣，自己要死要活地想要做什麼，妳通通都答應了，這府裡的事情還怎麼管？」沈如意有些無奈。

沈夫人擺擺手。「不是妳想的那樣，妳爹現在的態度很明白，府裡的人也不都是傻子，再加上王姨娘也表態了，誰會傻乎乎出面和我作對？柳姨娘是想求放出去，這個事情我就比較為難了。」

「求放出去？」沈如意有些吃驚。

沈夫人點點頭。「是呀，她自己是說，留在侯府也沒什麼出路，想要放出去，哪怕是到莊子上嫁個泥腿子也行，至少將來還能生孩子什麼的……」

頓了頓，沈夫人也沒繼續往下說了。「她說得倒是挺可憐的，我瞧著柳姨娘也瘦了很多，就想著是不是答應她，將人給放出去得了。可是，妳父親那裡……畢竟，柳姨娘伺候他一場，忽然就這麼放出去，我怕妳父親心裡不舒服。」

男人麼，都是有些占有慾，自己的女人就不願意讓別人碰。哪怕沈侯爺已經有很長時間沒碰過柳姨娘了，可柳姨娘是沈侯爺的姨娘，這是改變不了的事實。柳姨娘若是再嫁人，那就相當於給沈侯爺戴綠帽子，面子裡子都要沒有了，沈侯爺怎麼可能會輕易答應？

「娘，妳的意思是？」沈如意問道。

沈夫人嘆口氣。「我自是不想為了個不相干的人惹怒妳父親，再說，當年也不是我讓她們來給妳父親當侍妾通房的，她們自己想要享受榮華富貴的時候就不管不顧的……現在發現沒有機會了，就又想做個普通人，嫁人生孩子，這世上，哪有那麼好的事情？」

沈如意贊同地點頭，沈夫人這次沒有立刻就發善心，已經是個很大的轉變了。

「可是，我瞧著一個個都年紀輕輕的，就這麼心若死灰，實在是有些太可憐了。我倒也不是很同情她們，畢竟因果輪迴，這世上不管什麼事情，都要講究個因果，她們現在這種情況，是她們自己換回來的，我也沒必要太同情她們。我就是擔心，若是這事情不解決，她們心裡不甘，心生怨懟，然後在府裡興風作浪，好不容易，咱們府裡才安生了這麼一段時間，若是再鬧騰起來，著實讓人煩惱。」

沈夫人嘆口氣。「所以我就想著，能不能有個兩全其美的方法，不讓妳父親生氣，也不讓柳姨娘她們心生不滿，如意妳一向聰明，不如幫娘親想個辦法？」

「這還不簡單，娘，妳和父親說一聲，將人送到莊子上去吧！那些姨娘，好歹也是服侍我爹這麼長時間，咱們侯府也不好虧待她們是不是？那莊子就送予她們，然後許她們各自從自己娘家挑選一個姪子或姪女，接到身邊撫養，回頭給她們養老送終。」

一個莊子在侯府看來是沒什麼，但對普通老百姓來說，那可是一筆非常大的財產。柳姨娘她們的出身也不是多好，家裡的姪子姪女們，自然也不是什麼大家千金、大家少爺。京郊附近的莊子，沒有幾千兩銀子是絕對買不下來的。

「這事情，還不能妳出面去做，得我父親出面。」沈如意笑咪咪地說道。「正好現在我那個……咳，不是快到了嗎？父親在這事情上的處理，也算是表明一個態度。」

沈夫人不笨，沈如意的話在她腦袋裡轉了一圈，她就想明白了，沈侯爺這態度，那可是要傳達給六皇子——是好男人，就得尊敬自己的嫡妻，府裡的鶯鶯燕燕什麼的，能處理的就趕緊處理了，給自家嫡妻一個舒心的生活環境。

「柳姨娘她們會願意？」沈夫人深覺得這是個好主意，只是，還有些猶豫，柳姨娘的意思是還想嫁人，只給弄個孩子，她們會滿意嗎？

「娘，妳也說了因果輪迴，每個人自己作出的決定，自己就不要去後悔。柳姨娘她們現在難不成還覺得自己有討價還價的資格？」沈如意撇撇嘴。「真惹惱了我爹，小心我爹直接將人送到莊子上，別說孩子了，連莊子都不給！」

當初是沈侯爺強搶民女讓她們當姨娘的，還是沈夫人威逼利誘讓她們當姨娘的？自己被榮華富貴迷了眼睛，回頭還要怪人家不願意給她更好的活路？

「若是不願意，那就算了，咱們府上這麼多的院子呢，娘隨便找一個，回頭將她們都關進去，給她們送些葉子牌什麼的，讓她們也有點兒東西消磨一下時間，反正咱們家不缺那兩、三個人吃飯。」

沈夫人笑著點點頭。「好，回頭我和妳父親商量商量，還是妳聰明，一想就能想出個好辦法。」

沈如意瞇著眼睛笑，繼續轉頭逗弄沈鳴鶴。

稍晚，沈侯爺下朝回來的時候，沈夫人果然和他說起柳姨娘她們的事情來了。

沈侯爺一邊逗弄沈鳴鶴，一邊漫不經心地說道：「那行，回頭妳挑幾座莊子，將地契什麼的準備好，我親自去辦。不過，這莊子上的人，是用咱們府上的人，還是讓柳姨娘她們自己想辦法？」

見沈夫人有些愣，沈侯爺微微挑眉。「妳原先就沒想到這個問題？之前妳說，要將莊子送給柳姨娘她們，又許她們從自己娘家接一個孩子過來養著，那這莊子必定是要留給那些孩子們，那就不是咱們府上的東西了，莊子上的人用咱們自己府上的，是不是不大合適？」

可是，讓柳姨娘她們自己選，也不合適。就算柳姨娘她們被送到莊子上，莊子也是她們的，但沈侯爺沒寫放妾書，柳姨娘她們依然是沈侯爺的侍妾。柳姨娘她們的動靜，至少沈夫人得清楚。

「侯爺有什麼好辦法嗎？」沈夫人眨眨眼問道。

沈侯爺笑了笑。「我能有什麼好辦法，柳姨娘她們的事情，我可從來沒插手過，妳覺得如何是好，那就怎麼辦，我都聽妳的。」

沈夫人皺眉，想了一會兒才說道：「不如這樣，伺候姨娘們的，用咱們府上的人手，伺候那些孩子的，姨娘們自己去買人，莊子上的佃戶也用咱們自己莊子上的，等那孩子長大了，若是不願意用，那咱們就將人叫回來，若是還願意用，那就繼續用著。」

佃戶不是貼身伺候主子，和主子們的聯繫很是薄弱。有的佃戶，一輩子都不一定能見主家一面，有什麼事情也都是和莊子上的莊頭商量。除了田租，和主家基本上並沒什麼關係。

「莊頭什麼的，也用咱們自己的人。畢竟，在孩子長大之前，莊子上要伺候的主子，還是要以姨娘們為主的，你說是不是？」沈夫人抬頭問道。

沈侯爺笑著點點頭。「好，那回頭妳選好了莊子，這事情就交給我去辦，最好是要快些，我估計著沒多久時間，皇上就該賜婚了。」

沈夫人忙點頭，和沈侯爺一起用了午膳，送沈侯爺去書房之後，才叫了柳姨娘她們過來。

這種事情，沈如意是不好旁聽，但此時她也不想做針線，索性跟著沈侯爺去書房，順便找兩本書看。

至於怎麼勸說柳姨娘她們，那是沈夫人自己的事情，沈如意只要知道個結果就行了。

# 第三十四章

「侯爺，六殿下過來了。」進了書房沒多久，回春就進來稟報了。

沈侯爺挑眉看沈如意，沈如意忙擺手，表示自己也不知道六皇子今兒為什麼會過來。

「請進來吧。」

畢竟是皇子，沈侯爺就算看他不順眼，也不能將人扔在外面太長時間不管。

六皇子笑咪咪地進來，給沈侯爺行了禮，就雙手奉上自己手裡的盒子。「前兩日聽說老夫人身子有些不舒服，我特意在宮裡找了一些藥材，侯爺可不要嫌棄。」

沈侯爺無所謂地點點頭，將盒子放在一邊。「翰林院最近很閒？」

「也不是很閒，不過我偶爾能抽出時間來。」說著，六皇子轉頭看了沈如意一眼，又笑道：「聽聞侯爺和夫人恩愛非常，前段時間，我剛修好了一座莊子，湊巧裡面挖出一潭溫泉，所以就想著，邀請侯爺和夫人去莊子上小住幾天。」

沈侯爺嗤笑。「我和我夫人很是恩愛，和到你的莊子上去住幾天，有什麼關聯？你覺得，我侯府連個溫泉莊子都沒有？」

「自然不是，只是，這也是我的一番孝心。」六皇子笑著說道。

沈侯爺頓了頓，好半天才挑眉。「孝心？」

「是呀，我今兒過來，還有一個好消息要和如意說呢。」六皇子笑得牙都露出來了，雖說從進門到現在，他都是笑呵呵的，臉上一派喜色，可這會兒，那喜色簡直就要衝破雲霄了。

「什麼好消息？」沈侯爺立刻皺眉問道。

六皇子退後一步，躬身向沈侯爺行禮。「侯爺，一會兒聖旨就會過來了，父皇要為我和如意賜婚，從今兒起，我就該改口了。」

沈侯爺很暴躁。「改什麼口？就算是賜婚了，那也還沒成親！只要沒成親，你就不能改口！當誰稀罕你改口嗎？該去哪兒去哪兒，本侯忙得很，沒空招待你！」

六皇子一點兒都不在意，輕咳了一聲。「侯爺，既然您忙著，那我就不打擾了，我還給如意帶了幾本書，不知道我能不能和如意到園子裡走走？」

沈侯爺迅速搖頭。「不行，如意要為本侯磨墨，你帶的書只管留下，你若是想到園子裡走走，本侯派人伺候你過去。」

六皇子眨眨眼，有些苦惱，自己這個老丈人的脾氣，實在是有些古怪。別人家的老丈人，在自家閨女說親的時候，對未來的女婿是眼睛不是眼睛、鼻子不是鼻子的，那叫一個看不順眼，可等婚事訂下來，情況就會緩解，對女婿也會稍微看得順眼些了。

沈侯爺這個就是反著來的，以前看他還有些順眼，偶爾心情好了還願意給機會獨處，可等婚事訂下來了，老丈人卻開始暴躁看自己不順眼了。

果然，像沈侯爺這樣的聰明人，做事情都和一般人不一樣嗎？

「父親，我忽然想起來，我剛才讓人做了些點心，是您最喜歡吃的，我這會兒去看看怎麼還沒有送過來。」沈如意笑著插話。

沈侯爺皺眉，沈如意轉頭背對著六皇子，朝沈侯爺做個鬼臉。

沈侯爺沒好氣。「去吧！」

閨女白養活了，還沒嫁人呢，就一心向著外人，隨後一想，沈侯爺又笑起來。太好了，賜婚聖旨要到了，離成親也沒剩多少日子，閨女到時候一嫁出門，大人可不就完全屬於自己了嗎？

真是一件非常值得慶賀的事情，回頭將閨女的嫁妝再給加厚兩分！

另一廂的六皇子也沒拖拖拉拉，一進園子，就先拉了沈如意的手，神色凝重，眼神認真。「如意，我不能在這兒久留，一會兒宣讀聖旨的人也要去王府。我再問最後一次，妳是真心願意嫁給我，願意陪我一生一世，以後和我一起看書、一起遊歷天下嗎？」

沈如意也看向六皇子，他眼神裡除了認真，還有幾分期待。沈如意這才想起來，從開始到現在，她一直是被動地接受六皇子的感情，六皇子說的時候，她就只管答應，還從未主動開口對六皇子承諾過什麼。

不對，誰說沒主動承諾過？之前六皇子說要遊歷天下的時候，自己不是說會陪著他的嗎？

那這會兒，六皇子怎麼又開口問這個？難不成，是事情到了眼前，太過於緊張擔心了？

沈如意想得太入神，都沒顧得上回答六皇子的問題，六皇子的臉上果然出現幾分擔憂和緊張。

「如意，難道妳不願意，還是妳有什麼顧慮了？」

沈如意忙回神，搖頭，笑咪咪地反手拉了六皇子的手。「君心似我心，我自是願意的。你趕緊回去等著吧，若是聖旨到了，你沒在府上，那可就鬧笑話了，等明兒你再過來……」

六皇子大喜，展開雙臂就將沈如意給摟在懷裡。沈如意是愣了一下才反應過來，瞬間臉色羞紅，渾身感覺不自在。

幸好六皇子只是過於激動了，很快就回了神。「好，那我先回去了。如意，妳且等著，明兒我再過來看妳。」

今兒來的話就太過於心急了。這邊賜婚的聖旨剛下來，那邊他就到侯府來了，不知情的人，還要以為他多心急呢，哪怕事實上他真的很心急，但萬一對如意的名聲有妨礙，他就不願意。

好吧，這也算是欲蓋彌彰了，這會兒他提前來侯府，也不是太機密的事情，有心人若是想打聽，也是能打聽得到。不過，說不定他們會誤以為自己是來找沈侯爺的？

六皇子很樂觀地給自己找了理由，本打算再和沈如意說兩句好話，卻絞盡腦汁想不出什麼話來，一是因為太激動了，有了賜婚聖旨，等於他們兩個是綁死了，以後他們就是未婚夫妻了，她是他的，他也是她的。二來以前說太多了，這會兒想不出更好聽的話來，再重複以前的，又太不尊重眼下這個時機了。

以前那都是什麼場景？現下可是要接聖旨了，賜婚的聖旨啊，再將以前的情話拿出來說，很不合適。

思來想去，六皇子實在是沒更多的主意了，只好依依不捨和沈如意告別。「一會兒我讓人給妳送書好不好？」

沈如意忍不住笑。「送什麼書啊，你剛才不是送來了幾本嗎？不用送了，趕緊回去吧，你明兒還要來呢。」

六皇子還是不想走。「那我給妳送些點心過來？今兒有兩道賜婚的聖旨呢，父皇心裡高興，我去要一些點心，他肯定願意給的。」

沈如意忍不住笑，哪次你進宮要點心皇上沒給？那可是你親爹，就算是皇上，也是能時不時給親兒子送些點心的。

「不用，你趕緊回去吧，若是耽誤了接聖旨的時間，回頭我可是要生氣的。」沈如意嚴肅地說道。

六皇子終於轉身了。「那我先回去了，如意妳放心吧，我定然不會耽誤接聖旨的事情。」

沈如意看著他的背影就只是笑。

送走了六皇子，沈如意一回到書房，就見沈侯爺斜眼看她。

「悄悄話說完了？」

沈如意拖長聲音撒嬌。「爹，您不高興啊？我馬上就能嫁人了，說不定過兩年，您就能多一個外孫，您不喜歡？」

沈侯爺無語。「妳還沒出嫁呢，說這樣的話羞不羞？」

「有什麼好害羞的？又不是什麼見不得人的，成親、生孩子，那不是天經地義的事情嗎？心裡有佛，所見皆佛，覺得沒出嫁的女孩子說這種話很齷齪的人，其實自己心裡才是最齷齪的。」沈如意不在意地說道，在沈侯爺對面坐下。「咱們家不是有溫泉莊子嗎？咱們什麼時候去住幾天？」

沈侯爺笑。「我還以為，妳會替六皇子說話，要我和妳娘到他的溫泉莊子上住兩天呢。」

「我又不是傻子，這還沒成親呢，您和娘住他的莊子算怎麼回事？」沈如意撇撇嘴。

這件事情確實是六皇子想得不周到，若是成親了，那還好說，當女婿的孝順岳父、岳母很正常，可眼下都還沒成親，沈侯爺那自尊心可是強著呢。

「過兩天吧，咱們一家都去。」沈侯爺臉上的笑容更深了幾分，思索了一下說道：「等柳姨娘她們的事情處置完，我們一起去。」

沈如意點頭，伸手拿起六皇子放在書桌上的書，起身。「那我先回後院了，得先和我娘說一聲，要不然，聖旨來得太突然，我娘要是太激動而出了岔子，可就不好了。」

沈侯爺點頭，等沈如意走了，隨後打開那個裝著藥材的盒子，拎起裡面的藥材看了一眼後，叫了回春進來。「去，將這些藥材送到長春園那邊，老夫人用藥的時候若是能用上，就將這個給用了。」

回春應了一聲，抱著藥材盒子離開。沈侯爺繼續低頭看書，時不時批上幾句註語，一點也不為即將發生的事情操心。要暴躁早就暴躁過了，要煩悶也早就煩悶過了，這事情拖了這麼久，也該有個賜婚的聖旨了。

等了大約一個時辰，外面終於傳來回春的聲音。「侯爺，皇上身邊的高公公來了。」

沈侯爺忙起身，高公公是皇上身邊的大總管，地位很不一般，沈侯爺也不願意怠慢了。

「不知道高公公過來，有失遠迎，還請高總管見諒。」

高公公忙行禮。「侯爺言重了，咱家這次過來，是奉了皇上的命令，來給侯爺報好的，這差事可是咱家千辛萬苦才討過來的，為的就是沾沾侯爺的喜氣。」

「喜氣？此話怎講？」沈侯爺做出詫異的樣子來。

雖然之前六皇子來傳過信兒，但這件事不能大肆宣揚，這會兒沈侯爺還是要裝作不知道。

「聽聞令千金有閉月羞花、沈魚落雁之貌，人又端莊賢淑、穩重大方，而六皇子也是一表人才，學富五車，溫潤如玉啊。侯爺，快快請了尊夫人和令千金出來接旨吧，這可是大喜事呢。」高公公催促道。

沈侯爺忙讓人去請了沈夫人和沈如意出來。

接旨的案桌擺放好，一家人帶上沈雲柔和沈明修，都跪下接旨。聖旨寫得很好，文采斐然，聽得人雲裡霧裡的，至少，沈明修是沒完全聽明白的，但關鍵字能聽懂。

等高公公宣讀完後，沈侯爺立刻讓人拿了紅包遞上前，高公公也不推辭。「恭喜沈侯爺了，這還有將近一年的時間呢，侯爺可得好好為令千金準備嫁妝。」

「多謝公公送了喜訊過來，公公若是不嫌棄，就留下來和本侯喝杯酒？」沈侯爺忙留客。

高公公搖頭。「咱家也想留下來和沈侯爺喝一杯，沾沾喜氣，只是咱家還得去傳旨，今兒怕是不得空了，還請沈侯爺見諒。」

「傳旨？還有聖旨？」沈侯爺有些奇怪。

高公公點點頭。「今兒指婚的共有三位皇子，都是到了年紀，侯爺的千金是指給了六皇子，孟家的千金指給了七皇子，喬家的千金指給了四皇子。」

反正這消息遲早要傳出來的，他現在也沒什麼好隱瞞的，直接告訴沈侯爺也無妨。

沈侯爺忙點頭。「原來如此，高公公能者多勞，那我就不留高公公了，得空高公公可得給我這個面子，陪我多喝兩杯才是。」

「那是一定。」高公公拱手點頭告辭，帶著另外兩個小太監急匆匆地離開侯府，直奔下一家。

雖然事先就知道這個消息，但是等聖旨真的下來了，沈夫人還是激動到眼圈都有些發紅了。「太好了，如意，皇上給妳和六皇子賜婚了，明年秋天，你們就要成親了。」

沈如意點頭，和以前說定的完全沒差別，今年冬天賜婚，明年秋天成親。

沈雲柔笑咪咪地上前來挽了沈如意的胳膊。「恭喜大姊，賜婚給六皇子，以後大姊一定會過得很幸福的。」

沈明修也仰著臉點頭。「恭喜大姊，紅包拿來！」

沈夫人忍不住笑著揉揉他腦袋。「好好好，有紅包，都有紅包。宋嬤嬤，傳話下去，這個月府上的人，都賞一個月的月例銀子，晚上加餐。」

宋嬤嬤忙應下了，而一旁的沈雲柔心裡有些不大自在，但隨即又想到，沈如意嫁得好，自己這個當妹妹的以後也跟著沾光，應該高興才是。想得開了，臉上的笑容就多了幾分真誠。

沈三老爺那邊也得了消息，連忙過來表示慶賀。「到底是姪女兒有福氣，我以前瞧著，就覺得如意最是端莊穩重，長得也好，就想著這命格必定是十分貴重的，今兒果然如此，恭喜大哥、大嫂了，如意有出息，以後你們兩個可就不用太操心，只管著享福就行了。」

沈侯爺笑著搖頭。「哪能不操心啊，你大嫂以前就說，養兒一百歲，長憂九十九，如意這嫁的可是皇子，我這個當爹的，若是再不爭氣點，以後可怎麼給如意撐腰啊？」

沈三老爺愣了愣，隨即點點頭。「大哥說得是，如意姪女兒有你這樣的父親，也是有福氣了。」說完，就不再言語了。

大哥能為自己的兒女做到這一步，自己也是有兒有女的人，難不成，以後要一直消沈下去？

老夫人一輩子很要強，從不許別人站在她頭頂。現在不能說話、不能動，吃喝拉撒都在床上，打理她院子裡的人，還是她以前最看不起也最厭煩的大兒媳，她能忍得住那口氣才怪！

沈夫人以前擔憂她的身子，一天去一次，後來發現去過之後，老夫人的臉色就更差了，索性就改成三天一次，結果老夫人又誤以為沈夫人是一朝得勢張狂起來，不願意在她跟前伏低做小，更是氣得狠了，差點兒沒昏厥過去。

沈夫人是左右為難，最後還是沈侯爺拍板，讓沈夫人每隔一天去一次，也不進去看，只在外面給老夫人問聲安，然後將伺候老夫人的事情給安排好就行了。沈三老爺則要多出力，有空就得過來伺候著。

大約是瞧著自小疼到大的小兒子對自己一如既往的孝順，也或許是之前沈夫人安排讀書的丫鬟起作用了，反正慢慢地，老夫人就變得平和起來，見了沈夫人還是一如既往地甩眼刀，不過，總算是不狂躁了。

沈如意點點頭。「她身子還可以就行，要不然咱們前腳去莊子上，後腳她要鬧騰起來了，那咱們可又要折返回來。」

沈夫人笑著搖頭。「妳放心吧，這次她可不敢玩這樣的把戲，我當著她的面和妳三叔父說了，若是這段時間，老夫人再出什麼事情，索性讓他辭官在家照顧老夫人。」

沈如意愕然。「三叔父沒說什麼？」

「妳三叔父現在聰明著呢，我為什麼說這話，他自己一想就明白過來了，出來還和我賠禮，說是一定會看好老夫人呢。」沈夫人笑著說，現在也就一個沈三老爺能牽制得住老夫人。

至於沈三夫人的親爹，已經被老夫人給遺忘到天邊去了。想想也是，老夫人身體好的時候，還能寫信傳話什麼的，談個精神上的愛情。可老夫人現在都成這樣了，哪還有空惦記一個糟老頭子？尤其是之前沈三夫人說的那些話，老夫人可是都記在心上。老夫人這麼一個要強的人，怎麼可能還惦記著那個根本沒喜歡過她的人？

糟老頭子，哪能比得上現在對自己孝順貼心的小兒子？

「三叔父最近照看祖母也是很辛苦，回頭和父親說說，三叔父這邊也要表揚。」沈如意笑咪咪地說道。

沈夫人點頭。「是啊，是要表揚一下才行，老夫人可不是那麼容易就能被安撫好的，妳三叔父啊，也是費了不少的力氣。」

日子過得平靜，沈夫人就有心情跟沈侯爺去溫泉莊子了。

沈侯爺修建的溫泉莊子是很有格調的，雖說不能和侯府比，但也精修各種小園子，各個風景都不一樣，有植花種樹、池塘假山、小橋流水、走廊飛簷……處處精緻。

沈夫人一下車就保持著一張驚訝的臉，連連讚嘆。「簡直比……咳，簡直太好看了，比咱們在大名府看過的所有園子都好看，這園子修下來，想必是要不少錢。」

沈雲柔是頭一次來，聞言也使勁點頭。「是啊、是啊，我也覺得，肯定是要花一大筆錢，不過，好看倒是真的。哇，我都想以後一直住在這裡，母親，您和父親說說，咱們過年也到莊子上來過？」

「那可不行，過年的時候，去咱們府上拜年的人不少，咱們若是到莊子來，他們就也得跟到莊子，實在是太麻煩了些。再說，這莊子雖然好看漂亮，但太偏了些，人煙稀少，若是春、夏、秋過來才好玩，春天放風箏，夏天避暑垂釣，秋天摘果子，可冬天有什麼好玩的？又不能出門，只能窩在自己的房間裡，妳住兩天就要厭煩了。」

沈夫人笑著搖頭，沈如意也笑。「妳若是喜歡，以後每年都有機會呢，何必計較過年時候的那兩天？真是可憐我啊，明年就沒這個機會了。」

沈雲柔想了一下，忍不住跟著笑。「大姊這話，若是大姊夫回頭知道了，定然是會給大姊再弄一座更大更好的莊子，到時候大姊可要讓我也去住兩天，我要跟著沾沾光才行。」

沈如意臉色微微紅了一下，瞪了沈雲柔一眼。沈雲柔渾不在意，笑嘻嘻地蹦蹦跳跳往前走。「這麼多的園子呢，大姊，咱們住在一起好不好？我還沒和大姊住一起過呢。」

沈明修一路跟著她跑。「還有我呢，還有我，我也要和大姊、二姊一起住！」

沈雲柔轉頭，一臉憐憫地看他。「你不行。」

沈明修立刻瞪大了眼睛。「為什麼我不行？」

「因為你是男孩子啊，男孩子是不能和女孩子住在一起，你要是年紀還小……」沈雲柔晃了晃頭。「再小一歲，就能和我們住在一起了，可惜啊，你現在長大了。」

就是長大了，也還沒長到十分懂事的程度，聽到不能和大姊、二姊一起住，小孩子就有些泫然欲泣了，等沈雲柔說完，他回身就撲到沈夫人身邊。

「母親，我不要長大了！我要變小一些！」

沈夫人忍不住哈哈大笑，眼瞧著沈明修眼圈都紅了，忙安慰道：「長大了是好事啊，長大了雖然不可以和姊姊住在一起，但是，能保護姊姊啊！你想想，姊姊出門的時候，你身為男子漢，跟著保護姊姊，是不是很威風？姊姊住在院子裡面，你住在隔壁，姊姊一有危險，你就能立即衝過去保護，這才是男子漢應該做的事情啊。」

沈明修眼睛立刻就亮了。「我能保護大姊、二姊了？」

「是啊，你現在是小男子漢了。」沈夫人笑咪咪地點頭。

沈明修也跟著點頭。「那好，我就住在姊姊院子的隔壁。」小腦袋瓜子完全沒轉過來，直接被沈夫人忽悠了。

沈雲柔實在是忍不住，笑得前仰後合，沈如意也是眉眼彎彎。

沈明修還不知道大夥兒笑什麼，摸著腦袋跟著憨笑，笑了好一會兒，才反應過來，一拍手說道：「哎呀，不對，我要是保護姊姊的話，不是住在一起更方便嗎？為什麼要住在隔壁？這樣一來，明明是那些丫鬟、婆子們更近更方便嘛！」

沈夫人也終於忍不住了，笑著拍了拍沈明修的肩膀。「那是因為男女有別啊。」小孩子太單純，忽悠一下是可以的，但該說明的道理還是要說明的。

「你上學堂的時候，先生是不是教過你男女有別？」沈夫人笑著問道。

沈明修嘟著嘴點頭。「是有教過，可是我現在年紀還小嘛，就不能算是男人，小孩子是可以例外的。」

「可是只有長大了才能保護姊姊啊，你現在能不能保護姊姊？」沈夫人將話題又扯回來了。

沈明修就有些為難了，長大了就是男子漢，可以保護姊姊了，可沒長大的話，說不定能和姊姊住在一起，這可真是個艱難的選擇啊。

「長大了還可以去打獵喲。」沈如意挑眉說道，扳著手指數道：「還可以大口喝酒、大口吃肉，自己想去哪兒就能去哪兒，想做什麼就能做什麼，當然，不能做壞事，要不然父親會得抽你。」

沈明修仰著小臉，完全被沈如意描繪的前景給吸引住了。「那我每天吃兩盤核桃酥也可以嗎？」小孩子吃起點心來沒個節制，吃多了就不願意吃飯，所以王姨娘總是限制他的點心數量。

沈如意很嚴肅地點頭。「那是自然，別說是兩盤了，就是三盤，你都能吃！」

沈明修頓時樂了。「那我還是當男子漢吧。母親，我今天午膳不吃了，我要吃點心！」

沈如意嘴角抽了抽，沈夫人忍著笑看了自己閨女一眼，閨女一向是很有主意的，在內宅的事情上更是說一不二，難得見她被噎住，實在是太樂了。

「不行，男子漢不是一天就能長成的，你得慢慢長大。現在已經長到不能和姊姊住一起的階段，也能跟著你父親去騎馬了，明年才能長到可以自己去打獵，後年才能長到隨便出門沒人管的地步，大後年才能想吃多少點心就吃多少點心。」

沈夫人很嚴肅地給沈明修解釋。「哪一階段都不能少，要不然你就長不成男子漢了。」

沈明修皺著一張臉糾結了一會兒，小人兒有模有樣地背著雙手嘆氣。「那好吧，我現在就是不能和姊姊們住一個園子了，那我住隔壁好不好？」

「這個可以。」沈夫人笑著點頭。

這園子裡的景色雖然各不相同，但也是有主院的，沈夫人和沈侯爺自然是帶著沈鳴鶴住主院，而沈如意則被沈雲柔拉著挑園子。

「這個梅園挺好看的，但是咱們府上也有梅花，看的時間長了也就那樣吧，關鍵是這個園子裡沒有溫泉。

「這個園子好，有溫泉，但是屋子有些太簡陋了，茅草屋，晚上肯定很冷的，大姊，咱們另外換一個？

「這個還不錯，有溫泉，屋子也修建得很好，就是太空曠了些，除了溫泉就什麼都沒有了，咱們一出門就只能看見院門，實在是太單調了些。」

沈明修蹦蹦跳跳地跟在她們後面，不管沈雲柔說什麼，他都只跟著點頭說好。

「這個不錯，大姊，咱們住這個園子？」走了大半天，沈雲柔總算是挑中了一座園子，沈如意也沒仔細看，只管點頭。

沈雲柔叫了丫鬟來收拾房間。「我和大姊住一個屋子？」

沈如意忙擺手。「別，妳太能說了，晚上妳要是和我睡一起，我就別想睡好了，這不是有東、西廂嗎？咱們分開住，妳要住東廂還是西廂？我瞧著兩邊的布置都差不多，沒什麼大的區別。」

沈雲柔有些哀怨。「大姊不喜歡我了？」

沈如意簡直頭疼。對妳好是因為妳也姓沈，現在又是沈夫人名下的嫡女。咱們兩個，真心沒那麼要好啊。

「不是不喜歡妳，只是我晚上喜歡看看書，妳又不愛做這些，妳若是實在想和我待一起，就晚上睡覺前拿妳的針線活過來，咱們聊聊天就行了。再說，哪有那麼多的話要說，咱們白天可都是在一起。」說著，她嫌棄地看了沈雲柔一眼。「最重要的是，妳那睡相……」

沈如意一擺手，直接吩咐夏冰和夏蟬。「將東廂給我收拾一下，西廂留給二妹住，隔壁那個園子歸大弟了。明修你快去收拾收拾，男子漢大丈夫，要學會自己收拾園子。」

沈明修瞪大眼睛。「這不是嬤嬤們做的事情嗎？我是男子漢大丈夫，不能做女人才做的事情！」

「那好，眼看就要用午膳了，你先去打探一下消息，看廚房準備了什麼。」沈如意立刻改口。

這個任務倒是挺讓沈明修中意的，他和沈雲柔打了個招呼，轉身就跑出去了。

等安置妥當，幾個人重新回正院，沈夫人剛讓人擺好午膳，沈侯爺就回來了。只是，沈侯爺不是一個人回來，他身後還跟著個人。

沈雲柔和沈明修都乖乖地起身行禮。「父親，大姊夫。」

沈侯爺點點頭，直接在沈夫人身邊坐下，六皇子無半點兒不自在，他笑咪咪地到沈如意身邊，又給沈夫人行了禮，這才坐下。

「多日不見，沈伯母的氣色又好了些，和如意站在一起，簡直不像是母女，更像是親姊妹了。」

沈夫人笑得合不攏嘴。「六皇子嘴真甜。」

以前聽六皇子說這些話，沈夫人還會不自在不好意思，但現在聽了只會高興，這女婿對自己這個岳母都十分孝順、討好，以後還不對如意貼心照顧？

和沈夫人相反，沈侯爺現在是越看六皇子越覺得不順眼，不就是個長得還算不差的小子嗎？這樣子的人，京城一抓一大把，也不知道這個六皇子有什麼好的，將自己的妻子女兒迷得亂七八糟的！竟敢當著老子的面討好老子的娘子！

「沈伯父和沈伯母可真恩愛，沈伯父今兒一下朝就說要到莊子上來，連水都沒喝呢，沈伯母這午膳，準備的也都是沈伯父喜歡吃的，這叫什麼？」六皇子笑嘻嘻地說道。「心有靈犀啊，伯父和伯母當真是情深，我很是羨慕伯父和伯母之間的感情。」

說著又看看沈如意，眼神中帶著些期盼，沈雲柔在一邊起鬨。「大姊夫不用羨慕我爹娘啊，你以後和我大姊也肯定會感情深厚，心有靈犀一點通。」

沈侯爺臉上的黑氣也稍微減輕了些，這小子雖然不怎麼好，但眼光還是不錯。有這麼個優點，自己就不要太嫌棄他了吧，反正這世上的男人，能比自己好的，指不定壓根兒就沒有。

用了午膳，一人捧一杯茶，沈夫人笑著伸手揉了揉沈明修的腦袋。「明修一早就鬧著要跟你們一起去打獵，正好今兒天氣好，要是再等兩日，說不定要下雪呢。」

沈侯爺點點頭。「那行，下午就出去打獵。」頓了頓，又說道：「其實冬獵最好是在下雪的時候，不過，沒下雪也沒關係。如意、雲柔，妳們去不去？」

「去！」不等沈如意說話，沈雲柔就率先應道。

打獵啊，她還從沒去過呢，不過，冬天有獵物嗎？正常情況下，不是有什麼冬眠之類的嗎？

沈雲柔不大明白，轉頭就拽了沈如意的衣袖，壓低聲音將自己的疑惑說了一遍，沈如意倒是知道一些。「讓人將那些動物給趕出來，這時候的動物都特別猛，比別的時候打獵要危險。」

「很危險啊？」沈雲柔頓時有些猶豫了。

沈如意點點頭。「妳也不想想，這大冬天的，那些老虎啊、熊啊什麼的，哪個不是餓了一整個冬天？妳讓人打擾牠們冬眠，本來就夠暴躁了，又餓又生氣，能不猛嗎？」

沈雲柔更猶豫了，沈夫人聽著，忙開口阻止。「那咱們就不去了，回頭挖個兔子洞什麼的就行了。」

她原先和沈如意在大名府的時候，就見過莊戶們挖兔子洞，找到了洞口，一人守著，一人煙熏，那養了一整個冬天的兔子又肥又蠢，一下子就能抓住。肉質還特別鮮嫩，很好吃。

「不用擔心，他們趕動物的人也都不是傻子，誰會主動去找個老虎洞或者熊窩？」沈侯爺不在意地擺擺手。「放心吧，都是些小動物，冬天睡傻了，傻乎乎的，不用太費勁就能抓住。不過，妳們說要去，會騎馬嗎？會射箭嗎？」

沈雲柔立刻呆滯，沈如意輕咳了一聲。「這個，我和我娘會騎馬，但是不會射箭。」

「妳們會騎馬？」沈侯爺更吃驚，自家夫人看著這麼柔柔弱弱，怎麼可能會騎馬？

沈夫人略有些不好意思。「我之前在大名府的時候，每天除了做針線沒別的事情做，如意就拉著我學騎馬，會一些，但不是特別好。」

沈侯爺心裡的酸水咕嚕咕嚕的，酸裡還帶著些苦，若不是自己將她們母女扔在莊子上那麼多年……

沈夫人卻沒看出沈侯爺的神色，只笑著繼續說道：「我身邊的宋嬷嬷也會騎馬。這樣吧，侯爺你帶著明修，我和如意各自騎馬，讓宋嬷嬷帶著雲柔？」

六皇子偷偷瞄了沈如意一眼，若是如意不會騎馬該有多好啊！

沈侯爺更是有些鬱悶，若是夫人不會騎馬該多好啊！

這些小心思完全沒人管，沈明修已經歡呼起來了。「呀，騎馬了啊，我要騎馬了啊，要去打獵了！我一定要自己打一隻獵物！打老虎！打熊瞎子！」

沈如意伸手拽了他，指了指沈侯爺。「父親騎馬帶你喲，你不是想知道男子漢是什麼樣子嗎？今兒好好看看咱們父親，那才是真正的男子漢。」

沈侯爺笑而不語，沈雲柔連連點頭，沈夫人面帶微笑。

六皇子輕咳了一聲，吸引沈如意的注意力──快看，我也是男子漢啊，真的男子漢啊。

沈明修像是明白過來，今兒要和沈侯爺一起騎馬，一時之間不懂得遮掩心思，那臉上的表情，真是詭異極了。

沈侯爺一向不怎麼和自己的孩子親近，哪怕是親兒子也不例外，平日裡又是高高在上、十分冷淡，沈明修對這個父親，是有些畏懼的。但是，親生父子，那骨子裡的孺慕之情天生就有。對於今兒能和沈侯爺一起騎馬，他心裡是又怕又高興，既想表現又想讓沈侯爺別注意到他，那小臉的表情，看得人都跟著糾結起來。

沈侯爺斜睨了大兒子一眼，頓了頓，抬手揉了揉那小子的腦袋，沈明修臉上立刻就只剩下笑容了，那笑容太傻，沈侯爺都不忍心看，趕緊抬頭去看沈夫人。

「那就這麼說定了，冬天晝短，咱們趕緊收拾一下出發吧，別耽誤了，等天色一晚，就該回來了。」

沈如意忙和沈雲柔一起去換衣服，之前就想著會冬獵，姊妹倆一起做的衣服都是大紅色，上面襖子外面套著無袖短比甲，領子上一圈絨絨白毛，下面是厚厚的棉褲子，外面裹著大紅的綢面。

「如意！」瞧見姊妹倆遠遠過來，六皇子率先起身喊了一聲，隨即就有些呆，他知道如意很漂亮，但是沒想到，今兒打扮起來的如意，竟然漂亮得讓人說不出話來。

沈侯爺重重咳嗽了一聲，伸手在六皇子背上拍了一下，差點兒沒將六皇子給拍摔下。

六皇子雖然自娘胎裡帶出來弱症，身體不是很好，但皇宮那種地方，要什麼藥材沒有？所以，平日裡，六皇子也能表現得和正常人差不多，不過和沈侯爺比起來，那就是天壤之別了。

六皇子齜牙咧嘴，敢怒不敢言。看了沈侯爺一眼後，還是去看自己未來的娘子，心想：

自己可真有眼光，如意長得真漂亮啊。

「出發了！」沈侯爺翻身上馬，一手摟著前面的沈明修，一手甩了甩馬鞭。

沈明修更興奮了。「出發了！咱們去打獵了！」

六皇子挑眉。「伯父，不如比一比？從這兒到圍場，得半個多時辰吧？咱們來賽馬？」

沈侯爺瞥他一眼，不屑。「輸了你能做什麼？」

「伯父就肯定我會輸嗎？不如這樣吧，咱們今兒晚上就吃烤肉，誰要是輸了，就得親手烤肉給大家吃。」六皇子笑咪咪地說道。

沈侯爺一向錦衣玉食，別說是烤肉了，怕是生火都不會的吧？哈哈，今兒沈侯爺可是要丟臉了。

沈侯爺冷笑一聲。「可以，不過，只烤肉太單調了點，誰輸了，今兒就給大家跳一支舞如何？」

六皇子抿抿唇，打量了一番沈侯爺的馬兒，再看看自己的馬兒，好像是一樣的，都是膘肥體壯，但是，沈侯爺前面還抱著一個孩子，賽馬的時候帶人和沒帶人可不一樣。

「好，賭了！」六皇子很豪爽，非常爽快地甩鞭子和沈侯爺站在一條線上。「咱們開始？」

沈侯爺冷笑著點頭，抬手指了指面前。「讓你一段路，跑吧！」

六皇子正想搖頭，忽然想到，反正沈侯爺是長輩，讓一下小輩是應當的。就算沈侯爺輸了，難不成還能真讓他跳一支舞？回頭自己就別想上沈家的門了。

「那我就不客氣了。沈伯父，回頭見。」六皇子點頭，一踢馬腹，瞬間衝出去了。

沈侯爺瞧著六皇子的身影變小了，這才揮鞭子往前。剩下沈夫人領著沈如意和沈雲柔慢吞吞地跟在後面。

「咱們不著急，反正打獵是他們男人的事情，咱們過去或早或晚都沒什麼妨礙。這大冷天的，騎馬太快了，冷風吹在臉上對皮膚很不好，妳們女孩子家，臉上可不能有什麼差池，凍著了不好，吹著了更不好，咱們就慢慢走。」

沈雲柔使勁地點頭。「母親說得對，咱們又不用打獵，慢慢走就行了，對了，這些侍衛不跟著快些去嗎？」

「不用，他們先保護咱們，等到了圍場，再去找獵物。」沈如意縮著脖子說道。

圍場是在京城的西邊，準確地說那是皇家圍場，不過，並非只有皇家能用，王公貴族誰想來也是能來的，回頭得給一筆費用。但這次沈侯爺是不用掏錢的，因為打獵的人裡面有個皇子。

「咱們帶的東西夠嗎？其實我之前聽說，打獵是要住在圍場的，咱們帶了被子嗎？」沈雲柔坐在宋嬤嬤前面，好奇地轉頭問道。

沈如意也不知道這些事情，她上輩子只聽四皇子說過一些，圍場是真沒來過。沈夫人更不知道了，她自從嫁給沈侯爺，就沒來過圍場，怎麼可能會知道這些情況？

倒是宋嬷嬷知道得多一些。「那時候住在圍場，是因為打獵要用好幾天的時間，且不帶女眷的時候，男人都願意在外面住幾天。可這大冬天就不能住在外面了，尤其是女孩子，凍壞了身體可是千金都養不回來，所以這次咱們沒帶住宿的東西，天色一晚，就得趕緊回來。」

「這樣啊，我還想要是能住外面就好了，我還從沒在外面住過呢。」沈雲柔有些可惜地說道。

宋嬷嬷笑著搭話。「也不是不行，春末夏初或是夏末秋初，都是能到圍場上住兩天，不過，這事情得先求沈侯爺答應，到時候還得帶夠丫鬟、婆子、帳篷之類的，比較麻煩。再者，外面的蟲蟻也不少，還得專門配那種驅逐蟲蟻的藥粉，以及身上塗抹的藥膏，準備的東西很多，不是一時半會兒能弄好的。」

沈雲柔說想到外面住，也就是一時好奇，她從來都是嬌滴滴的，聽到有蟲蟻，那好奇心就消了一大半，再一聽還要那麼麻煩，瞬間就不大想去了。

「那邊有條河，咱們去了說不定能釣魚。」沈如意換了話題。

沈雲柔瞪大了眼睛。「大姊，妳難道忘記這會兒是冬天了嗎？冬天河水肯定都結冰了啊，我們怎麼釣魚啊？」

「結冰了也有辦法釣魚的，這個妳就不知道了吧？」沈如意笑咪咪，一點兒都不避諱自己和沈夫人在莊子上住了那些年。「我以前和娘在大名府的時候，就見過那些人將冰面上鑿開一個洞，不用魚餌喔，那些魚就會自己跳上來，還是很肥大的那種。」

「真的？」沈雲柔特別沒見過世面，大驚小怪的。「那些魚是冬天凍壞了腦子嗎？為什麼要一直往上面跳，難不成是不知道會被抓？」

「在冰面底下沒辦法呼吸啊，就好像窒息了一樣，忽然冰面被打破了，那些魚自然是要爭先恐後地跳出來呼吸的。」沈如意笑著說道。

沈雲柔腦袋裡面一團漿糊。「那個……魚在水裡，不是只要喝水、吃小魚小蝦和水草就行了嗎？那牠們在水裡，好像也不用呼吸吧？」

「不一樣的，」沈如意想了想才開口。「就好像活水和死水的區別，活水能養魚，死水……咳，死水得經常換才能養魚，河面凍上了，就相當於那條河成了死水了。」

這個倒是具體，沈雲柔一下子就明白了，然後話題又換了。「這會兒打獵都有什麼東西呢？除了兔子，還有什麼？」

「野雞什麼的吧。」沈如意也不知道，胡亂猜測了幾個。「等到了圍場不就知道了？若是今天能打到兔子和狐狸，咱們回頭就做衣服和手套，要是能打到野雞也好，野雞的毛特別漂亮，咱們做毽子。」

沈夫人只在一邊笑咪咪地應和。「對啊，野雞的毛是特別鮮亮的，妳們用來做毽子，可以拿去送妳們那一群小姊妹們。不過，兔子皮大約不夠做衣服，野兔多是灰色的，白色的很少見，熊皮倒是好，就是野熊冬天的時候不好打。」

說著話，幾個人也都趕到了圍場。沈如意之前也聽見了他們說賽馬的事情的，一瞧見人，就趕忙過去。「父親、六殿下，你們誰贏了？」

沈侯爺臉上帶著笑容，眼神微微有些不屑。「本侯是那種會輸的人嗎？」

沈如意轉頭看六皇子，六皇子輕咳了一聲。「那個，願賭服輸，我也不是輸不起的，今兒是我輸了，等會兒我給大家烤肉吃，至於跳舞……」

六皇子思索了一下。「我也不會賴掉的，等晚上回去了就跳給大家看。」

沈如意拍了下他的胳膊，六皇子笑著搖頭，安撫她。「不用擔心，沒說是跳什麼舞，劍舞也是舞，醉拳也是舞，能看就行，就當是孝敬長輩了。」

逗長輩開心，也是孝道。

沈如意笑著點點頭，轉頭看沈侯爺。「父親，時候不早了，咱們是不是去打獵？」

「好，妳們女孩子，別跟我走散了。」沈侯爺點頭，轉頭看沈夫人。「記得跟在我身後，別亂走。」

沈雲柔自然也是要跟著沈侯爺的，只是沈如意跟著六皇子。

反正有侍衛，他們也不算是孤男寡女。

「如意，妳喜不喜歡狐狸毛？」六皇子笑咪咪地問道。「我多給妳獵一些狐狸回來，給妳做件衣服？」

「你獵了狐狸回來，我給你做雙手套，給太后娘娘做雙護膝，給皇后娘娘做個手籠，給皇上做個……」有些想不起來該給皇上做什麼。

六皇子立刻接話。「替父皇也做雙手套。」

前幾天，四皇子的未婚妻喬家姑娘進宮的時候，給皇太后帶了一身衣服。現在如意再做，就不會那麼惹眼了。

六皇子有些可惜。「我還想著，要是能做兩對手套，咱們一人一對呢。」

沈如意白他一眼。「那你不會多獵些兔子、狐狸什麼的，有皮毛的就行，也不必非得是狐狸的。」

「狐狸毛好呀。」六皇子一邊說，一邊磕了一下馬腹，催促著馬兒往前跑，之前的那些侍衛，已經有一部分提前出發了，就是為了能讓沈侯爺和六皇子進了圍場之後有獵物可以打。

這大冬天的，地上都是枯樹枝，上面連一片樹葉都沒有，抬眼望去，還能看見掛在空中的大太陽。幸好今兒沒風，天氣還是挺好的，陽光照在身上也是暖洋洋的。

六皇子一邊策馬往前，一邊轉頭看沈如意，那玉白的臉頰及粉潤的唇瓣，可真是漂亮。不過，自己最喜歡的，還是那一雙眼睛裡面的沈穩和篤定，就好像這天底下沒什麼事能難住她一樣。

這分大氣，這分穩重，最是吸引人了。

「快看，那裡有一隻兔子！」六皇子正一邊看一邊笑，就見沈如意抬手往遠處指了指。

六皇子立刻轉頭，一手從背後抽了箭，彎弓，搭箭，瞄準，然後，嗖的一聲，那枝箭就飛出去了。

大概是這圍場的兔子天生比別處的笨，肥肥圓圓，那枝箭射過去，直接將兔子給釘在原地。一邊的侍衛下馬，小跑著去將那兔子撿起來。

六皇子笑著轉頭看沈如意。「如意，我箭術還行吧？」

「還行。」沈如意點頭。這身手看起來還真不錯的，原先以為六皇子身子不好，說不定以後就是個病秧子，沒想到倒是文武雙全。認識這麼久了，也沒見六皇子生過病，之前那體弱什麼的，該不會是流言吧？

像是瞧出沈如意的疑惑，六皇子笑了笑。「平日裡是看不出什麼差異，我和正常人一樣，能跑能跳、能吃能喝，一旦生病就能看出差別了，別人受了涼，大概三、四天就能好，我卻至少要半個月。別人高熱，只要救得及時，也不算是大病，對我來說，卻是生死攸關的。」

沈如意愣了愣。「這麼嚴重？」

六皇子點點頭。「所以，妳以後一定要照顧好我，不要讓我生病。我也肯定會照顧好妳的，讓妳一輩子開心，一輩子幸福。」

沈如意嘴角抽了抽，之前的話題不是挺沈重的嗎？怎麼一下子就換成了情話呢？

可看六皇子還眼巴巴地瞧著自己等回答，沈如意也不好不說話。「好，你放心吧。」說了一句，顯得太乾巴巴了，她又補充道：「以後……」

忽然想起來周圍還有侍衛，沈如意立刻閉嘴，可視線往四下一看，又無語了，那些侍衛們剛才還在身邊圍著呢，這會兒全都退後十步遠！一個個不是看天就是看地，要麼就是看後面或前面，就是不看他們這邊。

沈如意扶額，這群侍衛可不是侯府出來的，而是六皇子自己帶出來的，這可真是有什麼樣子的主子，就有什麼樣的侍衛！

「以後怎麼樣？」六皇子興致勃勃地問道。

沈如意不想回答，可六皇子能一直問，三、五遍地問。

沈如意無奈。「以後我們就是夫妻了，夫妻一體，自是要相濡以沫，互相扶持，你會照顧我，我也要照顧你，一輩子，不離不棄。」

得到承諾後，六皇子笑得牙都露出來了，沈如意則羞著臉轉頭，假裝沒看到。

不知不覺天色漸暗，在沈侯爺的一聲令下，一行人打道回府，結束了今日的狩獵。

# 第三十五章

過年了，整個京城都熱鬧起來。不過，這些熱鬧和沈如意是沒多大關係的，從過完年到九月，她出門的次數屈指可數，沈雲柔也忙，她現在已經開始跟著沈夫人管家，每天也沒多少時間來找沈如意說話。

幸好，還有個沈鳴鶴能讓沈如意打發時間。

九月末，六皇子親自帶著人來送聘禮，沈如意待在自己的房間裡，一邊有一下沒一下地翻著書，一邊看著夏冰她們興沖沖地來回跑。

「姑娘，六皇子送了十六樣聘禮呢，之前四皇子成婚的時候是送了十八樣，六皇子就比四皇子少兩樣。」長幼有序，六皇子私底下再有錢，也得讓著四皇子，不能超過四皇子太多。

「姑娘，活的大雁啊，這麼大！」丫鬟秋霜也跑過來比劃。「我都沒見過這麼大的雁，還是六皇子親自去圍場打獵打來的，那大雁長得特別好看！」

「姑娘，不光是有活的大雁啊，還有一對白玉打的大雁，這麼大！」秋實跑回來，也朝著沈如意比劃。「聘禮真多，有布料、首飾、藥材……很多很多，不過，咱們府上給的嫁妝也多。」

「梳子、尺子是金子打造的啊。」
「壓箱錢全部是金元寶！」
「如意秤是白玉雕琢的！」
「哇，奴婢從來沒有見過那麼清晰的鏡子！別說是人的樣子了，就連寒毛都能看得特別清楚！」
沈如意被她們說得心慌慌，書也看不下去了，伸手在自己胸口按了兩下，深吸一口氣，又緩緩地吐一口氣。
上輩子，自己和四皇子成親的時候，也沒這麼慌張啊。難不成，是因為那時候沒有任何期待？而這會兒，要嫁的人是自己喜歡的？
「姑娘，咱們要不要去前面看看？」
準新郎送聘禮的時候，是要由未來的岳父出面招待的。
丫鬟問的時候，沈如意輕咳了一聲，默不作聲地起身，率先往外面走。
夏冰偷偷地笑，夏蟬掐了她一把，趕緊跟上沈如意。「姑娘，咱們先去夫人那裡看看？」
沈如意點頭，先去了沈夫人那邊，沈夫人自然是不在的，只有沈鳴鶴正被奶娘抱著餵食蛋羹。他瞧見沈如意，小胖手立刻就張開了。「大姊！抱！」
沈如意走過去將人抱起來，正打算離開，奶娘有些為難。「姑娘，小少爺的蛋羹還沒吃完……」

沒等沈如意說話，小胖墩就一連串地說「不吃不吃」，順便還將腦袋埋在沈如意的肩上，嘴巴在她的衣服上蹭來蹭去，蹭得沈如意簡直無語，這麼小就如此鬧騰了，再過兩年，還不得將天都給捅破了？

「不吃不行。」沈如意轉身將人交給奶娘。

沈鳴鶴嘴巴一癟，一眨眼就是淚汪汪了。「大姊，抱！」

「吃完蛋羹再抱。快吃，吃完了帶你出去玩。」沈如意笑咪咪地捏他臉頰。

沈鳴鶴瞧蛋羹一眼，很是不情願，他很不喜歡吃這個啊，已經吃很久很久了，就不能換一樣嗎？

「吃了，我給你做別的好吃？」沈如意笑著哄道。

沈鳴鶴不屑地撇嘴，心想：以為我是小郡主那樣的吃貨嗎？真正的男子漢，才不能為兩口吃食而屈服呢。

「那麼，帶你出門去玩？」沈如意又問道。

沈鳴鶴瞟沈如意一眼。出去玩啊，這個倒是可以有，但是要吃完蛋羹……

他猶豫了一下，張嘴哇哇大哭。「不吃不吃，我不想吃，我要出去玩！」

若是沈鳴鶴還不會說話，哭鬧起來沈如意是絕對心疼到不行，那是想吃什麼有什麼、想要什麼給什麼，可自從沈鳴鶴學會了說話，這特權就沒了。

面對沈鳴鶴的哭鬧，沈如意撇撇嘴，伸手捏他鼻子。「要麼吃，要麼哭，你只能選擇一個。」

說完，她起身。「我先走了，你自己哭夠了就趕緊將蛋羹吃掉，吃不完就不帶你出去玩。」

沈鳴鶴淚眼汪汪地看著大姊絕情地走人，再一轉頭，奶娘正苦哈哈地看著他。吃，不吃？

沈如意離開正院後，來到了正堂，沒進門就先聽見沈侯爺的笑聲。

「好！這可是你自己說的，到時候，你若是做不到……」

六皇子的聲音很是溫潤。「我若是做不到，隨岳父處置，再無二話。」

沈夫人嗔道：「好了好了，六殿下的性子，我們還不知道嗎？從來都是說到做到，再說，他對如意的那番心思，難不成還是假的？小夫妻過日子，咱們當長輩的就不要插手了。」

沈如意進門的時候，沈夫人正面對著六皇子說話。「我們家如意，從小被我慣壞了，若是以後她有什麼做得不對的地方，你儘管來和我說，我替你教訓她。」

可沒說讓六皇子自己去教訓，自家的閨女自己心疼，沈如意真做錯了什麼，到自己這兒頂多是說幾句，可要六皇子出手，那就不知道是受什麼罪了。

「岳母放心，不管如意做了什麼，在我心裡，我都是相信她的。」六皇子忙說道：「我也絕不會讓如意受委屈。」

沈如意站在門外，伸手摸了摸自己的臉頰，果然滾燙燙的，以前六皇子也說過這樣的話，但以前自己並沒有這麼大的觸動，難不成，是因為這次不一樣？

有什麼不一樣呢？沈如意抿抿唇，臉上紅暈更濃。

沈侯爺一轉頭看見站在門口的沈如意，微微挑眉，笑著叫她進來。「剛才丫鬟不是說妳在休息嗎？想不想看六皇子這次給妳送了什麼？」

沈如意臉色更紅，還能是什麼？不就是聘禮嗎？

六皇子看著沈如意，也是笑得眉目舒展。「如意，妳來了，我是來和妳說好消息，三天後就是我們大喜的日子，妳都準備好了嗎？」

沈如意看沈夫人，沈夫人微微歪著頭，正有些猶豫，按理說，成親前的男女是不能見面的，她和沈侯爺成親之前，只知道對方的名字，還是新婚晚上才知道彼此的樣子。

以前六皇子經常來找自家如意，自己還想著，等感情深厚，日後成親了，相處就會更好，可眼下，馬上就是成親的日子，再見面就有些不大好吧？

可是，閨女聽到六皇子過來的消息，就立刻跟了過來，若說她不想見六皇子，那根本就是假話，閨女的意思，還是比較重要的吧？

沈如意轉頭，看著六皇子點了點頭。「準備好了，你別誤了吉時就好。」

六皇子傻呵呵地笑，肚子裡有一堆話，可又不知道該怎麼開口，想問問如意，對成親這件事情有沒有什麼期望，可這會兒都問不出口，倒不是因為有人在，而是因為不知道該怎麼說。

他仔細地觀察沈如意的臉色，見她眉眼帶笑，臉色微紅，笑容中帶著一些欣喜，忽然之間，就覺得所有事情都無須再問了。

如意以前說得已經夠明白，做得也已經足夠了，自己再問下去，那就是對她的不信任。

「好，我定不會誤了吉時，如意，妳且在家等我。」六皇子鄭重點頭。

沈侯爺輕咳了一聲。「時候不早了，聘禮既然已經送到，六殿下若是有事，就先回去吧，三日之後，再來迎娶。」

六皇子不好意思地伸手撓了撓臉頰，轉身給沈夫人行禮。「岳母，那我就先回去了，等三日之後，再來迎娶如意。岳父、岳母請放心，成親之後，我必定會更加珍惜如意，定會讓她過得比現在更好……」

沈侯爺冷哼了一聲。「你是說本侯沒能讓她現在過得好？」

「岳父誤會了，我的意思是讓如意……咳，更開心、更快樂，我一定要向岳父您學習，絕不會讓如意成親之後後悔嫁給我。」六皇子忙補述。

現在老婆還不是自己的，得讓著些岳父。等以後，老婆和自己一條心了，那不定是誰吃虧了。

沈侯爺豈能看不出六皇子的這點兒小算盤？但是，自家閨女不是個傻子，一向聰明，若是能讓自家女兒向著六皇子，那他必定要對如意不錯，至少比自己做得好，到時候自己吃點兒虧又何妨？

讓人送了六皇子，沈侯爺摸著下巴新長出來的鬍子，叫了沈如意到自己身邊。「這些壓箱錢，全部給妳當嫁妝，另外，之前我還準備了一些金子，也給妳添進去，妳娘還給妳準備了一些銀票，這些不記在嫁妝上，妳自己裝著，想買什麼也不必動用妳的嫁妝。若是在王府受了委屈，只管回來和我說，不許埋在心裡不出聲，妳爹雖然只是個侯爺，也是有辦法對付區區一個皇子，所以，妳不用委屈自己，明白嗎？」

頓了頓，沈侯爺挑起嘴角。「我也相信我的女兒沒那麼蠢笨，自以為是地去委曲求全、顧全大局，妳說是不是？」

沈如意嘴角抽了抽，點點頭。「是，您放心吧，我絕不會委屈了自己。」

沈侯爺斜睨她一眼，從袖子裡拽出一疊東西。「這些呢，是地契，十幾年前山東那邊鬧蝗災，我在那邊買了不少的田地，分成了四份，這一份是妳的，也是私產，不用寫在嫁妝上。」

沈如意點頭，半點兒不客氣地收下了。

交代完畢，沈侯爺起身就要走，沈夫人忙叫住人。「也就這幾天工夫，這兩天，我想和如意一起睡，你帶著鳴鶴吧？他年紀小卻精明得很，知道我去陪如意卻不陪著他，定是要鬧的，你帶著的話還能鎮住他。」

沈侯爺一臉不甘願。「不是還有三天的嗎？等後天晚上妳再去陪如意不也行嗎？」

「那時間就太倉卒了。」沈夫人皺眉，看沈侯爺還是有些不大情願，一挑眉，露出個似笑非笑的表情。「你不願意？」

沈侯爺瞬間頭皮麻了麻，說起來，他完全不用怕眼前這個女人，不光不用怕，甚至自己說什麼，這個女人就得做什麼，可也不知道這女人這一年來是吃了什麼熊心豹子膽了，竟然學會反抗了！

時不時，就給他來這麼一齣，既不吵也不鬧，要麼就是淚汪汪地看他，要麼就是一臉賭氣不說話，要麼就是這種似笑非笑的表情，最鬱悶的是，這表情還是學自己的，竟然還有三分神似！

若是以前，誰敢對沈侯爺露出這種表情，他絕對要將人扔出京城，哪個女人敢對他眼淚汪汪的，沈侯爺絕對能讓人再也哭不出來。誰敢對他賭氣，那沈侯爺絕對能讓人氣死。

可換了沈夫人，那一哭，沈侯爺就覺得，哎呀，心裡進螞蟻了，又疼又癢，太難忍受了！他對自己的這種感覺惱火得要死，可再惱火，躲了幾次後還是無效，索性就破罐子破摔（注），大不了自己退一步，讓這女人別哭了就是。好歹也是給自己生了兒女的，大男人家讓一讓又何妨，和女人計較太掉身分了。

這一次忍讓沒事，兩次忍讓也沒事，可忍讓的次數多了，就習慣成自然。但凡沈夫人露出不一樣的表情，沈侯爺都覺得自己讓一讓沒關係，反正這女人又不是外人，對自家娘子讓步，也沒什麼好丟臉的。

這會兒又瞧見沈夫人這個表情，沈侯爺就覺得有些牙疼。可是，他實在是提不起勁和沈夫人計較，不，也不能說是提不起勁，有空的時候他還是很願意逗逗自家娘子的，可真要惹她傷心，自己心裡也不好受，何必給自己找罪受呢？

想著，沈侯爺就無奈了。「好吧好吧，反正就兩個晚上，妳願意和如意一起睡就去吧，我不管了。」

看沈夫人露出了驚喜的笑容，沈侯爺也跟著高興，心裡暗自點頭。看吧，自己不過是答應了一件小事，這個女人就能高興成這樣，笑得跟朵花兒一樣，讓人心裡亮堂。

傻子都知道應該怎麼選，又不是什麼大事。

沈如意看看沈夫人，又轉頭看沈侯爺，抿唇笑了笑。父母之間感情好，她是很歡喜的。雖說之前有十年，她和娘親過得不算很好，卻也不是差。至少，在外面不用像待在侯府一樣，天天擔心自己的性命。

這世上，不是誰天生就欠著誰的，沈侯爺雖然沒給過沈如意親情，上輩子甚至還漠視她死去，但沈侯爺給過她一條命，也從不曾少過她吃穿，該做的他都做了。

而對於沈夫人，沈侯爺或許是虧欠的，但夫妻之間的事情，誰能說得清楚？沈如意能替沈夫人覺得委屈，替沈夫人覺得不值當，可只要沈夫人自己覺得過得很好，就已經是足夠

注：破罐子破摔，比喻有了缺點、錯誤不改正，反而有意向更壞的方向發展。

了。

晚上的時候，沈夫人和沈如意躺在一起，母女兩個躺在床上也沒有入睡。

沈夫人抬手捏了捏沈如意的臉頰。「一轉眼，妳都要嫁人了，這會兒我還記著妳小時候的樣子。妳剛出生的時候長得很不好看，也不知道是不是我吃多了顏色深的食物，妳剛生出來的時候，長得特別黑。」

沈夫人忍不住笑。「我那會兒還發愁，生怕妳嫁不出去，滿月的時候，雖然是長胖了些，但依然是很黑，一直到妳兩歲，妳父親看見妳就皺眉，咱們家從沒出過那樣黑的人。」

沈如意一臉吃驚。「真的有那麼黑？」

「是呀，穿件黑衣服就看不出妳的腦袋了。」沈夫人打趣了一句。「後來老侯爺過世，我守了幾天孝，也不知道是不是累著了，那段時間總是覺得渾身沒力氣，走路的時候都能暈倒，後來妳父親就說送我到莊子上靜養幾天。」

「走路都能暈倒？娘，妳守孝的時候難不成是和父親他們一樣，不吃不喝？」沈如意詫異地問道。

沈夫人搖搖頭。「沒有，就是不食葷，平日裡的飯菜都換成了粗糧之類的，我也不是那種不能吃苦的人，不說吃得飽吧，也能吃個半飽。」

沈如意皺了皺眉，守孝能守幾天啊？當兒媳婦的人，也就是在棺材入土之前規規矩矩地守幾天，等過了那幾天，除了不能吃肉，其他的基本上就照常。沈夫人那會兒又不管家，能累到哪兒去？
該不會那會兒，就有人對自家娘親下手吧？
「我身子不舒服，妳父親說要養著，那我就去養著吧，妳父親一開始並沒打算讓妳也去，是想將妳放到老夫人跟前養著，可老夫人說妳長得太醜了。」
現在說起老夫人，沈夫人已經很平和隨意了。「我也不放心將妳留下來，所以就帶著妳一起走了，可沒想到到了大名府，妳慢慢地長開了，倒是開始變白了。
「真是應了那句話，女大十八變，越變越好看，小時候矮矮胖胖又黑得跟木炭一樣，到了十二、三那會兒，竟然也出落成小美人兒。」
沈夫人不大願意說以前那些不好的事情，馬上就是女兒的婚期了，說那些影響心情的事做什麼？該高高興興的才是，可不能隨意掉眼淚。
「那是，我是娘親的女兒，娘長得那麼好看，父親又十分英俊瀟灑，我能長得特別難看嗎？」沈如意知道沈夫人的意思，也將話題繞過去了。
事情都過去十幾年了，當年知情的人說不定也都死了，就是沒死也說不定都被換掉了，若是老夫人動手的，老夫人都成那樣，她的報應已經得了。若是二夫人或者三夫人做的，她們現在的日子也沒多好過，都不被自己的丈夫喜歡，說不定還沒以前沈夫人在莊子上的日子過得好呢。
好歹，那莊子上的事情，沈夫人一個人就能拿主意，裡裡外外的人都聽沈夫人的吩咐。

而沈二夫人和沈三夫人，怕是連自己身邊的人都使喚不動了。

既然因果報應都已經來了，她又何必去和十幾年前的事較勁？太過於斤斤計較的人，過得太沈重，是不會活得幸福的。她的幸福眼看就要抓到手了，可不會傻乎乎地自己放手。

「那可不一定，妳是繼承了我和妳父親好看的地方，我覺得我最好看的就是這鼻子和嘴巴，妳就鼻子和嘴巴像我，眼睛像妳父親，人這臉上，最引人注目的就這三樣了。這三樣長好了，皮膚再白些，那就是個美人了。有些孩子啊，就光挑父母的缺點長，妳還記得咱們莊子上，張大娘的女兒吧？」

沈如意想了想，忍不住笑。「當然記得，張大娘的女兒可真是……」

「嫁人之後，做事情就不可太隨心所欲了，之前妳父親雖說讓妳萬事別忍著，但該讓一步的事情，妳就讓一步也沒關係，只要不是什麼大事，何必和他們計較？能用銀錢解決的，妳也別小氣了，咱們家有的是錢，反正妳父親賺的錢也不能帶到棺材裡，還不都是留給你們的？沒錢了只管回來要。」

沈如意使勁點頭。「娘放心，我不會和你們客氣的，妳也不用太擔心了，我自己手裡也有錢呢，妳忘記了，之前我那胭脂鋪子，已經開第四家分鋪了！之前可兒不是來說，他們家相公要外放了嗎？到時候就會有第五家、第六家，說不定什麼時候就能開遍各地，我也是小富婆了。」

沈夫人忍不住笑。「好好好，妳是小富婆，以後我可就要靠妳養活了。」

「那必須的，娘將我養這麼大，我以後也一定會孝敬娘親的，以後父親若是對妳不好，妳只管和我說，我幫妳出氣！」沈如意就差沒拍胸脯了。「妳若是不高興和父親一起過，只管去找我，若是六皇子不願意讓妳住，我就帶妳住莊子上去。現在咱們可不是以前那個樣子了，好歹我也有個王妃的名頭，六皇子就是看我不順眼，我也有辦法讓他過得不如意。」

沈夫人忍不住笑。「妳啊，可不能胡亂說，我瞧著六殿下很喜歡妳，妳將來也要對六皇子好才是，感情這種事情，不管是誰，只付出沒得到回報，時間長了，也是會覺得累的，消磨完了，再想去挽回就不可能了。夫妻之間，要相互體諒，相互尊重，相互信任，才能走得更長遠。」

沈如意沒說話，沈夫人倒是有些惆悵，嘆了口氣說道：「就像是我和妳父親之間，成親之後，本來就沒感情，又沒有信任，他覺得我是累贅，我抱怨他不體貼，他嫌棄我只會礙事，我覺得他冷血無情。時間長了，隔閡大了，日子就過不下去了，若非是我處於弱勢的一方，怕是早就鬧到要和離的地步。」

只可惜，沈夫人不是那種強勢的人，她性子太軟了，軟到沒脾氣，甚至連自己都保護不了，當了娘還軟趴趴，連閨女都照顧不好。

沈如意沒接話，這種事情她不好插嘴，好不容易父母之間感情好了些，她萬一哪一句話說錯了，回頭娘心裡有疙瘩，不願意和父親好好過了，那時父親還不得惱死她？

「當初妳還說若是我們不回來，怕是連性命都保不住，我一開始還不信，可等回了侯府，我才知道，人心真是難測，妳覺得妳已經退讓到頭了，可對方卻覺得妳還得退，後面是懸崖，若是咱們再退，怕是就要掉下去了。」

良久，沈夫人嘆口氣，自己又換了話題。「妳是侯府的嫡女，只要有妳在，哪怕是二房得了爵位，沈佳美也比不過妳。妳看，她在不確定能不能得到爵位的情況下都能對我動手，怎麼可能會安心將咱們母女倆扔在莊子上？

「若非是咱們回來了，怕是也找不到六皇子這樣的女婿。」沈夫人又笑著說道。「說起來，這一切，還都是妳自己努力得來的，果然這世上的事情，佛祖都瞧著呢，因果輪迴，佛祖不會放過壞人，也不會對自己虔誠的信徒太差。」

沈如意深以為然，若非是佛祖保佑，她怎麼能重獲生命？以後可要記住教訓，不可害人，要多做好事。

以前母女倆相依為命，後來回京，就算多了沈侯爺，也是這母女兩個互相扶持，所以，回憶起往事，那真是有說不完的話。

沈夫人也不嫌累，一想到以後女兒就要成為別人家的人，這話就止不住。

沈如意也不打岔，沈夫人想到什麼，她就跟著說什麼，母女兩個越說越溫馨，越說越覺得捨不得。

而正房那邊，沈侯爺和沈鳴鶴是大眼瞪小眼。一個仰躺在床上，不斷地划動四肢，一雙明亮的大眼睛還時刻地盯著沈侯爺；一個坐在床沿，不耐煩地皺著眉。

「你到底喝不喝？不喝不許睡覺！」

沈鳴鶴很果斷地轉頭。你誰呀？你說讓喝我就得喝？小爺才不會屈服呢。那麼難喝的東西，你要喝就自己喝吧，反正我不喝。

努力地翻過身，沈鳴鶴迅速朝著床的最裡面爬去。

沈侯爺胳膊一伸，手就抓住了小胖墩的腳踝，使勁將人拖回來。「喝不喝？不喝我可就要打你了啊。」

這個打字，小胖墩還是能理解的，一看面前的男人凶神惡煞的，小嘴一張，哇的一聲就哭出來了。「娘，我要娘！我要娘！我要娘！不要你！」

沈侯爺差點沒被那突然爆發出來的哭聲給嚇一跳，那嗓門在這兒哭，說不定沈如意的院子都能聽見。沈侯爺忙將小胖墩抱起來，動作還是很標準熟練。

「別哭了，你娘去找你大姊了，你趕緊喝了牛奶去睡覺，睡醒了就能看見你娘了。」

這麼長的話，小胖墩就聽見了一個關鍵字。「大姊，找大姊！我要大姊！」

沈侯爺瞇眼。「你喝不喝？」

「嗚哇，我要娘，我要大姊！」小胖墩仰著脖子大哭，哭得沈侯爺手忙腳亂。

「別哭了，算了、算了，不喝就不喝吧，一天不喝也沒事，不喝了，別哭了！」

「我要娘，我要大姊！」

小胖墩繼續大哭，沈侯爺抱著沈鳴鶴往外面走了兩步，要是自己說兒子哭得睡不著，娘子就會回來了吧？

但只走了兩步，沈侯爺又退回來了——說不定會肉包子打狗，小胖墩也要保不住，被夫人抱去和如意一起睡，那就剩下他孤家寡人了，憑什麼自己就得一個人睡覺，這個小胖子就能左擁右抱？

「乖，你娘有事，今天你和爹爹一起睡好不好？」沈侯爺雖然抱過沈鳴鶴，卻沒哄過孩子。

從小到大，沈鳴鶴一般是不怎麼哭的，即使哭了，還有沈如意、沈夫人和奶娘在。今兒沈夫人和沈如意都不在，大晚上的，奶娘早就回去了，沈侯爺這會兒要找人可就有得等了。

「我要娘，我要大姊。」小孩子才聽不懂他爹的話，只管哭。

沈侯爺只好抱著孩子在屋子裡轉圈。「別哭了，你要是不哭了，明兒我帶你出門去玩？」

「出門？」沈鳴鶴立刻收住哭聲，大眼睛盯著他爹。

沈侯爺見有效，趕忙點頭。「是啊，出門，你想出門玩嗎？外面有很多很多好東西，有吃的、有玩的，你要是乖乖聽話，不哭不鬧，明兒我就帶你出去玩。」

沈鳴鶴伸手指外面。「外面玩！」

「等明天。」沈侯爺強調。「今天晚上睡覺，明天才能出去玩。」

說著，在桌邊坐下，伸手摸了摸碗，還是溫熱的，就拿了勺子餵到沈鳴鶴嘴邊。沈鳴鶴哭鬧了一番，也有些餓，這會兒倒是不抵抗了，慢吞吞地喝了大半碗的牛奶。

吃飽喝足，又惱了半天，小孩子就有些犯睏了。沈侯爺這才算是鬆了一口氣，抱著孩子躺床上。小胖墩圓滾滾的身子一脫離沈侯爺的胳膊，就十分熟練地自己在床上滾了一圈，睜著朦朧的眼睛看了沈侯爺一眼，張開小嘴打了個呵欠，然後就閉上眼睛。

沈侯爺瞧瞧不哭鬧時還挺可愛的小兒子，深深地嘆了口氣。還得堅持兩個晚上啊，臭小子，要是再不聽話，就打屁股！

脫了外衣在外側躺下，拽了被子將自己和小兒子裹住，沈侯爺也閉上眼睛。反正自家夫人這會兒也不在，安安心心地睡覺，趕緊將這兩個晚上熬過去才好。

睡得正香之際，沈侯爺就覺得身上猛地湧過來一股熱流，他警覺得很，瞬間就清醒過來，身後一摸溫熱熱的，然後，一張俊臉就黑了。再看看身邊還睡得極香的兒子，伸手就要掐那嫩臉蛋，可手指碰上了，卻捨不得用力，最後只戳了戳那臉頰，無奈地掀開被子。

先給小兒子換了衣服，然後將小兒子揣到懷裡，免得他凍著了，最後叫了丫鬟進來收拾床鋪。

重新躺到床上的時候，沈侯爺就有些睡不著了。也不知道，夫人和如意這會兒睡著了沒有，她們母女相依為命那麼多年，應當是有不少話要說吧？那要是說起以前來，會不會又想起他早些年的不聞不問，會不會又對他怨恨惱怒起來？

沈侯爺有些擔心，擔心得睡不著。

一整晚翻來覆去的，翌日早上起來，沈侯爺兩個眼窩下面都是青黑的，見沈夫人和沈如意一起進來，忙偷偷打量這母女倆的神色，和往日裡一樣，對他也沒什麼異常，他才微微有些放心。

哎，不對，自己心虛什麼？以前那事情也不能算是自己做錯了是不是？嗯，夫人和如意都是坦坦蕩蕩的人，若是沒原諒自己，那是半點兒也不會和自己親近的，想太多，自己嚇唬自己。

還有一個晚上呢。

沈如意覺得，自己好像還沒反應過來，時間咻的一下就過去了，一大早就被人叫起來——姑娘，今兒可是妳大婚的好日子！

「姑娘的皮膚可真好，我找了這麼半天，都瞧不見一根寒毛。」穿著銀紅色對襟比甲的婦人笑著說道，拿著粉盒，將裡面的白粉又往沈如意的鬢角搽了一下，撐開擰緊的細線，從臉頰上開始往兩邊推。

沈如意感覺到臉上微微有些疼，不過，還能忍受。她端坐在椅子上，瞧著鏡子裡的人，身後的沈夫人正在忙碌。

「衣服呢？都準備好了？還有配飾，都在這裡了吧？玉如意，還有花瓶，妳們誰負責抱著花瓶？」

夏冰和夏蟬趕忙過來行禮。「一對美人瓶，奴婢們一人抱一個，夫人就放心吧，奴婢們定會將美人瓶平安地抱過去，保證一點差錯都沒有。」

陸嬤嬤已經帶著秋實和秋霜去了王府那邊，昨日是送嫁妝，送完之後，陸嬤嬤她們就沒有回來，直接在王府布置新房，以及先一步打探好王府的情況。

由於她們才剛過去，不適合過於深入打聽，頂多是打聽一下廚房在哪兒以及王府的各處布置之類。就算之前六皇子拿了王府修建的圖紙來讓沈如意看過，但她們這些人，還是要打聽清楚。

姑娘剛嫁過來，想要吃點兒宵夜或者是想要打水洗臉了，總得有人去辦，到時候再去打聽，可就耽誤時間了。另外，這放嫁妝的庫房也得有人先看著，此舉不是不信任六皇子，而是規矩如此，主子們再相愛，難保下面的人有什麼想法，或者是六皇子的兄弟們想藉機生出點什麼事情，所以每一步定是都不能省的。

「快，湯圓端過來了。」宋嬤嬤親自拎了食盒急匆匆地過來，看挽面弄完了，趕緊將碗端出來遞給沈如意。

今兒一天，沈如意就要靠這幾顆湯圓過了，因此特意囑咐廚房，湯圓用了糖製的桂花，前幾天就開始準備了，得保證姑娘吃了以後口齒生香，嘴裡沒有異味。

嫁人是從姑娘變成夫人，這頭髮得綰起來，還得戴鳳冠。沈侯爺生怕別人不知道侯府有錢，特意訂做最豪華的鳳冠，上面光是拇指大的珍珠就有二十多顆，更別說周圍鑲嵌的各色寶石了。

這鳳冠猛地一戴上去，沈如意都覺得自己的脖子有些承受不住了。忙活完這些，都已經是要到午膳的時候了。外面的客人也陸陸續續到了，今兒沈夫人是將管家的事情全權交給了沈雲柔。

沈雲柔也知道，今兒事關重大，若是做好了，她以後的婚事就半點不用愁了，若是出了差池，沈夫人心裡定是會有疙瘩，連帶著自己的親爹都說不定要對自己不滿。所以，從早上開始，沈雲柔就忙得跟個陀螺一樣，腳不沾地，事事都要過問兩、三遍，重要的事情還要親自去看。王姨娘並沒出手幫忙，完全放手讓沈雲柔自己去做了。

這會兒得了空，沈雲柔走進來瞧沈如意，只看一眼就露出大吃一驚的神色。「哎喲，這是哪家的神仙姊姊，我怎麼都沒見過？神仙姊姊妳何時下凡的，下凡是為了什麼，不知道信女能不能幫忙呢？」

一屋子的人都忍不住笑，沈如意也跟著笑。「妳就貧嘴吧，事情都安排妥當了？」

「大姊就放心吧，有我在，妳就放心出嫁吧。」沈雲柔笑呵呵地說道，湊到沈如意身邊，繞著沈如意轉了兩圈，這才在一邊坐下。「大姊，妳害怕不？」

「害怕什麼？又不是沒見過新嫁娘。」沈如意搖搖頭。

沈雲柔又問道：「那妳緊張嗎？」

「緊張什麼？唔，說起來，倒是有些緊張，不過，一想到那邊等著的是六殿下，就不大緊張了。」沈如意笑著說道。

其實，說不緊張那是騙人的，哪怕是上輩子嫁過一次，可感覺完全不一樣。那會兒是緊張害怕，這會兒除了緊張，還有些期盼和害羞。

「妳呀，年紀還小，等妳長大了，就知道這事情沒什麼好害怕的，更何況，咱們家在京城，距離也不遠，若是有什麼事情，我立刻就能回來了，我還用害怕？」沈如意抬手拍了拍沈雲柔的腦袋。「妳也別好奇了，今年妳也快十五，馬上就要及笄了，到時候就輪到妳了，什麼感覺，妳自己到時候就知道了。」

沈雲柔臉色通紅。「好嘛，我好心好意來安慰大姊，大姊還拿我打趣！」

「我知道妳的好意，來，喝口茶。」沈如意笑著端了桌子上的茶水遞給沈雲柔。

沈雲柔小心地接了水杯，穩穩當當，不讓茶杯裡的水濺出來。「大姊，妳就坐著別動了，我要是口渴，自己會倒茶，妳可千萬別動啊。」

嫁衣就這麼一套，萬一弄髒了，那可是一輩子的憾事。

姊妹倆正說著話，就見宋嬤嬤急匆匆地進門。「快，吉時到了，姑娘快蓋上蓋頭。」

從王府到侯府，並不需要太長時間。沈如意蓋上蓋頭不過半個時辰，就聽見外面禮炮的聲音了。只想一想，沈如意就覺得，自己好像是看見穿著紅衣的開道旗手高高舉著炮筒，時不時地衝天放一炮的樣子。

與此同時，外面的迎親隊伍也即將抵達侯府，鑼鼓聲、嗩吶聲，前頭還有舞獅隊，中間才是騎著高頭大馬的六皇子，胸前戴著大紅花，樣子看著傻傻的，笑得特別燦爛，還時不時朝周圍的人群拱手示意。

沈明修今兒是肩擔重任，連帶三房的兩個兒子也是手握重權，三個人並排站在門口，將一群迎親的人給攔住了。「要從此路過，留下開門錢！」

當即有人將紅包隔著門給遞過去，這算是開始。

詩詞歌賦、四書五經一樣樣來，大家都知道六皇子是讀書人，只六皇子自己就能應付過去了。

「好了！兄弟們，衝啊！」等裡面不再出題後，外面就開始鬧騰了，不知道誰領頭喊了一聲，眾人一擁而上，直接將門給擠開了。

六皇子笑咪咪地又遞紅包。「前面還有誰守著？」

「沒有了。」沈明修很是老實，他年紀小，對六皇子又很有好感，知道眼前這個是自己的大姊夫，以前還帶自己出門玩，立刻就指路了。「從這兒過去，能到爹娘的院子。」

六皇子忙點頭，直接帶人過去。

沈侯爺和沈夫人端坐正堂，六皇子一進來就行了大禮。「兒婿見過岳父，見過岳母，給岳父、岳母請安。」

沈夫人立即就紅了眼圈，一想到女兒今天就要出嫁，以後就要成為別人家的人了，這心裡就很難過。沈侯爺也有些不大好受，這個閨女雖然平日裡挺煩人，但也不是半點兒好處都沒有，至少，她做的點心還是很好吃，給自己做的衣服穿出去也是很有面子。

可是，閨女在家待沒幾年，就要變成別人家的人，真是左看右看，都覺得眼前這個六皇子有點兒看不順眼。

「我將我閨女交給你，以後你可一定要珍惜她，要對她很好，要不然，我不會放過你的。」沈侯爺鄭重聲明。

六皇子很是嚴肅。「岳父放心，以後，有我在，絕不會讓如意受半分委屈，我吃什麼用什麼，如意就吃什麼用什麼，如意想做什麼，我就支持她。我用性命發誓，我以後只會讓如意開心幸福。」

沈侯爺這才點頭，讓人帶了六皇子去沈如意的院子。

六皇子半蹲下來，親自替沈如意穿上新鞋，然後他在沈如意身前站好，半蹲下來，等沈如意趴好，這才起身，穩穩當當地揹著新娘往外面走。

「沒想到，六皇子的身子還挺好。」

「六哥，快些！」

「喲呼，新郎揹新娘子啦！」

吵吵鬧鬧的聲音傳進沈如意的耳裡，她臉色微紅，蓋頭垂下來，她只能瞧見下面六皇子的脖子，黑色的長髮蓋在脖子上，微微露出一些白，感受到他結實的脊背和有力的胳膊。

沈如意心裡就一句話——要嫁給眼前這個人了！

花轎並不顛簸，從侯府到王府，這段路都是鋪過青石板，抬轎子的人又十分有經驗，沈如意完全沒覺得有哪兒不舒服，她只要坐在轎子裡，捧好自己手裡的玉如意就行了。

夏冰和夏蟬是坐小馬車過去的，她們抱著美人瓶，這也不能有半點閃失的，所以自是不會讓她們走著過去，跟著轎子的只有喜婆。小馬車比花轎先到王府，下了馬車的夏冰和夏蟬就在門口等著花轎過來，然後一起跟著沈如意進門。

普通老百姓家裡，娶媳婦的時候是要拜高堂的，可到了皇子家裡，這一項就要改一改，高堂的位子上，只放了代表皇上的玉如意和代表皇后的玉雕石榴，這兩樣分別是皇上和皇后賞賜下來的，拜完堂，就能歸入到王府的庫房。

六皇子娶親，敢來鬧洞房的人真不多，再加上六皇子不喜歡交際，就是上朝了，也只關心自己的幾本書，所以今兒也就幾個皇子敢鬧鬧六皇子。

六皇子在前面招呼客人，後面沈如意就坐在新床上聽那些妯娌們說話。

前面鬧了一個時辰，沈如意這邊就說了差不多一個時辰，幾個皇子妃，妳說完我說，我說完妳說，就連瞧著比較冷情的二皇子妃，都跟著將自家的人口向沈如意說明了一番。

好不容易等到各自的大丫鬟前來通知，沈如意覺得哪怕她們這群人都走了，自己的耳朵還是嗡嗡嗡的說話聲。

夏冰心疼地伸手捂住沈如意的耳朵。「這些人也太能說了，姑娘……啊，不對，現在應該是王妃了。王妃，奴婢給您打些水來？」

沈如意將她的手扒拉下來。「嗯，去端些溫熱的茶水過來，我先喝口水。」聽她們說話，自己都口渴了，夏蟬趕忙去倒茶，陸嬤嬤這會兒也過來了。

「嫁妝在西邊的庫房裡放著，門鎖是咱們自己帶來的，鑰匙在這兒。王妃，今兒晚上讓秋實和秋霜守夜。」說著，又安排好夏冰和夏蟬的住處。「咱們帶來的人，暫時在那邊院子裡住著，一會兒妳跟著秋霜先去看看，也不用著急，且過了這兩天，等咱們王妃站穩了腳跟，就能安排住處了。」

沈如意臉色微紅，差點就忘記守夜這回事了。

「秋實和秋霜還是不用守著吧？」沈如意伸手捏了捏自己的臉頰，在自己人面前就不用憋著了。「她們也還沒成親，換個人守著吧。」

陸嬤嬤笑咪咪地點頭。「王妃不用擔心，不讓她們在門口守著，門口由我老婆子親自守著，秋霜她們在院子裡待著，萬一王妃要水了，總得有人去做。」

六皇子回來的時候，沈如意正讓夏冰將頭髮解開，釵環一大堆全部摘下來，整個腦袋都輕了三斤。

六皇子伸手接過夏冰手裡的梳子，自己站在沈如意身後替她梳頭髮。「如意，今天我可真高興，妳高興不高興？」

沈如意點點頭，笑咪咪地看鏡子裡的人。六皇子容光煥發，自己眉眼帶笑，根本不用別人提醒，沈如意都能從自己臉上看出那興奮和幸福。

「以後咱們一定要和和美美地過一輩子，等將來，妳給我生一堆的孩子，三個男孩子要長得像我，四個女孩子全部像妳，我們教他們讀書寫字、騎射打獵，妳說好不好？」

沈如意抬頭，仰著臉看六皇子。「七個是不是太多了，你將我當豬養的嗎？更何況，懷一個孩子得十個月，生完孩子還要坐月子，孩子一歲之前最好是不出門，這算下來，生一個孩子就得在家待兩年，七個孩子就是十四年，你不是還打算和我一起出門遊歷嗎？十四年後，就算是能走能動，還有這份心情嗎？」

「也對，那咱們就生五個！」六皇子點頭，伸出一個巴掌。「咱們明年就出門，遊歷一年，回來生孩子，生完了孩子再出去遊歷，妳覺得如何？」

沈如意心裡暗暗撇嘴。她覺得這個主意實在是太不可行了，生了孩子就扔在家裡不管，全部交給奶娘，然後親爹娘一走就是兩、三年？回頭孩子還認不認識你？孩子的啟蒙誰來管？

不過，看六皇子正在興頭上，沈如意也就不潑冷水，反正到時候，她是必要帶著自己孩子的。一家子出遊，不是比夫妻兩個出門好嗎？還能讓孩子多看看外面的世界呢！讀萬卷書不如行萬里路，從小就這樣教導，孩子長大了肯定會有開闊的胸襟，見識也必定廣大。

「如意。」六皇子抓著沈如意的頭髮，心裡的柔情一發不可收拾。「如意，如意……」

沈如意斜眼看他。「做什麼？」

六皇子低頭，溫熱的唇印在她額頭上。「妳終於是我的娘子了。」

沈如意忍不住笑，點點頭，學著六皇子的樣子，一迭連聲地叫道：「承文，承文，承文！」

六皇子笑咪咪地點頭。「幹麼？」

「你現在終於是我的相公了。」沈如意笑著說。

六皇子忍不住哈哈大笑，繞過椅子，彎腰將人給抱起來。

如意差點嚇一跳，忙伸手抱住六皇子的脖子，緩過神才問道：「你這麼大的力氣。」

「我今天不還將妳揹上花轎了嗎？這麼點距離，不成問題。」六皇子笑著說道，大踏步往內室走。

沈如意忙拽他衣領。「你還沒洗澡！」

「洗過了，不信妳聞聞。」六皇子仰著頭湊到沈如意臉上。

沈如意忍不住笑，暖暖的氣息噴灑在脖子上，六皇子情不自禁加快腳步，原本十步的路，硬是讓他走了五步就到了。

床簾被扯下，外面的龍鳳蠟燭爆出一個火花。

# 第三十六章

「王妃，該起床了。」

沈如意睡得正香，忽然聽見外面的喊聲，皺了皺眉，好半天才睜開眼睛。此時她腰上橫著一條胳膊，臉頰邊是溫熱的呼吸，一轉頭，那張清俊的臉孔就毫無遮掩地出現了。

沈如意剛打算開口，六皇子那張臉上的眼睫毛顫了顫，隨後，他睜開眼眨了眨，探頭給了沈如意一個吻。

「起這麼早，累不累？是不是餓了？我給妳端杯水。」說著，他直接掀開被子起身，到桌邊去拎了茶壺，裡面的水放了一晚上，半點熱氣都沒有了。

六皇子伸手摸了摸茶壺，直接到門口，將門拉開一條縫。「打些溫水過來。」

外面等著的陸嬤嬤連忙接過茶壺，將自己手裡拎著的另一個茶壺給六皇子遞過去，她不是不知事的女孩子家，這新婚頭一晚，早上起來都是要喝一些溫水潤潤喉的，所以，一早她就準備好了。

六皇子親自端了溫熱的水到床邊，本想伸手將沈如意給扶起來，沈如意卻自己撐著床坐了起來。

咳，昨晚上畢竟是新婚之夜，黏黏糊糊的睡不好，所以後半夜的時候，兩個人都沐浴了，床單被子也換新。這會兒身上雖然有些難受，卻清清爽爽的。

喝了水後，沈如意才開口。「什麼時辰了？今兒不是還要進宮請安的嗎？」

「不用著急，進宮請安是要等父皇下了早朝。這會兒還早，妳再睡會兒，等到了時辰，我叫妳？」六皇子很捨不得沈如意受累，將茶杯放在一邊，長腿一跨，重新半躺在床上。「不用擔心，太后娘娘和皇后娘娘都是和善人，咱們只要趕在午膳之前進宮就行了，不用太著急。」

「那可不行，剛成親第一天嘛，就是裝樣子，咱們也得早些過去，等回來了再休息也是一樣的。」沈如意笑著說道。

六皇子一個大男人家，不在乎這女人間的彎彎繞繞，但她可是最瞭解女人了，尤其是女性長輩。六皇子本來身體底子就不是很好，若是剛成親就鬧一晚上以至於第二天起不來床，太后心裡能對她有好印象？

見六皇子有些猶豫，沈如意笑著拉了他的手。「別擔心，我還是能撐得住的，再說，也就今兒進宮請安，趕緊請了安，咱們也好回來，明兒早上想睡到什麼時候就睡到什麼時候。」這話也就是說說，除非是已經將王府給打理好了，府裡的人都聽自己的，否則，該什麼時候起床還是得什麼時候起床。

六皇子嘆口氣。「在自己家裡都不省心。」

「再過段時間就省心了，這不是到了關鍵時候，誰都想使把勁嗎？」沈如意笑咪咪地說道，探頭叫了陸嬤嬤等人進來。

以往在侯府的時候，都是夏冰服侍沈如意穿衣服，夏蟬負責鋪床疊被，今兒跟著夏冰、夏蟬進來的，還有兩個丫鬟，她們進來給沈如意行了禮，就直奔六皇子去了。

沈如意微微挑眉。「這兩個是？」

六皇子笑著擺擺手，沒讓那兩個丫鬟近身。「內務府安排的，原先是我院子裡的大丫鬟，不過，以後她們該做什麼，就全部交給妳了。」

沈如意笑著點點頭，親自上前挑了衣服替六皇子穿上。「我知道了。」

那兩個丫鬟趕緊低著頭退到一邊。這王府裡，誰不知道六皇子很是中意沈家姑娘？之前為了討沈姑娘的歡心，幾乎要將整個王府都給搬到沈家去了，可見這位王妃在六皇子心裡的位置。

六殿下和王妃就是這府裡的主子，就算六皇子上面還有長輩，天高皇帝遠，難不成太后娘娘和皇后娘娘會為了一個丫鬟去為難王妃？

所以，聰明點兒的人都知道，和王妃作對是沒好下場的，還不如恭恭敬敬地討好王妃，將來指不定能有個好前途。大家都是聰明人，沒誰想要在吃了苦頭之後才想回頭的。

收拾妥當後，沈如意特意換上了內務府送來的品級衣裳，六皇子笑咪咪地看了一圈，點頭笑道：「很是好看，這件衣服膚色白的人穿著最好看，妳長得又漂亮，很不錯。」

沈如意笑，伸手替他整理了一下衣服領子。此時，陸嬤嬤帶著秋實她們將早膳給擺上來。

「殿下和王妃多用一些，到了宮裡可能還得等一會兒，可別到時候餓肚子了。奴婢也知道太后娘娘和皇后娘娘是寬厚人，只是，到底不好吃太多點心什麼的，今兒畢竟是頭一回進宮拜見長輩，可不能留下壞印象。」

六皇子倒是沒對這話表示什麼意見，笑著給沈如意挾菜。「我知道妳最喜歡清淡口味的，這個筍絲，府裡的廚娘最拿手了，妳嚐嚐看好不好吃，好吃的話，讓她們以後多做幾次。對了，府裡以後的事情都要交給妳管了，妳都要些什麼東西？」

若是不知道六皇子的意思，大約會誤解、會錯意，可沈如意和六皇子熟悉了，根本不用揣測就明白他在說什麼了。

「要帳本、鑰匙，府裡下人的名冊，還有府裡的對牌。這個還不著急，現在府裡不是有管家嗎？回頭你讓管家來見我就行了，這後院的事情有我打理，你呢，就用心辦你自己的事情就好了。」

六皇子點頭，低頭安靜地吃飯，時不時再給沈如意挾些菜。兩個人雖然沒有言語，但周圍的氣氛卻是甜蜜蜜的，周圍服侍的幾個丫鬟都有些不好意思。

吃了早膳，沈如意叫來了王府的丁嬤嬤。「一會兒我們進宮，我想著，讓嬤嬤妳陪著我去，畢竟，嬤嬤是宮裡出來的，這宮裡的事情，嬤嬤也知道得比我更清楚，等會兒進宮了，還得嬤嬤多指點我才是。」

「王妃言重了，指點不敢說，奴婢也就知道那麼一些，王妃的規矩禮儀本來就學得很好，就算不用奴婢，王妃也定不會出錯的。」丁嬤嬤忙笑著行禮。

沈如意點了點頭。「嬤嬤客氣了。時候不早了，咱們也趕緊進宮吧，早些去請安，也好早些回來。」

丁嬤嬤應了一聲，出門吩咐了幾句，等沈如意出門，就瞧見夏冰和夏蟬正在門外等著，頓了頓，沈如意伸手點了點早上見過的那兩個丫鬟。「妳們叫什麼名字？」

「奴婢明月。」

「奴婢明星。」兩個丫鬟忙行禮。

沈如意隨手指了指。「明月，妳跟著我進宮。」說著，轉頭看夏蟬。「妳留下來。」

夏蟬有些不解，正要開口，卻被夏冰拉了一下，於是又閉上嘴巴。不管王妃吩咐了什麼，自有思量在裡面，她只要聽王妃的話就行了，不用問原因。

馬車早早就準備好了，旁邊還有一匹大白馬，四肢修長，長鬃飛揚，大眼炯炯有神，姿態十分優美，看著就讓人喜歡。哪怕沈如意平日裡對馬匹沒有特別的喜好，這會兒見了這一匹純白的馬兒，也冒出一種想要撫摸的念頭。

六皇子時時刻刻關注著沈如意，見她盯著這馬兒的時間不短，臉上又帶著笑容和期盼，就明白她的心思了，直接拉著人上前。「這是父皇賞賜給我的，叫做踏雪，是西域那邊弄來的良種馬，妳喜歡的話可以摸摸牠，回頭有空了，我帶妳上莊子騎馬。」

沈如意轉頭看六皇子，六皇子忙補充道：「放心吧，這匹馬的脾氣好著呢，妳儘管摸，不要緊的，或者給牠吃這個。」

說著，他轉頭向身邊的小廝要了一把松子糖給沈如意。

沈如意抿抿唇，等自己鼓足勇氣才敢將放著松子糖的手送到馬兒跟前，那馬兒倒也真是溫順，大舌頭在沈如意手上舔了舔，低叫了一聲，就拿自己的大腦袋蹭了蹭沈如意的胳膊。

「這是在表示喜歡妳呢，咱們回來再和踏雪親近，這會兒時間不早了，咱們先進宮吧。」六皇子笑著說道，伸手扶著沈如意將人送到馬車邊上，親自扶她上車之後，自己才翻身上馬。

一路上他也不著急，就慢吞吞地騎著馬跟在馬車旁邊說話。

「今兒宮裡的人肯定不少，除了皇祖母、母后、父皇，定然還有大哥、大嫂這些人，宮裡沒出嫁的公主們也定然是要在場的，六妹妳已經認識了，還有七妹、八妹她們，想來妳並未接觸過，她們的性子雖然有些驕縱，不過妳也不用怕她們，有皇祖母和母后在，她們也不敢多說什麼。

「至於見面禮，差點忘記問了，妳準備得夠嗎？光是姪子一輩的，就有十幾個，還有七妹、八妹她們，七弟雖然訂親了卻還沒完婚，見面禮也是要準備的。」六皇子忙問道。

沈如意在馬車裡笑道：「都已經準備好了，你別將我當成什麼都不知道的小孩子好嗎？雖然我不是在京城長大，但好歹也來京城兩年了，再說，咱們兩個訂婚之後，我也是要想辦法打聽清楚的，你就別操心了。」

六皇子笑了兩聲，繼續說道：「那我就不擔心了。宗室裡面的人，今兒不見，明兒才見，今日只見幾個輩分高的，大概就兩、三個，妳也不用特意記著。」

聞言，沈如意應了一聲。

夏冰捂著嘴偷偷地笑。「王妃，六殿下對您可真是上心，這種小事情都要一再提醒。」

這種事情，一般說來都是新娘子自己想辦法打聽清楚，因為這已經是屬於內宅範圍了。也就六皇子不嫌麻煩，一句接一句地叮囑，恨不得事事都替沈如意做了。

沈如意也不覺得六皇子嘮叨，不管他說什麼，都只管笑咪咪地點頭，時不時掀開車窗簾看六皇子一眼，六皇子就說得更開心了。「以後咱們每個月進宮兩次就行了。」

「十一月不是母后的千秋嗎？咱們應該準備什麼壽禮？」沈如意突然想到這件事。

「和往年一樣，妳做一身衣服就行了。」六皇子笑著說道。「往年大嫂、二嫂她們剛進門的時候，也是這麼做的，等妳將王府打理好了，明年的壽禮就該妳自己準備了。」

一路上說著話，兩個人就到了皇宮。丁嬤嬤扶著沈如意的手，率先去了皇太后的慈寧宮，一進門就聽見皇太后的笑聲。

「快進來，我瞧瞧、我瞧瞧。哎喲，這可真是郎才女貌啊！天作之合，小六的眼光可真不錯。」

「那是，六哥的眼光，都是受皇祖母的影響，六哥能看中的人，定然是最好的。」

有清脆的女聲跟著附和，不用抬頭看，沈如意就知道是六公主。她的眼角瞧見左邊上首還坐著一個穿著明黃色衣服的人，沈如意知道是皇后，趕緊就蹲下身子行禮。

「如意見過皇祖母，給皇祖母請安。見過母后，給母后請安。」

「快快起來，來來來，到我身邊坐著。」皇太后高興得很。

自沈夫人幾年前用一幅雙面繡在皇太后跟前掛了名，沈夫人和沈如意就很是感激皇太后，但凡進宮就很是誠心地給皇太后帶一些小禮物，比如說母女倆自己做的針線活什麼的，皇后那邊也不會落下。時間長了，皇太后對沈如意就很是喜歡。小小年紀，沈穩大方又十分孝順，是個好孩子。

後來知道自家小六看上了沈如意，皇太后更是高興。這麼好的孩子，就應該是他們李家的媳婦。

「以後啊，你們就是夫妻了，這夫妻之間，就是要相親相愛，彼此尊敬，妳和小六都是好孩子，我相信你們以後，定是能將這日子過好的。」拉了沈如意到身邊，皇太后笑咪咪地說道。

沈如意忙行禮。「是，多謝皇祖母教誨，如意定會記得的。」

「快別行禮了，也不是什麼教誨，就是我老婆子多說了兩句，妳嫁過來之後，可還習慣？」皇太后笑呵呵地問道。

沈如意眨眨眼，就一個晚上，能有什麼習慣不習慣的？但是，當著皇太后的面，這話可不能直白地說出去。

沈如意只好臉上帶羞，低頭說道：「六殿下待我很好，以後王府就是我們的家了，我定會習慣的。」

皇太后笑得合不攏嘴，覺得這個孫媳婦倒是個會說話的人。

門外小太監通傳了一聲，隨後皇上進來。

「母后在笑什麼呢？」

雖然皇上已經六十多了，但看著還是精神很好，他坐在太后的左邊。「說出來讓朕也聽聽？」

「我們女人家的話，你聽什麼？我讓人準備了一些魚湯，你這會兒喝一點？」皇太后笑著說道，不等皇上回答，就讓人去端了魚湯進來。

皇上點點頭，朝地上跪了一圈的人說道：「都起來吧。」

看了沈如意一眼，皇上又點點頭。「是個不錯的，以後就和小六好好過日子吧。」

皇后笑道：「小六眼光好，如意也是個頂好的，只是這家常話，咱們是不是一會兒再說，先將這茶水給敬了？」

皇太后伸手拍拍額頭。「我竟是忘記這麼一回事了，還得妳提醒，可見是上了年紀，一早上惦記著，偏偏這時候就忘記了，茶水快端上來。」

有嬤嬤去端了托盤進來，上面放著一杯茶，沈如意先端了那茶，恭恭敬敬地跪在皇太后面前，訓誡的話剛才已經說過了，這會兒皇太后也就不好多說，只換了幾句。「你們和和美美，早日開枝散葉，我這個老太婆就算是放心了。」

沈如意臉色通紅，接了皇太后賞賜的一套首飾。接著是給皇上、皇后敬茶，皇上的賞賜直白多了，就給了大紅包，捏著那感覺，應該是裝著銀票或者地契房契之類的東西。皇后給的也是一套首飾，不過，比皇太后的要稍微差一些。

沒多久，大皇子等人也帶著妻小進宮了，都聚在皇太后的慈寧宮，雖然這人差不多都認識，但該走的過場還是要走，嬤嬤帶著沈如意一個個認人，年長的要給沈如意見面禮，年幼或者是輩分小的人，沈如意就得給見面禮了。

丁嬤嬤端著一個大托盤，上面放了不少荷包、扇套，沈如意走一圈，那托盤就差不多空了。夏冰端著的托盤則是負責收東西，一圈下來，托盤也不算很滿，比給出去的少多了。大家都是平輩，給的東西也不會太貴重。也幸好，他們這樣的人家，也不是很在乎這些東西的價值。

沈如意原以為，午膳是要回府用的，卻沒想到，今兒皇上好興致，竟然留了他們在宮裡用午膳，而且還不是那種正規的家宴，各家人坐一處很是隨意。

六公主興沖沖地過來和他們湊桌子。「反正你們桌子也空得很，擺太多就浪費掉了，不如我們節省一些。」

沈如意立刻歡喜地點頭，能和自己相熟的人坐一起簡直太好了。「正好咱們說說話。那個是九公主吧？我瞧著她和妳不大……」

六公主看了一眼，不屑地撇撇嘴，壓低了聲音。「不用管，反正我也在宮裡留不了多長時間，她眼紅我在父皇和皇祖母跟前受寵，我走了她才安心呢。」

「待不了多長時間？妳婚事訂下來了？」沈如意有些詫異地問道。

六公主點了點頭。「父皇那天叫我去御書房，原先我可從來沒去過那種地方，我還以為是自己犯錯，惹父皇生氣了呢。誰知道去了以後，高公公就安排我在花廳裡坐著，能聽見隔壁說話的聲音。」

沈如意瞪大眼睛看六公主，六公主還是壓低了聲音說：「聽了一會兒我才聽出來，是威國公在提親，他走之後，父皇就叫我出來，問我覺得如何。妳也知道，我是見過那個二公子，長得也算是不錯，母后之前又和我打過招呼，也算是挑明了，我就只能點頭。若是沒什麼差池，等七皇兄成親，也該輪到我的婚事了。」六公主有些惆悵地說道。

沈如意能看得出來，六公主眼神有些微微的遺憾，卻沒有太多的傷心絕望。

六公主在感情上一向內斂，平時不顯山、不顯水，若非與之交好，女孩們閒談及婚事，沈如意還真未能察覺出她對劉二公子存有著一絲好感。

想來，劉二公子的事情，她已經放下了。六公主一向通透，定是不會將自己吊死在那一棵樹上。

「妳覺得好，那就好。」沈如意想了半天，只拍了拍六公主的手笑道：「妳若是覺得不好，我和妳六哥也定會想辦法替妳解決的。」

六公主笑咪咪地伸手捏了捏沈如意的臉頰。「哎喲，這才成親，就適應了六嫂的身分了？哈哈，開個玩笑，六嫂別生氣，妳放心吧，我錦衣玉食地長大，本就比別人幸福許多，現在這個人選也算是不錯，我已經很滿足了。」

沈如意拽她的手。「過幾天，妳出宮到我們府上住兩天？我要接管府裡的事情，妳去了，也能給我當個鎮山太歲。」

六公主的臉上閃過感謝，卻沒說客氣話。「好，那等妳回門之後，我就和皇祖母說一聲，到你們府上住兩天，不過，妳可得先和我六哥說好，可別到時候打擾了你們夫妻兩個相處，六哥看我不順眼，要是被他趕出門，我可就丟臉了。」

「妳六哥是個通情達理的人，肯定不會將妳趕出門的，妳就放心吧。」沈如意笑著說道。

六皇子在一邊探頭問道：「什麼趕出門？」

「在說等過幾天讓六妹到咱們家住幾天。」沈如意笑著說道。

六皇子很贊同地點頭。「來吧，反正妳六嫂白天自己在家，妳去了也能陪陪她。」

哪怕翰林院的差事不忙，六皇子也不能扔下差事整天待在府裡陪伴沈如意。回頭讓皇上誤會以為沈如意是個美色誤人的女子，那可就糟糕了。

「好，六哥、六嫂既然這麼說了，那我就不客氣了。你們等著我，過幾天，我一定去你們府上住幾天。」

上面皇太后瞧著她們說得熱鬧，就問了兩句，六公主也沒隱瞞，就說出自己要去六皇子府上住幾天的事情，皇太后也很贊成，於是，這事情就算是定下來了。

御膳房做的飯菜還是很美味的，沈如意吃了個八分飽，和皇太后說了一會兒閒話，又去六皇子的生母牌位前拜了拜，出宮的時候已經下午了。

回到王府後，沈如意實在感到累，回去就想睡覺，六皇子卻拉著人不放。

「妳這會兒睡太多了，晚上就睡不著了，這會兒我們去書房看看？以後那可是咱們兩個的書房，妳還沒看過呢。」

沈如意點點頭，又和六皇子去參觀書房。因著兩個人都愛看書，所以這書房，就修建得特別豪華舒適，一座小院子分成了裡外兩進。

六皇子指著前面的花廳和兩側的廂房說道：「妳以後管家理事，就在這裡吩咐他們。看帳本什麼的，就去裡面和我一起。裡面的書房是三間，最左邊的那個，是妳的，妳要算帳、放繡綳都可以。中間是大花廳，咱們可以一起看書。」

窗子下面種著一叢叢的花，書房後面還有片小竹林。

「修建得很好。」沈如意裡裡外外走了一圈，很滿意地點頭。「地方大，能放的書也多，回頭我就讓人將我的書都放進來。中間這個書桌做得尤其好，咱們兩個可以一人一邊，這邊光線也好。」

「妳喜歡就好。」六皇子笑著點頭。

這屋子他可是花了大功夫準備的，因為蠟燭油燈都不大明亮，他特意磨著父皇要了幾個夜明珠，打了底座鑲嵌好，擺放在桌子正中間，不用的時候就用綢布蓋著。到了晚上掀開，屋子裡就很明亮。

裡面的擺設簡單卻精緻，有桌椅、軟榻、小爐子。挨著左邊他的書房那邊，另外開了院門，能直接通往另外一座小院子，以後若是有客人上門拜訪，他就能直接到前面招呼，也不用打擾到如意騰地方。

參觀了書房、臥房、正廳、庫房，還有為放嫁妝而騰出來的院子，一開始沈如意還興致勃勃，但走了兩座院子就有些累了，幾個地方都轉完了，六皇子又想起來還有別的院子。沈如意死拽著他不願意鬆手。「我太累了，這會兒時間也不早了，咱們早早用了晚膳休息？」

六皇子見她臉色微紅，額頭上都見汗了，趕緊拿帕子給她擦了擦。「好，那咱們就回去，反正這整個王府都是咱們家的，以後妳想四處看，就什麼時候帶著人過來看，這會兒咱們就回去休息吧！晚膳妳想用些什麼？」

「不管什麼都好。」沈如意有氣無力地擺手。

六皇子是個體貼的人，知道今兒要進宮，昨晚上折騰得並不算太厲害。但是，再怎麼體貼，那也是頭一回經歷成親這樣的事情，興奮過度的時候，就不留情了。

沈如意吃著飯都覺得自己睏得要命，不等六皇子說什麼，迅速叫人過來伺候她沐浴，然後直接就寢了。

六皇子瞧著她那背影，抽了抽嘴角，本想自己去看書的，這會兒他一點兒都不睏。可是，一想到自己已經成親了，最愛的人就在房間裡睡覺，書上的字他就看不進去了，索性書一扔，自己也鑽床上去了。因為他捨不得吵醒沈如意，只能將人攬在懷裡蓋著被子純睡覺。

睡了一晚上，第二天沈如意就精神飽滿了。

管家這種事情，宜早不宜遲，沈如意也算是鍛鍊出來了，駕輕就熟，一天時間就搞定了。不管人忠不忠心，先將規矩都定好了。

這釘子什麼的，都是在管家的過程中慢慢發現、慢慢拔出的，所以，這會兒再著急也沒用，還不如慢慢來呢。抓一個家的管家權，最重要的是將帳本、鑰匙抓在自己的手裡。

一轉眼，第三天就到了。

沈如意一早起床，將六皇子也叫了起來。

「今兒回門，咱們早些過去，說起來，不過是兩、三天，我就很想念鳴鶴了呢。」

「好。」六皇子笑呵呵地應道，這幾天，他臉上的笑容就沒斷過。

不管是誰，都能瞧出來六皇子臉上寫著的字——我成親了我高興。

雖然以前六皇子脾氣也挺好的，可現在好得簡直沒邊兒了，不管什麼時候都笑著，哪怕是翰林院的老頭子們和他吵架，他都能笑呵呵。

沈如意即使不清楚外面的情況，也知道六皇子面對自己時的表情，見他一直笑咪咪的，忍不住翻了個白眼。「你小心著些，今兒回去，我父親定是不會對你太客氣。」

「沒事、沒事，我有準備。」六皇子轉頭就吩咐自己的小廝。「昨天我讓你準備的東西，你都給我準備好了？」

那小廝忙點頭，出去一會兒就抱來兩個盒子，六皇子接過去親自抱著，轉頭對沈如意笑道：「咱們出發吧！早些過去，妳還能多和岳母說幾句話，咱們用了午膳就得回來呢。」

沈如意十分好奇，想打開那盒子先看看，但六皇子就是不給看，只能壓下心裡的好奇，跟著六皇子一起出門。這次他倒是沒騎馬，兩個人都坐馬車。

剛到侯府門口，門房就大呼小叫起來了。「快，大姑奶奶和大姑爺回來了！」

消息一層層通傳到裡面，沈如意和六皇子下了馬車，就瞧見沈家的幾個小子出來了。領頭的是三房的沈明祥，他現在已經十幾歲了，自是懂事，自沈三夫人被關到佛堂，這小子就像是變了一個人，很是沈默也甚少出門，就連沈如意都沒怎麼見過他。

不過，沈如意出嫁是大事，回門也是大事，沈如意的親弟弟年紀還小，也就只能三房的人先頂上來，所以沈明祥才帶著沈明和一起出現，後面還跟著沈明修。

沈明祥上前給六皇子行禮，沈明修已經笑嘻嘻地過來拽沈如意的手了。「大姊，妳總算是回來了，我可想妳了，咱們快些進去，爹和娘一大早就開始等妳了，尤其是鳴鶴，這兩天總是哭鬧著要找妳，今兒一聽奶娘說妳要回來了，比平時都早起了一個時辰呢，這會兒也眼巴巴地在正院等著妳。」

沈如意點點頭，和六皇子一起進去正廳。

沈侯爺和沈夫人正坐在上首，等沈如意他們行了禮，才將人拉到自己身邊，沈夫人最關心沈如意，第一件事就是先打量沈如意，一迭連聲地說道：「瘦了、瘦了！」

沈如意忍不住抽了抽嘴角。「娘，才兩天，哪兒瘦了！倒是妳和父親，這兩天有好好休息吧？我之前可是說了，妳要是不好好養著自己的身子，我就不回來看妳了。」

沈夫人忍不住笑。「妳放心，我怎麼也得看著我外孫娶媳婦呢。」說著，又看六皇子。「如意被我寵壞了，承文你多多擔待，若是如意做得不對，回頭你和我說，我定替你教訓她。」

六皇子忙表態，表示沈如意特別好，然後奉上自己一直抱著的兩個盒子。「我親自給岳父、岳母挑選的禮物，岳母看看喜不喜歡。」

沈如意總算看到盒子裡的東西，不得不說，六皇子很細心，送的禮物也特別花費心思，送禮送到人的心坎裡。送給沈侯爺的是一幅古畫，沈如意對這個沒多少研究，也就沒能瞧出價值不菲，不過，瞧沈侯爺那樣子倒是很喜歡，之前一直繃著的臉色都鬆緩了很多。

沈夫人的禮物則是一套繡品，前朝的心繡幾乎已經絕跡了。沈夫人平生唯一的愛好和消還就是繡活了，這禮物正合她的心思。

沈雲柔、沈明修、沈鳴鶴、沈明祥和沈明和，個個都有禮物，還都是考慮了每個人的性子、愛好送的。每個人臉上的笑都特別真誠，對六皇子的態度原本就好，這會兒就更好了。

沈雲柔朝沈如意做了個鬼臉。「母親，我先去廚房看看，讓她們準備一些大姊喜歡的飯菜，您和大姊先說著話，我一會兒就回來了。」

沈夫人忙點頭。「好，妳也別太辛苦了，這些事情有下面的人看著就行了。」

「母親放心，我也不辛苦，平日裡我都不管的，不過今兒是大姊回來，我怎麼也得親自去看看才放心。」沈雲柔笑著說道，給沈夫人行了禮後，才告辭出門，留下沈夫人和沈如意說體己話。

沈侯爺則是帶了六皇子去書房，他們男人家說的話題就多了。

既然是回門，怎麼也得過去看看老夫人。沈如意和沈夫人說了幾句話，就跟著沈夫人去了長春園。

兩人一進門就看見沈三夫人。沈三夫人還是沈如意出嫁的時候，才被沈三老爺給放出來的，哪怕是知道沈三夫人在自己背後做了不少事情，但沈三老爺也不能真將她關在佛堂裡一輩子。不管怎麼說，三房的兩個嫡子可都是沈三夫人生的。

「大嫂、如意，妳們過來了。」見她們進來，沈三夫人忙給沈夫人行禮，笑著打招呼。

一年沒見，沈三夫人比以前瘦了一圈，卻還穿著以前的衣服，像是一陣風就能吹走。不僅臉色發黃憔悴，神情也有些畏畏縮縮，都不敢對上沈夫人的視線。

沈夫人笑著點點頭。「老夫人是睡著還是醒著？」

「老夫人這會兒還醒著。」沈三夫人忙說道，引了沈夫人和沈如意進去。

剛進內室，就聽見有清朗的聲音在讀佛經，繞過屏風，就見一個穿著碧色比甲的丫鬟，坐在床頭的繡墩上，捧著一本佛經唸著。

聽見腳步聲，那丫鬟忙起身行禮。老夫人使勁側頭，看見是沈夫人和沈如意，眼神微微有些閃動，表情也沒什麼大變化，又轉頭看了沈三夫人一眼。

沈三夫人縮縮脖子，忙親自去搬椅子過來，讓沈夫人和沈如意在老夫人床頭坐下了，自己躲在後面，不敢讓老夫人瞧見她。

去年她將老夫人氣得吐血的事情，現在大家可都還記著呢，若非是今兒沈三老爺得到前面招呼六皇子，怕是沈三夫人還不能出現在老夫人面前。

沈如意打量了一番老夫人的神色，又轉頭看了看沈三夫人，心理很是詫異，人到了跟前，老夫人竟然沒發火？

「老夫人，今兒是如意回門的日子。」沈夫人笑著伸手給老夫人整理了一下被子，繼續說道：「如意先來看看您，等會兒六皇子也會過來。」

頓了頓，見老夫人的臉色沒什麼變化，沈夫人才繼續說道：「六皇子身分高貴，之前就想著來看看您，只是您老人家身子不好，所以侯爺就給推了。現在六皇子和咱們也算是一家人了，老夫人哪怕是中途精神不濟，六皇子也不會在意的。」

老夫人就算是不能說話，那也是人精。腦袋裡轉了一圈，就明白沈夫人的意思。不就是說要讓她安分點嗎？六皇子再怎麼和沈家親近，那也不可能是一家人。是他們沈家的姑娘嫁給了六皇子，以後沈如意就是皇家的人了，而不是六皇子入贅到沈家，成了沈家的人。

若是她在六皇子面前做出什麼過激的事情來，六皇子只可能偏著沈如意那邊的，絕不可能對她一個老夫人有什麼憐憫同情，所以識趣點、安分點，這才是沈夫人要表達的意思。

若是以前，老夫人就是不能說話，也要吐沈夫人一臉。可現在，老夫人鬧了一年，早就沒力氣鬧了，再說她不傻，早先沖天的憤怒早已經在日復一日的佛經中平息了下來，甚至，她現在還感覺到自己以前未曾有過的恐懼。

沈侯爺說起來是她兒子，是從她肚子裡爬出來的，可剛會說話就被老侯爺給抱走了，論起感情來，老侯爺才是沈正信唯一放在心裡的人。她這個親娘，甚至被親兒子撞破那樣的場景，自此就和沈正信沒了母子緣分，現在不過是占著個位置，要感情沒感情，要尊嚴沒尊嚴，若是一味和沈正信作對，那個鐵石心腸的人，是絕不會容忍她。

現在，盧婉心和沈如意，再加上沈鳴鶴，才是沈正信心裡最重要的人。她一個老婆子，不能說不能動，活著也是耗費時間，甚至若是能動，她自己都想一碗藥毒死自己了。

前些年過得有多驕傲，這一年過得就有多絕望。可她不能死，那個人靠不住，她還有自己疼愛一輩子的小兒子。那個人欺騙了她一輩子，可她的小兒子卻是真的孝順，她怎麼能因為那個人渣，就扔下自己的小兒子？

她現在乖乖聽沈正信的話，那老三在沈正信跟前或許還能得些好處。若是自己一死了之，沈正信絕對會在盧婉心的慫恿下分家的。分了家之後，自己的小兒子能得到什麼？侯府二成的財產？光有錢有什麼用，要在這個京城過得好、過得瀟灑，就要有地位。

不分家，那小兒子就永遠是侯府的三老爺；分了家，小兒子就只能是沈家的族人了。

躺的時間越長，老夫人想得越明白，所以早就息了和沈夫人作對的心思。現在去討好長房已經晚了，再說，她也不願意去討好長房。不能得罪、不願討好，就只能不遠不近了。

這會兒聽完沈夫人的話，老夫人也只是耷拉了下眼皮，並不出聲。

沈夫人卻是瞭解老夫人的意思，笑得更有幾分真誠。「六皇子待人十分真誠有禮，還很是孝順，知道老夫人您最近用著藥，特意從皇宮帶來了幾味藥材呢。」

老夫人嗯哼了一聲，說實話，沈夫人和老夫人真沒什麼要說的話題，但是這會兒還不能走。

沈如意瞧著沈夫人有些詞窮，就自己找了話題。「祖母您好好養著身子，您現在年紀也不算是太大，太后娘娘可比您年紀大多了，因保養得好，這會兒是眼不花、耳不聾，什麼都能吃，身體特別好。之前太醫不也說了，您這身子底子好，再養幾年，痊癒的可能性還是很大，到時候能說話了，說不定還能走動幾步。」

老夫人不接話，沈如意也不在意，她和沈夫人比起來臉皮就厚多了，繼續一拐彎說起別的了。「說起來，堂弟年紀也不小了，我娘正打算等過段時間，讓官媒送一份京城千金的名冊過來呢，到時候祖母您也給看看？」

正經說起來，二房的人才是年紀不小了，但二房遠離京城，就不屬於沈夫人的管轄範圍。沈夫人也不打算管三房的事情，可老夫人不能動不能言，沈三夫人又是個眼皮子淺的人，沈三老爺也是沒辦法才求了沈侯爺。雖說，沈夫人對京城的閨秀也不瞭解，但至少這是個態度，讓沈侯爺明白三房立場的一個態度。

「您養好了身子，到時候這事情您也好給我娘把把關是不是？」沈如意笑著說道。

老夫人掀了掀眼皮，嘴唇動了動，沈夫人忙叫旁邊那丫鬟。「快過來瞧瞧，老夫人說了什麼。」

那丫鬟仔細盯著老夫人的嘴巴，老夫人說一遍，她重複一遍，不對了，老夫人就再說一遍，對了，老夫人就不出聲了。

折騰了兩、三遍，那丫鬟才轉身給沈夫人轉述。「老夫人說，先放著，不著急。」

沈如意忙說道：「既然祖母您心裡有成算，那這事情就先放放，等您身子好了，您再來打算。正好雲柔年紀也不小了，我娘得操心雲柔的事情呢。」

老夫人不動了，耷拉著眼皮子，不仔細看還要以為人睡著了。

等外面小丫鬟進來通報的時候，沈如意已經說到王府裡的園子了。沈夫人忙叫小丫鬟將六皇子給請進來，由於這屋子裡都是長輩，也不用太避諱著。

「給老夫人請安。」六皇子一繞過屏風，就彎腰給老夫人行禮了，但凡有外人在，老夫人總是很和善知禮的，沒等六皇子的腰彎到底，她就啊啊啊地說了起來。

小丫鬟十分盡職地猜著老夫人的意思轉述。「六殿下快快請起，請上座。」

就算是輩分低，但皇家出來的人，身分可不低。

六皇子忙笑道：「我是晚輩，可不敢在老夫人跟前坐上座。老夫人最近身子可好，吃的藥可還有效？」

老夫人的話需要小丫鬟逐字逐句的分辨，所以這交談就有些慢了，好半天才將基本的吃喝拉撒給寒暄完，說完話也差不多到了用午膳的時候，幾個人從長春園離開，重回正院。

關鍵時候就顯出討好岳母的好處了，原本六皇子作為新女婿，頭一次上門，沈家的人是要灌酒的，但沈夫人不捨得啊，幾次讓人出去叮囑沈侯爺，不許讓六皇子喝多了。

等一桌子酒席用完，六皇子的眼神還清明著。

回門的規矩就是用了午膳就得回去，沈如意即使想多留都沒辦法多留，只能依依不捨地跟著六皇子回去。

沈鳴鶴哭得慘兮兮的，扒著門框不願意讓奶娘抱他回去，也幸好還有沈夫人安慰他，小孩兒這才抽抽噎噎地放手。

# 第三十七章

成婚以後的日子，和沈如意想像中的完全一樣。府裡就他們兩個主子，事情簡單得很，以往在侯府每天要花費將近兩個時辰處理家事，現在，半個時辰就能處理完。

至於多出來的時間，就是拿來看帳本，偶爾指點一下六公主。下午則是去書房和六皇子一人占據書房的一邊，各自看書寫字作畫，或者，繡繡花做個針線活。

夫妻兩個都是不愛名利的，除了至交好友，也不請別的人上門作客，除了沈家，也不去別人家作客，日子過得別提多瀟灑了。

年底的時候，七皇子成親。出了二月，六公主出嫁。三月，劉二公子成親，他那年紀，實在是拖不得了，娶的是程大學士的嫡女，何首輔年紀大了，再有幾年，也該讓位了。程大學士是最有可能接任的人，大長公主可是相看了很久才訂下來的。

四月的時候，沈如意回侯府看望沈夫人的時候，被診出喜脈，六皇子高興得差點兒跳起來，完全忽視了旁邊沈侯爺的視線，抱著沈如意就轉了兩圈。

沈夫人在一邊著急說：「哎呀，別轉別轉，如意才剛有一個月的身子，可不能亂動。」

六皇子忙放開，傻呵呵地拉著沈如意的胳膊笑。「我要當爹了，哈哈，如意，咱們要有孩子了，妳說，會是男孩子還是女孩子？咱們要有孩子了！」

沈侯爺冷不防地開口。「如意既然有了身孕，今兒就住在侯府吧，先不要回去了，等過了三個月，身子穩了再回去。」

六皇子目瞪口呆。「不用住下吧？」

「不都說三個月之前不能亂動嗎？這可是你頭一個孩子，儘量小心才是。」沈侯爺一臉嚴肅。「再說，反正如意回去，你們也是要分開睡，你年紀輕輕，我雖然相信你不會不顧及如意的身子，但……」

沈侯爺沒說完，六皇子臉色通紅，就連沈夫人都不自在地輕咳了一聲。「胡說什麼呢，王府又不是沒有嬤嬤！」

若六皇子是普通的世家子弟，那沈侯爺將沈如意接回來住一段時間還是可以的。但六皇子是皇子，沈如意懷孕了，你將人接回來算怎麼回事？明著說皇家照顧不好他們家懷孕的兒媳婦？

宮裡的太后娘娘和皇后娘娘，雖然平日裡不怎麼出面，但也不是不存在。最終，沈侯爺也沒能攔著沈如意跟六皇子回去。

不光是六皇子將沈如意的肚子看得很重要，沈如意自己也很在意，前後兩輩子，頭一次懷孕，那種激動和雀躍，恨不得整天不吃不喝、不睡覺地捧著肚子看。

只可惜，月分太淺，肚子還捧不著，只能摸摸看。

皇太后那邊還擔心沈如意懷孕了，六皇子會沒人伺候，想著給六皇子挑選個側妃。但六皇子自己進宮找皇太后說了一會兒話，回頭皇太后賞賜了一些安胎藥，就再沒過問這事情了。

皇后一向聰明識趣，見皇太后都不開口了，她更是不願意插手。這半年時間，她也算是看明白，六皇子他們兩口子，根本就沒什麼上進心。

換成別的皇子，在翰林院待了一年多，早該想辦法換別的差事了。皇上提出給他換差事六皇子自己都不願意了，六皇子妃更是淡薄，成親半年，連個聚會都沒辦過，也就招待過幾個沒成親時就交好的閨閣好友。

算來算去，六皇子也就一個得皇上疼愛的優勢，甚至在差事上都幫不上忙。所以，皇后也不想費盡心思去拿捏六皇子，只要六皇子不和自己作對就行了。

於是，皇后也不大過問六皇子的事情，若是六皇子自己想迎娶側妃，他自己就會主動提出來，自己何必在人家小夫妻情熱的時候去潑冷水，做這不討喜的事情呢？

皇上更是不管了，兒子自己喜歡，他也不是沒孫子，且沈如意又不是不能生了，現在兒子和兒媳都還年輕，不要側妃就不要吧，又不是說，沒了側妃就要斷子絕孫。

皇家最大的幾個人都不吭聲了，誰還會沒眼色地跳出來惹人厭煩？

沈如意完全不知道六皇子進宮找皇太后說了些什麼，她還正摩拳擦掌地給自己鼓勁，積攢全身的力量準備和外來者戰鬥呢！

上輩子就是因為她太軟弱了，連自己的娘親都護不住，這輩子，她可不願意被動地挨打了。誰敢在他們夫妻之間插一腳，她就要將人弄得生不如死，必須得守護好自己的家庭。

可她等啊等，從兩個月等到三個月，從三個月等到四個月，硬是沒有敵人跳出來。

沈如意實在是疑惑，有一日就和六皇子提及，六皇子忍不住笑了。

「妳就是為這個操心？我之前還擔心，總覺得妳有些太緊張了，以為妳是頭一次懷孕，所以心裡害怕呢，妳若是早些說出來，不就不用擔驚受怕那麼久了嗎？」

沈如意不作聲。誰擔驚受怕了，她這不是提前在做準備嗎？

「妳不用擔心，皇祖母已經答應了，我府裡的事情就任由我作主，我若是沒看中什麼女人，皇祖母也不會費事送什麼女人。」頓了頓，六皇子又笑道：「如意，成親之前，我不是和妳保證過，這輩子絕不會讓妳傷心嗎？但凡可能會讓妳傷心的，我都會提前解決好，妳只管高高興興地過日子就好，不用想太多。」

沈如意抿抿唇，抬手抱住六皇子。

六皇子伸手，輕輕在沈如意背後拍了拍。「如意，妳也要相信我，相信我能保護妳。」

「嗯，好，我相信你，以後這些事情，我就不再問了。」沈如意笑得開心。

六皇子也笑，笑了一會兒，伸手摸了摸沈如意的肚子。「如意，妳說，咱們的第一個孩子，是男孩還是女孩？」

沈如意滿腔的感動和愛意，瞬間就消退下去，不是消失而是變成了無奈，自上次在侯府診斷出喜脈，回來之後，六皇子就是一天問一次。

「我也不知道，你喜歡男孩子還是女孩子？」沈如意抬頭看六皇子。

六皇子摸摸下巴。「我都喜歡啊，不管是男孩子還是女孩子，都是我們的孩子，我都很喜歡，妳呢？喜歡哪個更多一點？」

「我也是，兩個都喜歡，不過，頭一胎的話，最好是生個男孩子，這樣一來，以後就不會……」沈如意頓了頓。

六皇子瞬間就懂了。「這個不要緊，皇祖母和母后都不會在意的，再說，不是有句話叫先開花後結果嗎？咱們又不是只要這麼一個孩子。我倒是覺得，女孩子更好。」

六皇子笑咪咪地說：「若是頭一個孩子是女兒，將來妳再生孩子，女兒就可以幫妳帶下面的弟弟妹妹了，不都說女兒是貼心小棉襖嗎？有個老大幫妳，以後妳會輕鬆多了。」

「瞧你說的，難不成生了女兒就是為了幫我帶孩子？」沈如意忍不住笑。「家裡又不是沒有嬤嬤、丫鬟，你這樣說，小心女兒長大了以後生你的氣。」

六皇子趕緊伸手摸沈如意的肚子。「乖寶貝，別生爹的氣，爹是開玩笑的，等妳出生了，爹爹疼愛妳都來不及呢，怎麼會捨得妳去勞累呢？不過，幫妳娘照管弟弟妹妹可不是什麼累人的活兒，這個妳得幫忙，因為妳是長姊，長姊就應該有長姊的氣勢，將來還能讓弟弟妹妹聽妳的話，幫妳做事情呢。」

「你確定這個一定是女孩子？」沈如意挑眉。

六皇子笑。「說不定是女孩子呢，咱們給孩子取個小名吧？」

「萬一是個男孩子呢？你叫他女孩子的名字，等他懂事了，肯定和你著急。」沈如意笑著說。

六皇子不在意地擺手。「沒事，咱們可以取個宜男宜女的。」

至於大名，雖然不大甘願讓給別人，但是皇上賜名明顯是給孩子添一層保護。別人想求皇上賜名都還求不到呢，所以這個機會得留著。

「宜男宜女的？那你要好好想了，還得要簡單一些，琅琅上口，寓意也好。」沈如意笑著點頭，她自己就不動那個腦筋了，反正她自己也取不了什麼好名字。

只看她身邊的大丫鬟就知道了，原先是春字開頭的，後來是夏字，接著是秋字，現在又提拔的是冬字，怎麼簡單怎麼來。哪像別人家的千金，身邊的丫鬟都取一些很文雅的名字。

六皇子立刻就應下來了。「好，我回頭翻翻書，一定能給咱們的孩子取一個十分好聽的名字！」

王府這邊和樂融融，侯府的氣氛卻有些不大好，不是沈侯爺和沈夫人吵架了，也不是老夫人忽然找碴兒，更不是王姨娘忽然犯蠢，而是雲南那邊忽然送來了書信。

沈侯爺看完，就忍不住嘆了口氣，沈夫人有些疑惑。「怎麼了？可是發生了什麼事情？」

「二弟妹之前一直在侯府養尊處優，趕路的時候有些勞累，當時沒注意就生了一場病。

初到雲南，又因著人生地不熟，有些水土不服，就又生病了，自此就有些不大好，一病不起，拖了一年多……」沈侯爺皺了皺眉。

沈夫人的臉色就有些發白了。「難不成二弟妹……」

沈侯爺點了點頭，將手裡的信遞給了沈夫人。「妳看看吧，上個月的時候，二弟妹剛剛過世，二弟的意思是讓明瑞扶棺回京，明瑞年紀也不小了，雲南那邊的書院都是一般，二弟也想讓明瑞留在京城安心讀兩年書。」

沈夫人一目三行將書信看完，嘆了口氣。「我真沒想到，二弟妹竟是……就這麼走了，只留下一子一女，實在是……這當娘的走了，可就苦了孩子。」

沈侯爺冷哼了一聲。「有那麼個娘親，孩子才是受苦，妳以為這一年多沒人提起當時那回事，事情就算是完了嗎？等明瑞回來，就該知道事情的輕重了。」

沈夫人有些不解。「難不成那些人還會不放過明瑞？」

「不是放不放過的問題，而是各種流言、嘲笑，還有打壓。」沈侯爺很有耐心地向沈夫人解釋。「京城裡的學院，雖然教學是一等一的好，但正因為京城是天子腳下，能進那學院的人，都不是什麼普通人。明瑞不過是侯府被外放出去的二房長子，咱們長房暫時也沒有能替明瑞出頭的人，少不得明瑞就要受一番打壓。」

小孩子的置氣爭鬥，一般情況下，只要不傷及根本，大人都不會插手。兒輩們都是要走上仕途的，學院裡的那些壓力就當是提前鍛鍊了。

長房的沈明修現在還不到去學院的年紀，就算去了，和沈明瑞也差了不少歲，定是不在同一個學院唸書。再者，沈明瑞年長，怎麼可能會向自己年幼的堂弟求助？

「少不得有踩著明瑞往上爬的人，那日子怎麼可能會好過？」沈侯爺嘆口氣，又皺眉。「再者，明瑞還沒成親，他到了京城，那就是我們長房看管，不管是受委屈還是闖禍了，一切都是要我們長房擔著。外面的事情還好說，有我在，也不會鬧得太過，可內宅的事情我就有些不放心了，萬一明瑞覺得二弟妹的過世是咱們長房的原因，我寧願分家。」

「你是在為我擔心？」沈夫人有些驚訝。

沈侯爺面無表情地盯著沈夫人看，再一次覺得很無力。難道自己的表現就那麼不明顯，這女人竟是到這會兒了還不明白？

「你不用擔心我的，內宅的事情你完全不用插手，明瑞是個男孩子，除了吃喝穿睡，怎麼能將精力一直耗費在內院呢？我只要將這些打理好，就問心無愧了。你若是擔心，就將二弟也調回來吧，反正二弟妹已經過世了，當年的事情，也算是了結了。」

雖然她不喜歡二房的人，但誰家的孩子誰管，她並不想將照顧沈明瑞的責任攬到自己身上。她照顧鳴鶴都已經分身乏術了，哪有空照顧姪子？

再說，照顧好了，那是應當的；照顧不好，外人還以為妳苛待姪子呢。此事吃力不討好，實在是太麻煩了些。

「況且，老夫人年紀越發大了，想來是更想讓孩子們聚到自己身邊的。」沈夫人笑了笑，忽然想到二房還有個沈佳美，猶豫了一下，又自己提出反對。「不過，二弟不回來也行，畢竟他已經外放了，若是沒做出點兒成績，那吏部考核的時候，怕是……到時候別影響了仕途。」

沈佳美可不是好打發的人，二弟妹已經過世了，若是二房回來，沈佳美必然是要放在她這個大伯母身邊教養。說實話，她不喜歡沈佳美，當初那麼小的一個女孩子，都會耍心計了，現在還不知道長成什麼樣子了。

她有一個沈如意已經夠了，沈雲柔都還是王姨娘自己教養出來的人。她唯一願意為之付出的女孩，只有一個沈如意。剩下的，都是不相干的外人。

這般一想，只回來一個沈明瑞也好，不過是管著他衣食無憂就行了。

「若是明瑞回來，怕是佳美也要跟著回來了。」

沈夫人以為自己的想法掩飾得很好，卻沒想到，自己對面坐著的是沈侯爺，察言觀色的本事是一等一，後來他對沈夫人上了心，更是將她的情緒、思想觀察得透澈。

沈侯爺嘆口氣。「二弟妹既然已經過世了，佳美是個女孩，總得有個人教養，老夫人的身體是那樣了，定是不能放到老夫人跟前。除非是二弟立刻續弦，要不然……」

「我覺得，還是趕緊給二弟物色個人選照顧他吧。」沈夫人立刻接話，一臉擔憂。「雲南那麼遠，咱們也不能時時打聽二弟的情況，若是他身邊能有個妥貼的人照顧著，你也能放心，老夫人那裡也能放心，你說是不是？」

沈侯爺似笑非笑，沈夫人硬撐著表情不變，好一會兒，他才點頭。「妳這個建議很好，二弟孤身一人在雲南，孩子們又還小，確實是應當儘快續弦，回頭我就給二弟寫信，看二弟自己有沒有心儀的人選。」

沈夫人這才露出笑容，對二房的孩子她不是不同情，但是再多的同情，一想到二房想要除掉自己，她就不大願意讓二房回來了。

沈侯爺和沈夫人計劃得很好，沈二夫人過世後，沈二老爺只需要守一年就能續弦了。這段時間，沈夫人幫著在京城相看一下人家，回頭和沈二老爺商量，這事情就算是完了。

等到了八月的時候，沈明瑞總算是回京了。

沈三老爺一早就在城門口迎接，因為天氣比較熱，棺材外面得放著冰塊，所以隊伍很是龐大，後面還得有兩輛車子專門準備著冰塊。

沈明瑞明顯是瘦了一大圈，一見著沈三老爺就紅了眼圈，身子一軟，就要栽倒在地，沈三老爺忙伸手將人扶住，也跟著紅了眼圈，伸手使勁拍了拍沈明瑞的後背。「回來了就好，回來了就好。」

「三叔父，我……」沈明瑞一語未完，就哽咽了起來。

沈三老爺伸手給他擦擦眼淚。「快別哭了，你已經長大了，該擔起責任來。走，咱們先回去，你娘的事情耽誤不得，你大伯父已經找人算好了吉時，今兒就先將人安葬了，也免得……」

沈明瑞點點頭。「是，姪兒明白，三叔父，咱們現在就過去吧。」

哪怕是棺材周圍放著冰塊，但路途遙遠，這會兒仔細聞也能聞到臭味了。

一群人連侯府都沒回，直接來到了沈家的墓地。

沈侯爺、沈夫人和沈雲柔，還有旁支的一些族人，都已經在墓地等著了。因喪事在雲南已經辦過了，這會兒到了京城，只需下葬即可。

沈明瑞一身孝衣一路上就沒換下來過，他正要過來一一見禮，沈侯爺攔了一下，只讓他摔盆撒土。沈明瑞支撐到親眼看著沈二夫人下葬了，才眼前一黑，直接暈倒過去了。

等他再睜開眼睛，已經是回到了他以前的房間。屋子裡的擺設，全都和以前一樣。沈明瑞瞪著眼睛看了好半天，才出聲叫了人。

門外的丫鬟連忙進來。「奴婢翠巧，因著之前伺候少爺的丫鬟已經放出去了，所以夫人另外派了奴婢過來伺候少爺。」

沈明瑞點點頭，並未多言，慢吞吞地起床更衣，又用了早膳，沒多久，前院就來了小廝。「侯爺請大少爺過去。」

沈明瑞在半路遇見了回娘家的沈如意。

沈如意也看見了沈明瑞，大約是經過之前二房被趕出京城，以及二夫人過世這些事情，沈明瑞總算是長大成熟起來，十幾歲的少年，臉上的稚氣已經褪下了。

沈明瑞見了沈如意後，笑著抱拳行禮。「大姊，妳回來了？怎麼沒讓人送個信兒過來，讓我去接妳？妳現在可是兩個人，出門在外，得有人守在身邊才行。」

沈如意笑著點點頭。「多謝明瑞的關心，並不妨事的，你大姊夫將我送到門口才走的。你怎麼瞧著又瘦了點兒？男子漢大丈夫，不應當一直沈浸在悲傷中，你娘若是知道，心裡也該不痛快，趕緊振作起來，早日功成名就，為你娘請封誥命，她地下有知也能感到慰藉。」

沈明瑞眼圈一紅，忙使勁點點頭，跟著沈如意一起進了院子。

沈侯爺正站在亭子裡潑墨揮毫，沈如意也不打擾他，等小丫鬟送來了軟墊，她就在一邊坐下。沈明瑞端了核桃盤子過來，慢慢將核桃都捏開。

之前太醫叮囑過，孕婦多吃些核桃，將來的孩子才聰明。因此不管是王府還是侯府都常常備著核桃，或者是核桃做的點心。沈明瑞捏出來的核桃仁，都放在沈如意跟前。

沈如意慢吞吞地吃著，等沈侯爺放下毛筆，她已經吃了七、八個核桃了。

「怎麼回來了？」沈侯爺一邊擦手，一邊問道。

沈如意打個呵欠，身子重了，犯睏的時候也多，食量也增大了。

「沒什麼事，朝堂上的事情，您不是比我還清楚嗎？有人看不得承文這麼閒，就想給承文換個差事，承文等會兒會過來問問您的意思。」

沈侯爺嘆口氣。「你們好歹也成家立業了，馬上連孩子都要有了，有什麼事情，還得回來詢問我？是不是以後連你們的孩子都得我養著？承文一個大男人家，有什麼事情，不能自己拿主意嗎？」

「他自己拿主意了啊，他不想換差事。」沈如意不在意地說道。「不過，這不是瞧著您在後面，那些人才那麼蹦躂嗎？要不然，乾脆父親您等會兒和承文吵一架，讓承文帶著我怒氣沖沖地走人算了。」

沈侯爺冷笑。「妳有了孩子之後，腦袋簡直白長了！這是吵一架就能解決的事情嗎？妳是我的嫡長女，妳娘現在恨不得將侯府都搬給妳了，吵一架之後怎麼辦？讓妳永遠別回來了，還是讓妳娘別去看妳了？就算是咱們不見面，那些人也不會相信，趕緊將妳這個想法給打消了吧，我都懷疑妳腦袋裡現在是灌滿了水和白麵！」

沈如意嘴角抽了抽。「父親，今兒我娘將您趕出了臥房？」

吃了火藥了嗎？

沈侯爺冷笑一聲，轉頭看沈明瑞。

沈如意當即起身。「我先去看看我娘，你們慢慢聊。」

沈明瑞忙擺手。「大姊先坐吧，等會兒我和妳一起去給大伯母請安。」

沈侯爺不耐煩地皺眉。「讓她先回去吧，你隨我來書房，我正好有事情找你。」

沈如意朝沈侯爺的背影做了個鬼臉，轉身去正院找沈夫人。

沈夫人正做繡活，臉色也有些不大好，沈如意跟著皺眉，不會是夫妻倆真的吵架了吧？

「怎麼了？我剛才瞧著父親的臉色也不是很好，你們可是吵架了？」在沈夫人身邊坐下，沈如意忙問道。

沈夫人嘆口氣。「沒有，妳父親哪裡會和我吵架，是因為老夫人。」

「老夫人？她又鬧什麼么蛾子了？」沈如意的眉頭皺得更緊了。

沈夫人搖搖頭。「老夫人現在這樣子，能鬧什麼么蛾子？昨兒太醫來給她把脈，老夫人現在已經能說話了，雖然還是不清楚，但還是能發音的，仔細聽幾遍，也是能理解。」

「這不是好事嗎？祖母現在鬧不起來，就是會說話也沒什麼妨礙吧？」一時間，沈如意也弄不清楚這是好事情還是壞事情了，但仔細想想，好像也用不著擔心。二房已經被按下去了，三房鬧不起來，還有把柄在，也不敢鬧，老夫人能幹出什麼事情來？

「她想親自給妳二叔父說一門親事。」沈夫人皺眉說道。

沈如意挑眉。「親自說？她現在這樣子，能去相看還是能做什麼？就動動嘴皮子，別人也是聽不明白的，還是說她是有什麼要求？」

沈夫人捏了捏沈如意的臉頰。「還是妳聰明，她要求將妳二叔父調回京。」

沈如意皺眉，因著沈二夫人說出老夫人那些醜事，沈二老爺和老夫人也有些隔閡，外放之後，幾乎就沒有給老夫人寫過信，老夫人這會兒將人弄回來是什麼意思？

「若是不答應呢？」沈如意挑眉，沈夫人沒說話。

沈如意有些煩躁。「她怎麼就不能消停一會兒？之前那事情鬧得還不算丟人嗎？再說，二夫人才剛過世沒多久，這連一年都不到呢，就算是要續弦，也得先等等吧，明瑞可還在呢，她就這樣鬧騰，明瑞那裡該怎麼想了？」

頓了頓，沈如意簡直是要無語了。「她該不會真要等到三個兒子都對她離心了，她才算滿意吧？」

「別亂說！」沈夫人打斷沈如意的話。

沈如意正要張口，就見陳嬤嬤從外面進來，給兩個人行了禮，才說道：「長春園裡的人過來，說老夫人想請夫人和姑奶奶過去說說話。」

沈如意微微挑眉，轉頭看沈夫人，沈夫人也有些不解。雖然她們都不想見老夫人，但也很好奇老夫人要對她們說什麼，反正閒著沒事做，不如去看看。

此時長春園裡，老夫人躺在竹椅上，竹椅被放在院子裡，天氣好的時候，老夫人都是在院子裡躺著。

見了沈夫人母女兩個，老夫人喔喔咿咿地說道：「妳們來了。」

由於聲音太含糊，沈如意是勉強猜出來的。因表面上的禮節還是要遵守，向老夫人行禮之後，沈如意才跟著沈夫人，在竹椅旁邊坐下。

「祖母找我和娘過來可是有事？」沈如意笑著問道。

老夫人又喔咿了幾句，這一句太長，沈如意沒聽明白，沈夫人倒是聽明白了。「老夫人說，很久沒看見妳了，聽說妳回來了，就見見。」

沈如意微微挑眉，這算什麼事？之前她一個月回來一趟，老夫人可也沒說想見她。

老夫人又嘟囔了一句，沈夫人笑著回答。「承文有差事要忙，所以就將如意送回來住一、兩天。」

老夫人點點頭，看了看沈夫人，又看沈如意，沈默了一會兒，才開口，這回連沈夫人都不能順利理解了。

「二房？二弟？」

「姊妹？」

「佳美？」

逐字逐句來來回回地問，旁邊的沈如意總算是聽明白了，老夫人的意思就是將二房給調回京，然後將沈佳美養在她身邊。

沈如意微微皺眉。「祖母，您身子不好，佳美若是養在您身邊，您得常常操心，對您養身子不利。」

老夫人搖頭，又喔喔咿咿說了一句，她們繼續來來回回地分辨每一個詞語，隨後，沈夫人和沈如意的臉色就更複雜了，因老夫人的意思是將二房調回京之後，就不用給沈二老爺續弦了，反正沈二老爺都有一個嫡子、一個嫡女了，以後若是身邊缺服侍的人，那多給他幾房侍妾就行了。

這算什麼？老夫人不是應該深恨二夫人將她的醜事說出來嗎，怎麼這會兒，反倒是坑自己的親兒子，轉而去護著二夫人留下的孩子？難不成是覺得對二夫人有愧？別扯了，老夫人這人，就是死都不會覺得自己做的事情有什麼錯。哪怕是真錯了，她也不會認的。

「二叔父年紀還輕，連四十都不到，正是壯年時候，怎麼能不續弦呢？祖母若是擔心未來的二嬸娘會虧待明瑞他們，不如將明瑞他們接回來？」沈如意試探地問道。

老夫人搖搖頭。「不，老二不續弦，你們不許分家。」

這句話不用再去琢磨，一下子就聽明白了。

沈如意嘴角抽了抽。好吧，老夫人總算是意識到要對自己的兒子們好了。但是，您老別總是坑了大兒子去填補其他兒子啊，以前是老三，現在是老二，合著老大一家就該將兩個弟弟當兒子養啊？

「祖母，您別操心，二叔父續弦的事情，只等過了孝期，馬上就能辦了。您若是擔心會虧待明瑞他們，回頭我娘挑選的時候，就選那些家世比較低的，讓她不敢對明瑞他們有什麼壞心。」

不分家這種條件，沈如意是絕對不會答應的。

「遠香近臭」，大家都是這樣。沒成親之前，自然是兄弟姊妹最親了，成親之後，就是夫人孩子最親了。若是分開，那說不定兄弟之間還能和睦共處，若是一直住在一起，那小摩擦不斷，感情就要慢慢地耗掉了。

老夫人臉色有些不好，急喘了幾口氣，將怒氣給壓下來，她現在清楚得很，對上沈如意母女，她是半點兒勝算都沒有。只是，到底有些不甘心。

想了一會兒，老夫人繼續開口。「分家也可以，趁著我還在，將老二調回京，我作主分家。但是，佳美還是要養在我身邊。」

這句話帶來的震撼太大，沈夫人和沈如意好半天都沒回神。

沈如意還伸手揉了揉耳朵。「祖母，您說什麼？」

「妳沒聽錯。」老夫人冷酷嚴肅地說道。

沈夫人抿抿唇。「老夫人，您怎麼就想起分家了？是我和侯爺哪兒做得不好？若是分家了，您以後想見三弟可就沒那麼容易了。」

簡直是不敢想像，以前倒是盼著老夫人趕緊分家呢，因為二房、三房都太鬧騰了，這兩家一走，老夫人就是有再大的本事，都得先歇著。

後來將二房、三房給摁下去之後，沈夫人幾乎就沒再想過分家的事情，她和沈侯爺一樣，對侯府的財產也是不怎麼在意，要不然，以前也不會直說和王姨娘對半分了。所以，養著二房、三房也沒什麼，只要他們不鬧騰。

可沒想到，老夫人竟然此時提出來，這到底是為什麼？就是分家了，老夫人不得照樣跟著沈侯爺過嗎？二房在外放之後，也幾乎和分家沒什麼兩樣，再分，那就是將三房給弄出去了。

現在伺候老夫人的活兒，沈三老爺已經做得特別熟練了。老夫人現在眼裡，只能看見沈三老爺一個人。

分了家，沈三老爺能得到什麼？出了侯府，以後沈三老爺可就不能打著侯府的名頭做事了。

不光沈夫人想不明白，沈如意也很是疑惑。「祖母，您怎麼就想分家了？」

老夫人閉口不言，不管沈夫人和沈如意怎麼問，她都只咬定自己的條件。

無奈之下，沈夫人只好帶著沈如意去找沈侯爺，正好沈明端已經說完自己的事情，規規矩矩地告辭走人，留下沈侯爺一家子自己說悄悄話。

「也不知道為什麼，老夫人咬死了要分家。」沈夫人很是不解。「以前是死都不分家，現在忽然就要分，實在是……我弄不清楚這裡面的道理，也不敢胡亂答應什麼事情，侯爺您看，這事情該如何解決。」

沈侯爺沈默了好一會兒才嘆氣。「這事情，前兩天老夫人就和我提了兩句，我就找人暗地裡查探了一番。」

沈夫人恍然大悟。「難怪你昨晚上心情不好，我還以為是我做錯了什麼，都沒敢和你說話呢。」

沈侯爺臉色更不好了。「妳怕我對妳發脾氣？」

這簡直成了沈侯爺的心結，每次看見沈夫人對他戰戰兢兢的樣子，他就忍不住後悔十幾年前作出的那個決定。可在那個時候，那個決定又沒有錯，於是，心裡就不停糾結。

昨兒剛知道老夫人的打算，沈侯爺是又怒又煩，他早就對老夫人不抱什麼期望，心涼雖然也有，卻抵不過怒氣。回去本想著能等到沈夫人溫柔的安慰和體貼的詢問。結果倒好，沈夫人就差沒將自己躲在牆裡了。

這些複雜的心思，沈如意自然是猜不全的，不過瞧著沈侯爺複雜的臉色，加上沈夫人感慨的那句話，再聯繫上沈侯爺看沈夫人的眼神，沈如意也能猜個兩、三分。

輕咳了一聲，打斷沈侯爺的注視，沈如意將話題扯回來。「那祖母是為什麼要分家？」

「妳祖母手上有一份名單。」沈侯爺猶豫了一下，還是將事情說了出來。「咱們侯府，是以武起家，到妳祖母那時候手裡還有著兵權，雖說妳祖父很快就將兵權還回去了，但那些老部下，也不是說散就能散的。」

「這份名單是關於那些老部下？」沈如意腦袋一轉就明白過來了，臉色頓時就變了。「祖母是想做什麼？參與奪嫡？將這份名單給三叔父，打算讓三叔父去爭個從龍之功？」

沈侯爺臉色也很難看，沈夫人嚇得臉色都白了。「那從龍之功豈是好拿的，弄不好全家就要被抄斬了，老夫人就是因為這個要分家？可就是分家了，那該被抄斬的還是要被抄斬啊，哪裡是分家就能行的？」

沈如意冷笑了一聲。「娘，妳是覺得，老夫人是生怕連累了我們才要分家的？妳將老夫人想得太好了，她是怕我們搶了三叔父的功勞才要分家的！」

沈侯爺現在即使沒那份名單，但自己手裡有兵權，身上也有實差，是皇上的心腹重臣，若再有個從龍之功，侯府屆時就更上一層了。可沈侯爺有兩個兒子，就算侯府更上一層，這爵位也輪不到三房，三房頂多就升官發財。

老夫人要的是三房獨吞從龍之功，然後得個爵位，和沈侯爺平分秋色、不分上下。

沈侯爺深吸一口氣，將臉上的戾氣給收了起來。「妳們不用擔心，這事情我自會處置，老夫人既然要分家，那咱們就順了她的心思，先分家。」

「那三叔父那裡？」沈如意忙問道。

沈侯爺嗤笑了一聲。「那名單不存在了，分家之後，妳三叔父可就幹不了什麼大事了。」

老夫人說分家，沈侯爺也想不明白為什麼要分家，暗地裡就找了人手調查。以前老夫人或許能瞞過沈侯爺，可現在的老夫人那是沒了爪牙的貓，連老虎的邊兒都沾不上。不過兩天，沈侯爺就將那份名單的存在給弄清楚了，現在說要毀了那名單，也不過是一句話的事情。

沈侯爺不願意讓沈夫人和沈如意插手，母女倆也很是信任沈侯爺的本事，就真的不再過問這件事了。

稍晚，正好六皇子過來，沈侯爺又和六皇子關在書房說話去了。

沈如意就只能和沈夫人聊聊懷孕的事情，逗逗沈鳴鶴，再去找沈雲柔聊聊天。等到了時間，就和六皇子一起回去。

# 第三十八章

回府之後，六皇子沈默了好半天，才和沈如意說話。「最近朝堂上事情多，父皇今年身子一直有些不好。大哥他們鬥得更厲害了，今兒朝堂上剛貶了一個翰林院的學士，誰都想插手，父皇問我的意思，若是我答應了，日後就麻煩了，可若是不答應，現在就是父皇比較為難。」

翰林院是沒什麼大作用，可翰林院學士就不一樣了，那可是距離內閣最近的官位了。

「你自己的意思呢？」沈默了一會兒，沈如意問道。

六皇子搖搖頭。「我是不打算參與的，可就怕父皇堅持。今兒見了岳父，岳父也說了，這段時間怕京城要亂起來了，我要麼就是只聽父皇的，要麼就是聽兄弟其中一人的，給他的人讓路。可聽父皇的，那以後會更麻煩。」

「父皇為什麼非要你去當這個翰林院學士？」沈如意不解地問道。

六皇子耐心地解釋。「因為我現在沒派系，又是父皇的親生兒子。」

沈如意點頭，抿抿唇。「那你是怎麼想的？必須選擇一個嗎？」

「還有個辦法，就是避開。」六皇子情緒有些低落。「只是這樣一來，父皇定然會傷心。」

兒子們鬥爭得厲害，皇上的身體已經開始走下坡路了，還有內閣在裡面攪和，若是六皇子能幫著皇上，皇上是能省力不少。

「那咱們就站在父皇這邊。」

沈如意其實不敢出主意，因為自她嫁給六皇子，這一輩子的事情已經改變了很多，比如：四皇子臉上沒受傷，也能參與奪嫡。

上輩子的事情，到這會兒已經不能再為沈如意提供什麼消息了，所以，她也很害怕六皇子捲入這鬥爭。

六皇子伸手攬住她腰，以前，他一條胳膊還能圈住沈如意，現在，沈如意的肚子大起來了，六皇子只能將手按在沈如意的腰側。

「妳別擔心，今兒和岳父商量了一會兒，我心裡已經有了決斷。妳只要安心在家裡養胎，外面的事情不用管太多。」

沈如意看了他一眼並不說話。說得輕巧，這人要是都能做到說不管就不管，世上可就少了很多事情。

六皇子也覺得，都不讓沈如意知道好像更讓她擔心了，就含含糊糊地說了幾句。「慧心大師馬上就要趕回來了，他不光是得道的高僧，醫術上也有很高的造詣，若是父皇的身子能好轉，少不得還有十年左右的時間，我現在只要穩住翰林院，等父皇身子好轉了，就辭官回來。」

沈如意臉色更不好了，上輩子，慧心大師倒是及時趕回來，讓皇上順利地多活了十來年。可上輩子和這輩子，已經不一樣了！誰知道這會兒慧心大師在什麼地方？那老和尚，沈如意也就早些年在大名府見過一次，回京之後倒是聽說過慧心大師的消息，可一次都沒見著。萬一這次，大師被人絆住了呢？

「誰去找了慧心大師？」沈如意有些焦急，又有些不解。「太醫院的那些人，都是光拿錢不幹事的嗎？不是還有三個御醫嗎？」

「老一套，都說是天氣驀然轉涼，父皇身子不適應，吃兩天藥就好了，可是這天天咳嗽，晚上睡不好，再有精神也要折騰沒了，更何況，父皇又上了年紀。」六皇子是個孝順的人，提起皇上的身子，臉上的擔憂就更明顯，頓了頓，他又說道：「我暫且應了父皇這回，若是父皇能好，過兩年我再辭了。若是有個萬一……妳且放心，再怎麼樣，我又沒半點兒勢力，光桿子一個，不管哪個人登基，都不會將我怎麼樣的。」

這麼一說，沈如意忽然有鬆口氣的感覺。反正，最壞不過如此，早在成親之前，不都已經想過了嗎？何必這會兒再去矯情？自己就是再聰明，外面的事情終歸還是男人家看得明白。

況且有父親在，即使情況再差，也不可能是滿門抄斬了。

定了心思後，沈如意就開始安心養胎。六皇子原本就是在翰林院，這升了官也和以前一樣，時間一到就回家吃飯。辦事只聽皇上吩咐，除了皇上吩咐的事，其餘一概不碰。

到了年底就要參加宮宴，沈如意的肚子已經大得看不見腳尖了。

穩婆摸了肚子，說產期就是這幾天了，六皇子焦躁得團團轉。

「不行，妳不能進宮，萬一到時候要生可怎麼辦？」

總不能將沈如意留在宮裡生孩子，生完孩子可還要坐月子呢！

沈如意捧著肚子坐在軟榻上。「好，我不進宮，你和太后、母后告個罪，就說我身上腫得厲害，沒辦法進宮了。」

原本她就不打算去，不去頂多讓太后和皇后心裡有些不高興，去了可就要自己和孩子受罪了。

六皇子又轉了兩圈。「我也不放心將妳一個人留在府裡，不如我也不去了。」

他是恨不得一步都不離開沈如意的，宮宴什麼時候都能去，過了大年三十，正月十五不還有一個嗎？

「胡說什麼呢，今兒可是全家團圓的時候，再說，是我在生孩子，又不是你來生，穩婆也早早就安排好了，你留在這裡有什麼用？」沈如意笑著說道。

她倒是想將六皇子給留下來，生孩子的時候，有自己最親的人在一旁守著，光是這樣就能給予自己不少勇氣了。若是到時候孤零零的一個人生產，怎麼想怎麼傷心，哪會有力氣？

只是，她這樣的想法，到太后和皇后那裡卻是行不通的。大男人家的，哪能在家守著女人生孩子？就算是嫡妻，也比不上全家團圓。

「或者我去將岳母大人請過來吧？」六皇子又問道。

沈如意忍不住笑。「請我娘過來做什麼？小心我父親看你不順眼，大過年的再叫你過去背幾本書。沒事的，你就放心吧，時候不早了，趕緊進宮去吧。」

六皇子磨磨蹭蹭就是不想走，沈如意無奈。「又不一定會在今天生，你就安心去吧，說不定，等你回來了才會生呢。我之前可是問過穩婆了，從陣痛到生下來得好幾個時辰呢，我這又是頭一胎，等你回來，肯定還沒生下來。你且放心，要生的時候，我定會讓人去宮裡報信的。」

好說歹說，終於是將六皇子給勸進宮了。

看看桌子上的飯菜，沈如意忽然就沒了胃口，大過年的，竟然是自己一個人過，這可真是……又不能讓人去接自己的娘親過來，有的是人等著挑毛病呢。可是不吃不行，這幾天估計就要生了，誰知道什麼時候就會陣痛，到時候沒吃飯，身上沒力氣，那可就糟糕了。

陸嬤嬤就守在沈如意身邊，見她臉色不好，趕忙說道：「要不然，做一碗麵吃？」

「行，讓廚房快些。」沈如意放下筷子，點頭應了。

廚房一直備著高湯，陸嬤嬤吩咐下去不到一炷香的時間，一碗香噴噴的麵條就被端上來了。沈如意剛低頭吃了兩口，肚子猛地一陣抽疼，她臉色都白了，手一抖，一碗麵就砸下來，幸好冬天穿得厚，這才沒燙到她的肚子。

「快，我肚子疼。」沈如意伸手扶著陸嬤嬤的胳膊。

陸嬤嬤忙揚聲叫穩婆，產房就在西廂，早已經布置好了，早先穩婆就說過，從肚子開始疼到生孩子，中間還要一段時間。若是有力氣，最好是趁這段時間吃些東西，再走走。

夏冰、夏蟬她們也記得這些，一個去忙活產房的事情，一個就再去給沈如意弄麵條了，還有各種粥。

「王妃，要不要去找王爺回來？」陸嬤嬤忙問道。

沈如意搖搖頭，這會兒怕是六皇子才剛進宮，自己急匆匆地讓人叫他回來也沒什麼用處。

「等再過兩個時辰，估算著王爺將年禮給送上去了，再讓人和王爺報信。」那一陣疼痛過去，沈如意就有些緩過來了，交代了陸嬤嬤一番，又讓人去請了太醫過來。

然後沈如意捧著肚子繼續吃麵條，吃完之後，肚子的疼痛就更甚了，甚至，能感覺到有熱水從體內湧出來。她忙扶著陸嬤嬤的胳膊往產房走。因為她沒經驗，還得讓穩婆看看，才能決定是去躺著待產，還是要繼續走走。

那穩婆掀開她裙子看了看，搖搖頭。「還沒開，要繼續走走，不能那麼走，王妃，要半蹲著走。」

說著，還給沈如意做了個示範，這會兒的疼痛密集起來，沈如意臉色都有些發白，可還是按照穩婆說的，走了兩圈，才回到床上躺著。

生孩子是真疼，疼得撕心裂肺，沈如意覺得，自己的身子都快變成兩半了。耳邊是穩婆的聲音，一邊要她呼吸，一邊要她用力，有人在床前來來回回地穿梭。

這是自己頭一個孩子，是自己盼了兩輩子才得來的珍寶，是自己和李承文的孩子，必得安全生下來才行。

沈如意也不知道時間過去了多久，反正，半路她又停下來吃了一碗麵，肚子再次開始疼，除了疼，就沒別的感受了。忽然之間，外面有人咋咋呼呼地喊王爺回來了，沈如意就覺得，自己身上平白多出一股力氣。

「王爺，您不能進去！男人不能進產房，這是規矩！」

「產房污穢，會衝撞了您的！」

外面的聲音，沈如意其實聽得不大清楚，可這兩句，她不知怎的就聽得一清二楚，咬咬唇，正想說話，忽然就見有人繞過屏風衝了進來，一抬頭就瞧見六皇子滿頭大汗地站在自己床邊，一手抓了自己的手腕，一迭連聲地問道：「怎麼樣了，如意妳還好吧？妳覺得如何了？」

沈如意忽地覺得那疼痛，其實也沒那麼不可忍受嘛！當然，要是不疼那就更好了。

「我很好，你快出去，我一會兒就生完了。」推了六皇子幾下，沒推動，猛地肚子一陣疼，沈如意也顧不上六皇子了。

那一聲聲慘叫，可把旁邊的六皇子給嚇得臉都白了。

又折騰了一個時辰，屋子裡才猛然傳出穩婆喜孜孜的喊聲。「恭喜王爺，恭喜王妃！王妃生了個白白胖胖的小少爺！」隨後兩個穩婆擠在一起忙活。

沒多久就將孩子從沈如意身上抱開了，小嬰兒獨有的哭聲也響起來了。

沈如意大喜，想讓穩婆抱過來自己看看，但全身的力氣都已經耗費光了，連動動手指都做不到，只好眼巴巴地看著穩婆。幸好六皇子瞭解她，讓穩婆抱過來，夫妻兩個都扭頭瞧著那剛出生的小孩子。

穩婆只讓孩子在他們眼前晃了一下，就忙著擦洗包裹去了。

六皇子低頭在沈如意汗津津的額頭上親了一口。「可算是生了，妳累了這麼久，趕緊休息一會兒，孩子有奶娘照看著呢，我派人去通知岳母，一會兒岳母就能過來了。」

沈如意笑著點頭，總算是生下來了。是個男孩子呢，謝天謝地，以後不用再著急了。哪怕以後生的都是女孩子，也都沒關係了。看起來，老天還是很眷顧她的。

沈如意閉上眼，沈沈睡去。

六皇子笑著捏捏她臉頰，又低頭親了親她微微有些發白的嘴唇，這才起身去外面。該給賞錢的要給賞錢，該通知的要通知，趕緊辦完這些，他還得回來陪著自己的娘子呢。

以後，他也是有娘子和孩子的人了呢。

轉眼幾個月過去。

六皇子從外面進來，先在炭盆前站著烤了烤手，熏了熏衣服，這才上前，抱起熟睡的兒子晃了晃。「今兒他鬧了沒有，妳覺得如何了？」

沈如意忍不住笑。「我都出了月子，身子自然是養好了，太醫不也說了，現在已經沒什麼事了，甚至比以前還好了些嗎？這小子還是和之前一樣，吃吃睡睡，睡多了就嚎兩聲。」

兩個初次當爹娘的人，捧著小兒子就跟捧著稀世珍寶一樣，生怕不小心就給摔了。哪怕是沈如意有帶過沈鳴鶴的經驗，到這會兒也有些不夠用了。孩子一哭，六皇子就趕緊找太醫，太醫簡直無語，最後只說，小孩子哭兩聲還是很有好處的，六皇子這才消停下來。

小孩子見風長，等五月的時候，已經會翻身了。

沈如意正在屋子裡逗弄著小胖墩，就見六皇子臉色有些發白地走進來。「我有些不大舒服，心裡總覺得悶悶的，像是要出什麼事……」

話沒說完，外面忽然傳來了鐘聲。六皇子瞬間就傻住了，沈如意也有些呆愣。

這鐘聲只有一種情況會響——皇上、皇后、皇太后，這當中某個人逝世的時候才會響，鐘聲之後，全京城都要換上素白的顏色。

六皇子嘴唇有些抖。「是……是誰？」

沈如意也有些心驚，今兒皇上還上朝，據說身體不錯，應該不會突然駕崩。皇后那身體比皇上還要好些，也應該不會突然出事，那麼……

夫妻兩個對視了一眼，也沒說話，迅速起身，一邊吩咐了人將府裡的東西都給換了顏色，一邊進了內室換衣服。沒等夫妻兩個準備好進宮，報喪的人就來了——皇太后過世了。

只是一個午睡，皇太后睡下之後，就再也沒睜開眼睛。

六皇子大慟，比起皇上，他和皇太后的感情更深厚。

皇上也差點兒撐不住，那可是親娘。只是活人再怎麼傷心絕望，人都已經長眠了，再也叫不醒。

哭完，該做的事情還是要做的。哭喪，守靈，下葬，哪一樣都不能馬虎。皇上原本身子就不大好，太后的喪事之後，皇上又瘦了一圈，身子都有些佝僂了，看著比實際年齡還要大十歲。

事到如今，六皇子原本說的辭官請退，又被延遲了。

到了年底，皇上和六皇子才從悲傷中走出來。畢竟，皇太后年紀到了，也算是喜喪，在睡夢中去了，這是多少老人求都求不到的事情，無病無痛，也算是有福了。

年底的時候，吏部的考核也要開始了。

沈二老爺在沈侯爺的令下，也帶著兒女們回京了。在外面幾年，沈二老爺瘦了一圈，看著都有些蒼老，和沈侯爺站在一起，他都像是兄長了。

因著老夫人很是心急，所以剛出了正月，沈家就開始分家了。分家產這件事情，都是有定例的，一般說來，都是承爵的嫡長子拿七成，剩下的再分。

可沈侯爺比較大方，又惦記著老侯爺說過的話，要照顧兩個弟弟，就讓出了一成，他要六成，剩下的四成由沈二老爺和沈三老爺平分。至於老夫人的體己錢則隨意給。

老夫人的嫁妝是平均分成了三份。她倒是想一股腦兒全給了三房，或是讓二房、三房平分，但在沈三老爺成功之前，她只能跟著沈侯爺住，所以沒沈侯爺的允許，她的嫁妝根本出不了侯府。

迫不得已，老夫人只好平分了。等以後小兒子成功了，還怕沒錢花嗎？

老夫人沒死，還病歪歪的，分家就不是什麼好事了，所以沈侯爺也沒宣揚出去，沈家是靜悄悄地分家，連院子都沒讓沈二老爺和沈三老爺去買，而是在分出來的家產裡，換了一部分侯府的院子。

按照市價來換的，沒有誰吃虧。對沈二老爺和沈三老爺來說，這樣更好，距離侯府越近，外人看來關係才越親密。

分完家沒多久，老夫人忽然就過世了。

有人上門報喪的時候，沈如意還正在給兒子做衣服，聽完了消息，差點兒沒驚得跳起來。

「祖母過世了？」

陳嬤嬤抹了一把眼睛，完全沒眼淚，只是眼圈有些紅，左右看了看，沈如意忙讓人都下去。

「嬤嬤，這當中還有什麼事情？我記得老夫人的身體近來還算是不錯吧，分家的時候，連說話都有幾分清晰了，怎麼就忽然……」

讓陳嬤嬤來報喪，這裡面肯定有內情。

「姑奶奶，這事情啊，說起來真是老夫人自作自受，老夫人之前不是想養著三姑娘嗎？」陳嬤嬤靠近沈如意。

沈如意點頭，二房一回來，老夫人就將沈佳美接到自己身邊住著了。

「誰也沒想到，三姑娘當時表現得溫順，卻是將二夫人的死，都記在老夫人頭上了。」陳嬤嬤嘆口氣。「三姑娘本來就對老夫人心懷怨恨，那天三老爺去伺候老夫人，正巧老夫人和三老爺說起那名單的事情，被三姑娘聽了個正著。」

沈如意微微皺眉。「名單的事情，父親不是已經解決了嗎？」

「老夫人一直不知道呀，她一直等著分家，分了家之後才想著拿出來給三老爺，卻沒想到，正好讓三姑娘聽見了。」陳嬤嬤的聲音更低了。

這個名單她雖然不是十分清楚，但沈夫人也是稍微提過一些，那是個要命的東西。所以，說到這個的時候，陳嬤嬤就差沒用口形說話了。

「三姑娘那脾氣，您也知道的，那是受不得委屈，聽老夫人那麼為三房考慮，卻將自己的親娘給弄死了，沒憋住，就衝進去了，對著老夫人又吼又罵。」

陳嬤嬤搖搖頭。「俗話說人在做天在看，老夫人剛拿出名單要給三老爺，卻發現那名單是白紙，正又驚又怕又疑，情緒不知道該多大起伏呢，又被自己疼愛的孫女兒一頓臭罵，立刻撐不住一口血吐了出來。」

說起來，老夫人對沈佳美是真不錯，畢竟是從小捧在手心裡長大的，哪怕是二夫人做出了那樣的事情，她恨不得將二夫人給扒皮抽筋了，卻還是想著沈佳美的前途，簡直就是老夫人千年難得一見的善心了。

於是，老夫人被沈佳美臭罵的時候，就撐不住了。這打擊，可比那名單是白紙來得更大。

這年輕人吐一口血，還要少幾年的壽命，更不要說老夫人這樣病病殃殃的人了，本就受不得氣，現下更是一口氣沒上來，活生生氣死了。

等陳嬤嬤說完，沈如意那嘴巴根本就合不上了，她曾想過無數次老夫人的死法，像老夫人這樣的人就是禍害，禍害都是打不死的，可她從沒想到老夫人在她完全沒有準備的時候，忽然就過世了。

沈如意有點兒反應不過來，拉著陳嬤嬤又追問。「真的死了？請了太醫看過了嗎？這是真的？」

陳嬤嬤使勁地點頭。「沒敢請太醫，人可是三姑娘氣死的，傳出去，侯府姑娘可怎麼嫁人？就是姑奶奶妳都要受影響的。侯爺用羽毛試了試，老夫人確實是過世了。」

沈如意呆坐了片刻，好半天才唏噓道：「我真是沒想到，我原還以為，她至少能活到雲柔出嫁呢，或者活到佳美嫁人生子，卻沒想到，竟是這樣……」

陳嬤嬤也跟著搖頭。「要不怎麼會說有報應呢？老夫人往日裡……人死為大。」

陳嬤嬤沒說完，雙手合十唸了聲佛。「姑奶奶一會兒回去看看吧，明兒搭靈棚，姑奶奶今兒過去幫襯夫人一把。」

沈如意點頭，起身換了衣服，跟著陳嬤嬤回去。

老夫人的喪事辦得相當盛大，沈二老爺和沈三老爺哭得特別傷心。沈如意估計著，怕是他們都不知道自己為什麼哭得那麼傷心。

若說是為了親娘吧，老夫人在世時所做的事情，怕是沈二老爺心裡也有疙瘩，大約只有沈三老爺是真的為了親娘。

至於沈佳美，在老夫人下葬之後，她就被送到庵堂了，族譜上也將「沈佳美」的名字給劃掉了。到底是親女兒，沈二老爺不捨得將人給弄死，只能遠遠送走。

沈三老爺很愧疚，若不是為了他的事情，老夫人也不會費盡心思謀劃。所以，喪事完了之後，三老爺就辭官了，帶著一家妻小在老夫人的墳墓旁搭建草棚，開始結廬守孝的苦修生活了。

但是，苦修有什麼用呢？老夫人也不會活過來了，不過是讓自己的身體吃些苦頭，抵消一些心裡的愧疚罷了。三年、五年、十年……不管多久，總有回去的一天的。

沈如意心裡嘆了幾句，就抱著兒子小初回王府去了。

其實到現在，她都有點兒反應不過來。事情發展得太快，她有些跟不上。好在，沈夫人調適得好，很快又將侯府給打理得妥妥貼貼了。

一年之內參加了兩場喪事，六皇子倒是大徹大悟了，深覺世事無常，指不定什麼時候誰就要死了，自己若是再拖下去，以前的打算怕是沒機會實現了。

於是，他立刻進宮去求見了皇上。

皇上聽他說完，咳嗽了幾聲。「你已經決定了？」

六皇子很堅定地點頭。「是，兒臣已經決定了，原本兒臣是打算帶著如意出遊，但是父皇身子不是很好。父母在，不遠遊，兒子雖然不能天天伺候在父皇身邊，卻也不能遠離父皇，所以兒臣就留在王府閉關，有朝一日，兒臣定是能寫出一本曠世巨著。」

皇上忍不住笑，他想說，曠世巨著哪是那麼輕易就能寫出來的。可對上六皇子認真的目光，皇上也不想打擊他，這個小六，八、九歲的時候就開始嚷嚷著要寫書，嚷嚷了這麼些年，總算是作出決定了，自己這個當爹的，何必攔著呢？

反正，他也不愁吃不愁穿，志向又不在朝堂上，自己勉強拘著他議政，他心裡也是不高興。不如就放開手，讓他自己逍遙幾天？

說到底，皇上對六皇子的感情也有幾分是真的。既然這個兒子不想捲入到那些紛爭裡，想要明哲保身、獨善其身，自己何必將他放在這風雲之間呢？

萬一到最後，連他都守不住自己那份本心了，自己不就連一個純粹的兒子都沒有了嗎？

「好，朕應了你。」皇上點點頭，想伸手摸摸這個兒子的頭，卻發現，自己的手早已經不是壯年時候的手了，這會兒自己的手，枯瘦無力，自己也早就是個老頭子了，指不定什麼時候……

「只是，你也不能總是將自己關在府裡，得空了，就進宮來看看朕。」皇上收回手，笑著說道。

六皇子使勁點頭，哪怕是讓他一天進宮三趟，他也是會答應的。

父皇已經老了……

回了王府，六皇子就真的開始閉門讀書了。沈如意夫唱婦隨，既不出門也不辦宴會了。夫妻兩個，不是悶在書房唸書寫字，就是一起逗弄孩子。

不管誰上門都不見，只有六皇子天天下午抱著兒子進宮一趟。不管是誰家的探子，傳出去的消息只有一個——六皇子只和皇上說今兒他看了什麼書，有什麼心得。

皇上偶爾會指點一番，但多數情況下是只聽不說的。

人若是專心辦某一件事情，時間就會走得很快，眨眼間小初就一歲多了，會叫爹娘、會叫皇祖父了。

再一眨眼就是三年過去，沈如意再次懷孕，而沈雲柔出嫁了，沈明瑞也成親了，沈鳴鶴終於有了大名，現在說起話來嘴皮子更利了。

六皇子花費三年時間，就寫了一本書，不好不壞。不過，沒人在意他的成績，頂多有人會背後笑幾句，但六皇子也不在意，沒誰一下子就能寫出一本巨著來的。就連沈如意喜歡看的話本，也是斟酌了許久才寫出來的。

對他們夫妻兩個來說，日子很平淡，可對其他人來說，日子就很是驚心動魄了。

先是二皇子謀反，再是大皇子摔殘了，然後是三皇子被揭發巫蠱案，又是四皇子辦差不力被剝奪所有差事。這只是個開端，從大皇子到七皇子，人人都遭殃一回，唯獨八皇子安然無恙。

原本他們以為，日子就要這麼平淡地過下去，然後等八皇子繼位，他們繼續平淡下去。但等沈如意的第二個兒子出生，不到半年，皇后先過世，皇上忽然禪位，全天下人都想不到繼位者，竟然是曾經被皇上罵得狗血淋頭的四皇子。

初聽消息，沈如意差點以為自己耳朵壞了。可禪位大典的舉行，讓她不得不接受事實。奇怪的是，接受了之後，她心裡就半點漣漪都沒有了，不管愛還是恨，完全和她沒半點關係了。

登基大典時，跪在新皇腳下，她心裡只想著一件事情——也不知道小韻在家哭鬧了沒有，這大典怎麼還不結束？早點結束也好早點回家抱孩子啊。

四皇子繼位不到三個月，皇上過世。

至此，沈如意才有一種塵埃落定的感覺。

沈侯爺因著在奪嫡的時候誰也沒幫，所以新皇繼位之後，他很主動地上交了各種權力，回家含飴弄孫去了。

天知道，他那大兒子還沒成親呢，小兒子還沒十歲呢，他從哪兒找個孫子去？

這個問題，所有人都忽略了。皇上正找人騰地方，好安插自己的人手呢，沈侯爺這個關鍵位置正好收回來，不過出於不能寒了老臣的心，何況沈侯爺年紀也不算太大，還能幹兩年活兒，於是皇上給沈侯爺挪了個位置。

守完三年孝，沈如意都快覺得自己身上要長毛了。

六皇子進宮一趟，回來就興沖沖地說道：「快收拾東西，我已經和皇上說過了，咱們後天就出京，四處遊歷去。」

兒子都多大了，他這個計劃，總算能開始實踐了。

沈如意吃驚。「後天就出發？」

「是啊，為了防止皇上後悔，咱們最好早些走，妳一會兒讓人收拾東西，明兒回侯府一天，後天一早，天未亮咱們就走。」六皇子笑咪咪地點頭，又囑咐道：「下人不能帶太多，都是累贅，就帶上一個嬤嬤，三、四個丫鬟，兒子們身邊各自帶著一個丫鬟、兩個侍衛就行，另外還有馬車夫之類的，這些我來安排，妳負責準備吃食和衣服。」

沈如意抽了抽嘴角。這人說得簡單，可事情要真是這麼簡單就好了。他們兩個離開王府去遊歷，王府裡總得留人手吧？要不然等他們回來，王府的庫房被搬空了，那可是哭都沒地方哭去。

主子們都走了，那月例誰來發？這些都是事兒！

不過好在六皇子早些年一直嚷嚷著要出去遊歷，沈如意下意識就將這種情況在心裡想過幾遍，哪怕時間不多，她還是飛快地將人手給安排好了。

至於要帶的行囊，除了大把的銀票，就是各種印章。就算是到哪一處沒錢了，有印章就是有身分，有身分就不怕沒錢。

時間過得很快，兩天眨眼間就過去了。沈如意大半晚上沒入睡，也說不清心裡是激動還是什麼情緒。和自己的丈夫走遍天下，這是上輩子想都不敢想的事情，可這輩子竟然這麼順其自然地發生了。心情太複雜，描述不出來。

等出了城門，沈如意掀開車簾，正想感嘆幾句，忽然聽見急促的馬蹄聲，然後就瞧見沈侯爺抱著沈鳴鶴飛奔而來，沈如意還沒反應過來，懷裡就多個人。

沈侯爺一臉嚴肅。「讀萬卷書不如行萬里路，本侯覺得鳴鶴現在也該開開眼界了，現在就將人交給你們了。往日裡該怎麼對待，就和小初他們一樣即可。」

不等沈如意反應，沈侯爺迅速拽著馬韁回身走人，半點兒留戀都沒有。

沈鳴鶴在馬車上跳腳。「爹，你就是覺得我礙事才要將我送走！我娘就是最疼我了，你吃醋也沒用！」

六皇子目瞪口呆，沈如意忍不住扶額。可人都送來了，這會兒難不成再折返將人還回去？沈侯爺下定決心要做的事情，還真沒有辦不成的。

嘆口氣，沈如意叫了六皇子。「算了，反正這次走得近，一年半載就回來了，就將鳴鶴帶著吧，時候不早了，咱們也趕緊出發。」

反正兩個兒子也帶著呢，就當是讓他們作伴了。沈鳴鶴年紀還大些，到時候，也能幫忙帶帶外甥。

六皇子想得很美好，一揮手，馬車開始走動，一隊人浩浩蕩蕩地迎著朝陽出發。

美好的日子，就在前面等著呢！

——全書完

# 番外一　菟絲花

「一拜天地！」

「二拜高堂……」

司儀高聲地喊著，沈正信卻有些漫不經心，他早早就讓人打聽過了，盧家的姑娘最是溫婉孝順，這樣一個女人，幾乎就是《女誡》、《女則》寫出來的典範，半點兒脾氣都沒有。他初聽人彙報的時候，還十分驚訝，天底下竟然還有這樣的人！現在，這樣的女人，就要成為他的妻子了。

其實他心裡是有些不高興的，說得好聽些是溫婉孝順，說得難聽些是懦弱沒主見。他沈正信的女人，將來是侯府的主母，這樣的性子，怎麼能當一個主母？

只可惜，爹這個人，就是太重信，說出來的話是絕對不會收回的。算了，反正只是一個女人，實在不行，就讓她躲在院子裡別出來見人。懦弱些也好，省得闖禍了。

將新娘子送回洞房，沈正信就出來招呼客人了。

老侯爺正端著酒杯哈哈大笑，伸手拍對面人的肩膀。「你兒子年紀也不小了，什麼時候成親？」

旁邊人不知道說了句什麼，老侯爺笑著說道：「不著急、不著急，都成親了，孫子還會遠嗎？」接著就一飲而盡。

沈正信忙走過去。「爹，你別喝太多。」

老侯爺身子不怎麼好，早些年在戰場，有些暗傷。平日裡太醫是不讓他喝酒的，只是今兒可不一樣，今兒是沈正信大喜的日子。

老侯爺擺擺手。「不用管我，我今兒心裡高興，你成親了，我高興！你自己少喝一些，一會兒趕緊回去。」

沈正信點點頭，沈正文和沈正武忙過來，一人扶了老侯爺，一人跟著沈正信。「爹，你就放心吧，有我跟著大哥，大哥定然不會喝多的。」

老侯爺點點頭，見他們兄弟和睦，心裡更高興。

沈正信其實不大愛喝酒，等夜深了，客人都走了，立刻吩咐人將老侯爺送回去休息。他自己回去洗了澡，這才進了新房。

新娘子叫什麼來著？姓盧，盧什麼？

他皺著眉想了一會兒，沒想起來，進門就瞧見那女人坐在床沿，臉色有些發白，長得還是很不錯，沈正信打量了一番，一言不發，將床簾放下，發覺那女人的身子有些抖。他覺得有些沒意思，可一想到之前父親高高興興地說，馬上就能抱孫子了，他就強忍著不耐翻身上去了。

雖然不大喜歡這女人，但沈正信也不是粗暴的人，也算是顧及了那女人。可沒想到，這女人簡直就是個水井，一開始哭，眼淚就停不住。面對這樣的女人，沈正信再大的興趣也沒了，草草了事，翻身就睡去。

若是按照沈正信自己的性子，他定是不會再理會這樣的女人。可他也知道，嫡子嫡孫最是重要。慢慢地，這女人總算是不哭了。他這才鬆了一口氣，就這麼不鹹不淡地相處著。

不到半年，盧婉心就懷孕了。沈正信就像是完成了某一樣差事，更不願去盧婉心那裡了。不光是因為不喜歡盧婉心，還因為老夫人。

老夫人也不知道是不是和盧家有仇，但凡盧婉心去請安，總要給臉色看，回來盧婉心就哭，哭得沈正信更是厭煩。他不願意看見盧婉心，也不願意去看老夫人。若不是因為父親……

天底下的女人，怎麼都這樣煩人呢？

懷胎十月，盧婉心生了個女兒。沈正信有些失望，老侯爺卻十分高興，好歹是嫡長孫女，老侯爺也親自抱了幾回，還取了名字——如意，如意，一生平安如意。

之後上了幾次摺子，朝廷終於讓沈正信襲爵了，從此，沈正信就是侯爺了。回頭老夫人再給盧婉心臉色看的時候，老侯爺就有些不願意了。

「她好歹是侯府的主母，妳這樣將人往泥地裡踩，日後她還怎麼當家？

「就是不看在正信的面子上，妳也得想想如意！那是如意的親娘！

「妳若是不願意看見她，不讓她來請安不就行了嗎？」

夫妻倆再次不歡而散，老侯爺去前院書房，而沈正信慢吞地跟著。

「正信，你別怨恨你娘，她心裡也不舒服。」老侯爺瞧著沈正信臉色，招招手，示意他在自己身邊坐下。「當年，你外祖家裡的事情……是我對不起你娘，我若是豁出侯府的爵位來……」

「爹，不是你的錯！誰能保證，侯府的爵位就一定能救下外祖父家？」沈正信打斷老侯爺的話。

老侯爺搖搖頭，臉色有些不好看。

沈正信心裡是有怨氣的，但是這怨氣，卻不知道該對誰發。對外祖家麼，外祖家早已經家破人亡了；對父親麼，父親一輩子重情重義卻是改不了了。思來想去，他心裡對老夫人的厭惡又添了幾分，只是那到底是親娘。爹爹都不怨恨，自己憑什麼去怨恨？

不管老夫人再怎麼不好，若是沒她，世上也就沒沈正信這個人。

怒火發不出來，憋在心裡，沈正信的情緒就越發少了，這人活著，到底是為了什麼？男男女女，愛來恨去，你對不住我、我對不住你，有什麼意思？

因老侯爺身體並不怎麼好，沈如意兩歲的時候，老侯爺臥床不起了，沈正信是跟著老侯爺長大的，感情十分深厚，為了伺候老侯爺，就搬到前院書房去了。

「你娘不容易，你外祖父當年，對我也算有救命之恩，你外祖父不在了，我不能虧待他唯一留下的女兒。你要好好地照顧你二弟和三弟，他們雖然有些不成才，卻也是你親兄弟，你好好調教一番，將來也能幫你的忙。

「侯府的爵位，一定要保住，這可是祖宗們拿命換來的。

「你要好好的……」

老侯爺時而糊塗，時而清醒。糊塗的時候，就說對不住老夫人，對不住沈正信；清醒的時候，就一樣樣交代後事。

「喪事不用辦得太大，棺材我都已經準備好了，你用那個就行，不用停棺太久，三天就行了。」

「爹，你別說喪氣話，你一定能好的。」沈正信眼圈紅紅，一邊餵藥，一邊堅定地說道。

老侯爺只笑了笑，很平靜地喝藥。人都是要死的，他最看重的兒子已經有出息，他的兒子也有女兒了，剩下的那兩個也成親了，他這輩子也算是圓滿了，還有什麼捨不得的？

老侯爺那身子，已經是油盡燈枯，哪怕是沈正信再孝順，也沒能留住老侯爺。

喪事辦完，沈正信大病一場，更是不願意見老夫人。只是想著父親臨死之前的交代，沈正信還是勉強自己去向老夫人請安。

可逐漸地，他就發現不對勁了。盧婉心那女人，性子雖然懦弱，但身子也不算太差，怎麼這段時間，就跟病入膏肓一樣呢？

父親臨死之前可是交代過，要善待這個故人之女。這會兒父親才剛過世，這女人若是死了，可怎麼向父親交代？

捺下性子，沈正信查探了一番，然後就發現盧婉心的飯菜裡，被人動了手腳，因著自己不和盧婉心一起用膳，所以那人才越來越大膽。

沈正信沒往後繼續查，因為不用猜他就知道動手的人是誰。老夫人對盧婉心不滿意不是一、兩天了。他也有些憤怒，盧婉心這女人實在是個累贅，幹什麼都不行，還總是出狀況。一次、兩次的，等又出了幾次狀況，沈正信就有些不耐煩了，索性將人送到莊子上，這樣一來，盧婉心總能活下去了吧？反正，她有女兒了，性命也沒大礙，這樣就算是讓父親心安了吧？

前兩年，沈正信還能想起來往莊子上送些銀錢，但慢慢地，他便將人給忘記了。盧婉心的相貌，在他心裡變得越來越淡。若非是老夫人提起來，他都想不起來，他還有個女兒住在莊子上。

十年後，莫名地沈正信就想起來，父親還在的時候曾抱過這個女兒。於是，沈正信就派人去將那母女兩個給接了回來。再見盧婉心，沈侯爺心裡更是厭煩了。

這樣的女人，竟是連在莊子上都過不好，神情畏畏縮縮，這還是侯府的主母嗎？

沈正信很是不耐煩地將人交給了王姨娘。王姨娘一向是聰明人，定是能妥當安置好這母女兩人。隨後，沈正信就再也沒有過問這對母女了。

四皇子上門提親的時候，本來提的是雲柔。後來，王姨娘說沈如意的身分正匹配。沈正信就去問了盧婉心，盧婉心無法拒絕也允了。

沈正信很是無所謂，反正不是沈如意，就是沈雲柔。不是四皇子，也總有別人，女孩子不總是要出嫁的嗎？

可他沒想到，忽然之間，盧婉心那女人就死了。

沈正信有些想不明白，這女人是礙了誰的事？他是絕不相信盧婉心自己得病死了。可他依然沒查，左右不過是那幾個，查出來了，又能怎麼樣？

王姨娘說，沈如意可憐，應該添些嫁妝，沈正信大筆一揮就同意了。侯府別的不多，就銀子多。不過是一些嫁妝，他既然默認老夫人將侯府往三房劃拉，也就願意給沈如意多添些嫁妝。

再後來，沈如意也死了。沈正信聽聞消息，竟然有些想不起來沈如意長什麼樣子，記憶中，總是縮著脖子，弓著身子，從來都不曾抬頭。

死了呀……沈正信嘆口氣。派人上門弔唁，一個丫鬟卻衝出去撞死在他面前，說沈如意是被韋側妃害死的。

沈正信雖然不在意這個女兒，卻也不會放任她被害死，可人已經死了，沈正信能做的，就是讓韋側妃償命。

可沈如意一死，侯府就像是被詛咒一樣。先是沈雲柔出嫁了，嫁得很不錯，沈正信也沒多管，卻不料，沈雲柔成親三年，竟是難產過世。

二房和三房不知怎的忽然鬧了齟齬，三夫人給二夫人下了毒，二房的姑娘為母報仇，弄死了三夫人。老夫人又驚又怒，氣得中風。

二老爺和三老爺反目成仇，兄弟兩個見了面都恨不得吃了對方。之後，二老爺騎馬出門，回來摔成了殘廢；三老爺出門喝花酒，卻染上了髒病，回來對老夫人一陣吼，老夫人活活被氣死了。

辦完喪事，沈正信作主分了家。老侯爺的遺言，他雖然做得不好，卻也是完成了。他照顧老夫人到死，他和老二、老三的關係都算不錯，侯府的爵位也好好的，雖然明修是個庶子，但他在皇上面前也還算說得上話，能將爵位傳下來。

唯獨沒做好的，只有盧婉心這件事情了。

沈侯爺臨死之前，對此表示了一番遺憾，就永遠地閉上了眼睛。

人啊，到底為什麼活著呢？有什麼意思呢？

「侯爺、侯爺？」心裡那股遺憾還沒散去，忽然就被人晃了兩下。

沈正信睜眼，就瞧見盧婉心的臉正懸在自己頭頂，他愣了愣。「妳來找我索命？」

那張臉露出些驚訝和哭笑不得。「你作噩夢了？我剛才發現你一直在抖，身上也有些發冷，是不是不舒服，我讓人去請太醫過來給你把把脈？」

沈正信迷茫了好一會兒，才算是清醒過來了，伸手就將盧婉心摟在懷裡。「嗯，作噩夢了，夢見妳和如意都不見了，我找了半輩子……」

盧婉心遲疑了一下，伸手拍拍他後背。「那是作夢，你看，我現在不是好好的嗎？如意也快回來了，上次寫信，說再有半個月就能到京城了，估摸著，就這幾天了，到時候，讓她回來住幾日。」

沈正信笑著點點頭，活著，還是挺好的。真感謝上天，沒讓婉心和如意像是夢裡的人一樣，要不然，這生命也就太無趣了些。幸好，還有這兩個人在，要不然，怕是自己就和夢裡的那個沈正信一樣了，不到四十，就永遠睡著了。

——本篇完

# 番外二　前世今生

「王爺，您過來了？」

小丫鬟站在廊簷下，瞧見李承瑞過來，忙對屋裡喊了一句。

然後，屋裡的女人就急匆匆地迎了出來。

李承瑞有些不耐煩，揮開女人想要解開他衣扣的手。「月例發下去了？」

女人有些呆愣，隨即趕緊點頭。「已經發下去了，王爺怎麼問起這個了？」

李承瑞冷笑了一聲。「我怎麼問起這個了？我若是不問，妳是不是就要將韋側妃的月例給全部吞了？」

對面的女人一臉迷茫。「吞了？什麼吞了？」

李承瑞有些厭煩，這女人，總是一副我不知道你在說什麼的迷茫樣子，可真是會裝傻！要不是韋側妃拿出證據，說不定自己就真要相信這女人了。

「妳還不承認？」李承瑞心裡有一股戾氣，伸手就扯了那女人過來。「沈如意，我告訴過妳，既然嫁給了我就安安分分的！妳打壓韋側妃，不讓她見我就算了，妳是正妃，我給妳幾分面子，現在妳竟是將韋側妃的月例給吞了，妳不知道她有了身孕嗎？妳是不是就盼著她房裡沒有炭火，凍壞了身子，然後小產？」

沈如意拚命搖頭。「不是，我沒有……」

「沒有？到了這會兒妳還狡辯！」李承瑞怒火更旺。「妳真想本王給妳看證據？妳還要不要臉了？」

「不是，王爺你聽我說……」沈如意急急地辯解。

李承瑞卻不願意聽，他在外面忙得很，整日裡東奔西跑，回來還要應付這些女人家的事情，早就是滿心不耐煩了，早先娶沈如意是為了她背後的沈侯爺，可沈侯爺既然半分面子不給，那沈如意就沒半點用處了。

若是她聽話點，自己還能將她當個花瓶放著，不愁吃穿地養著，可是這女人，未免太不識趣了！既然半點用處都沒有，還不趕緊安分地待著，整日裡，就弄些么蛾子出來，只會爭風吃醋，只會打壓別人！

越想越怒，李承瑞說話就沒半分客氣了。「既然妳不會管家，那就不要管著了，將帳本和鑰匙拿來，以後，這王府還是由韋側妃打理！」

說完，李承瑞轉身就走。他實在是不想看見這女人，空有一張臉，卻活得像一隻老鼠！早知道，自己就不應該貪圖一個嫡出的名頭，將人換成了這個沈如意，竟是忘了考慮莊子上長大的女人，能長成什麼樣子？若是能打理後宅也行，可連這都做不來，簡直就是白活了！

「不，王爺，你聽我說……」沈如意忙喊道，跌跌撞撞地追出來，卻被門外的婆子攔住了。

「王妃，王爺剛才吩咐了，不讓您出門，您別為難老奴。」

那婆子五大三粗，一臉橫肉，沈如意縮縮脖子，不敢再說話，小心翼翼地退回房間，眼淚撲簌簌地往下掉，小聲地嘟囔幾句自己沒做過之類的話，哭得眼睛都腫得快睜不開了。

丫鬟夏鶯端了一盆溫水給她擦臉，她扒著夏鶯的手問：「王爺今兒怎麼發那麼大的火？韋側妃的月例，我不是給發下去了，怎麼就不見了？」

夏鶯嘆氣。「姑娘，您還不明白嗎？即使您發了月例，韋側妃也要說您沒發，王爺今兒將帳本和鑰匙都拿走，回頭會給誰？除了韋側妃，誰還能管著王府？」

聞言，沈如意就愣住了，臉色木然。

慢慢地，沈如意的日子不對勁了。月例總是不夠，吃的、穿的、用的總是莫名其妙就沒了。冬天沒有炭，夏天沒有冰，飯菜都是冷的，布料都是能看不能用的。

即使她想花自己的嫁妝也沒辦法，因為韋側妃說讓王妃花嫁妝，太丟王府的臉了，就算她想求助王爺，可根本見不到人。

她唯一能信任的人就是夏鶯了，可夏鶯連王府的大門都出不去。

不到兩年，她就病了，病得下不來床。韋側妃請人給她看病，也抓了藥，可越喝，她覺得身子越沈，整日裡都醒不過來。

李承瑞就跟看戲一樣，戲臺上的人，只有一個，既熟悉也陌生。

說是熟悉，那是因為見過，原本自己是想要娶這個女人的，卻被六弟捷足先登了；說是陌生，也是因為僅僅見過。

他覺得，自己看的這齣戲，實在是太荒誕了點，那沈如意怎麼可能會和這戲裡的人一個性子？

他見過的沈如意，沈穩端莊、大方得體、賢淑秀婉，又和六弟琴瑟和鳴，不知道是京城多少閨秀心裡的榜樣，怎麼可能像是戲裡這樣膽小如鼠、畏畏縮縮，像個見不得太陽的蟲子？

而且，太奇怪了，戲裡這個人，怎麼會是嫁給了自己呢？自己怎麼會是毀了容，脾氣那麼差呢？

李承瑞一邊驚訝，一邊看得興致勃勃，一直看到戲裡的女人死掉。他才悠悠轉醒，醒過來還有些回不過神，心裡有一種很複雜的感覺，說不清是什麼感覺。

遺憾？或許是有的，若是夢裡那個毀了容的自己脾氣沒那麼暴躁，而是有耐心，說不定，戲裡的沈如意就會慢慢成長為現實中的沈如意。

後悔？或許是有的，若是夢裡的那個自己能再小心一些，能多些寬容，能再看得明白些，沒讓韋側妃害死沈如意，說不定沈侯爺不會爆發，弄沒了韋家，自己也斷了一條胳膊。

想著，李承瑞又笑了笑，自己竟是魔障了不成？不過是一個夢，怎麼還當回事地分析起來了？作夢就是作夢，都是假的，自己怎麼可能和夢裡的那個人是一樣的？

那個人毀了容，自己可是好好的。那個人脾氣不好，自己可脾氣最好了。

唔，時候不早了，還是趕緊起床上朝吧！

想著，李承瑞就悠悠地掀開床簾，不等人伺候，自己就坐起身子了，將夢裡的那場戲，嚴嚴實實地壓在心裡——六弟和那個沈如意那麼相愛，自己若是說作夢夢見了沈如意嫁給自己，那回頭六弟肯定得惱。

他倒是不怕六弟惱，畢竟自己是皇上，六弟只是個王爺。只是，他的那些兄弟們，死的死，關的關，不敢用的不敢用，也就一個六弟還算是親近些，若是鬧翻了，自己可就真成了孤家寡人。

想是這麼想，可等上了朝，見了六弟李承文，也不知怎的，他心裡就有些堵。但李承瑞最是能分得清輕重了，不過一個夢，何必當真？

只是，心裡那說不清、道不明的情緒，還真有些不自在。罷了罷了，好歹夢裡也是當過自己的王妃，以後，自己稍微給六弟一些好處，也算是補償那個夢裡的沈如意了。

可是如此想，心裡更堵了。李承瑞揉揉胸口，改天還是讓御醫看看，給些開胸理氣的藥吧。

指不定，就是因為自己以前想要娶沈如意，才作這樣的夢。實在是太不吉利了些，若真是自己娶了沈如意，說不定就得跟夢裡的李承瑞一樣了。

這樣一想，李承瑞再看六弟的時候，又有些愧疚了。以前父皇那麼疼愛老六，竟然沒將皇位傳給老六，或許，真是因為老六娶了沈如意？

對了，慧心大師說過，沈如意的命格就是個富貴命。所以，六皇子娶了沈如意之後，命格就被帶偏了？那樣的話，六弟可是替自己消災解難了。

越想越覺得自己猜對了，他暗地裡更是下定決心，以後一定要對老六夫妻好一點。一來因為老六代替自己娶了沈如意；二來好歹沈如意在夢裡也是自己的王妃，還是因為自己的錯導致她淒涼地死去，就當是補償了。

想通之後，李承瑞就將這個夢扔到一邊。這麼多的摺子呢，正事要緊，那些無關緊要的夢，不要再多想了。不管怎麼想，那都只是一個夢！夢作完了，該做什麼還是得做什麼。

——本篇完

# 番外三　婚後生活

「這個鎮可真繁華。」

沈如意一手拉著沈鳴鶴，一手拉著小初。六皇子手裡抱著小韻，後面跟著兩個婆子和兩個侍衛。

瞧見旁邊有賣山楂糕的，沈鳴鶴立刻晃了晃沈如意的手。「大姊，我想吃那個！」

「等會兒，咱們先找間酒樓，然後再讓人出來買，要不然，你想站在大街上吃嗎？」沈如意笑咪咪地問道。

沈鳴鶴伸手指了指不遠處。「也沒什麼啊，妳看，人家都是在大街上吃的。」

沈如意有些猶豫。「那不一樣……」

「有什麼不一樣，人家能吃，我們也能吃啊！大姊，妳就答應吧，咱們不是在遊歷嗎？那就應該和普通人一樣啊。」沈鳴鶴眼睛閃亮亮地說道，他不是饞那兩口山楂糕，而是覺得站在大街上吃東西，可真有趣。

看那小孩兒，吃得多香甜啊。

六皇子也笑道：「妳就讓他吃吧，吃完他就該知道，這樣吃東西其實一點都不好吃。」

沈如意點點頭，索性讓沈鳴鶴自己去買了山楂糕，回來給小初分了一些。舅甥兩個就站在大街上，一邊走一邊吃。

只吃了兩口，沈鳴鶴就抬頭了。「這樣不好吃，要看路，還得看山楂糕，更要跟著你們，實在是有些累。」

六皇子忍不住笑。「下次還想在街上吃東西嗎？」

沈鳴鶴小小年紀，倒也聰明，搖頭晃腦地說：「不一定啊，這個不好拿，得雙手捧著，所以才吃得有些難，有些能舉著吃的，說不定就要容易些了，比如糖葫蘆，不過，那個果子太酸了，我不喜歡。」

沈如意捏捏他的臉頰。「你就喜歡吃甜的，再吃下去，牙齒可就要掉光了。」

沈鳴鶴忙捂著腮幫子對沈如意做了個鬼臉。

小初朝沈鳴鶴刮刮鼻子。「小舅舅丟人，我都不饞糖糖了！」

小韻在六皇子懷裡跳。「羞羞！羞羞！」

沈鳴鶴搖頭。「我是大人了，不和小孩子計較。」說著，就蹦蹦跳跳往前走，不許沈如意拉自己的手了。

小初忙跟上，因為這個小舅舅脾氣好，且會玩的東西多，知道不少有趣的事情，所以他最喜歡這個小舅舅了。

六皇子使了一個眼色，有個侍衛立即跟過去了。

「這個鎮上的陰陽泉最是有名了，咱們一會兒去看看，據說，那陽泉泡多了，能包治百病呢。」六皇子笑著說道。

沈如意側頭想了想。「說不定，只是個溫泉。」

「嗯，看看再說，再者，泉水分陰陽，這個也挺有意思的。」六皇子轉頭，瞧見旁邊有個賣首飾的攤子，就走過去看。

六皇子挑來揀去，拿了一支木頭簪子，伸手在沈如意頭上比劃了一下，低頭問小韻。「好兒子，看你娘簪著好不好看？」

小韻拍手。「好看！」

沈如意伸手拿了那簪子，看了兩眼，笑道：「你倒是眼睛好，這麼一支小簪子，也能被你看見。」

六皇子有些得意。「那是。」轉頭問了價錢，就買了這簪子，又問那小販說：「雕著這樣花紋的，別的物件可還有？」

小販忙點頭。「有的、有的，客官好眼光，那上面雕著的就是我們鎮上的藍蝶花，只有我們鎮上的陰陽泉邊才有，那花兒可好看了。」

六皇子笑咪咪地點頭。「將其他的物件都拿出來，拿十個吧。」

這是方便沈如意回去之後送人用的，光是沈夫人和沈雲柔就得有兩個，另外還有沈如意的那些手帕交，十個都不一定夠用。東西不貴，又是木頭雕刻的，只是圖個稀罕，這樣的花紋別處沒有。

小販做了筆大生意，笑得嘴巴都合不攏了，又送了六皇子一個同樣雕刻著藍蝶花的木頭盒子。

六皇子將東西交給了身後的嬤嬤，繼續和沈如意往前走，快走了兩步才追上前面的沈鳴鶴和小初。

沈鳴鶴興致勃勃地拽著個老頭。「姊夫，快，我找到這個鎮上最老的人了。」

六皇子忙行禮。「對不住老丈，小弟頑皮……」

老頭笑咪咪地擺手。「無妨無妨，我剛才聽這小孩兒說，你們想聽故事？」

沈鳴鶴搶先回答。「是呀、是呀，你有什麼好聽的故事，關於這個鎮子的，可以和我們說啊，我們不白聽你的故事，我姊夫會給你錢的。」

老頭顫巍巍地點頭。「那你們可找對人了，這鎮上的故事啊，我知道最多了。小哥想什麼時候聽？」

「老丈若是得空，明兒早上去祥雲酒樓找我們，我姓李，叫李文。」六皇子想了想，定下了時間。

老頭笑呵呵地點頭，摸著白鬍子，看他們一群人走遠。

沈鳴鶴笑嘻嘻地邀功。「姊夫，我今天可幫了大忙了！」

六皇子忍不住笑。「對，你幫了大忙，姊夫要謝謝你呢，鳴鶴可真能幹！」

小初忙拽六皇子的衣服。「爹，還有我！」

六皇子同樣笑著摸摸小初的腦袋。「是，小初也很能幹，幫了爹爹大忙，謝謝小初。」

小孩子最是容易滿足，得了表揚就嘻嘻哈哈地跑走。六皇子也不著急，慢悠悠地和沈如意一路往前走。他們也不趕時間，既然是出來遊歷了，每到一個地方，就要住個三、五天。地方大的，就住十來天。

沈鳴鶴和小初年紀輕，就十分聰明，過了兩個地方，就摸清楚他們的行事方法。每到一個地方，先是吃那個地方的食物，然後去逛那個地方的名勝，再來就是聽故事。若是有值得拜訪的人，還要上門去拜訪一番。

不管做哪一件事，全家人都是一起行動的，除了某些時候沈如意不方便去，但沈鳴鶴和小初是一定要跟著的。這樣，也不算是辜負了岳父的囑託。

等再次上路，夫妻兩個坐在馬車裡，一人一邊，你寫你的，我寫我的，偶爾還會畫個圖。小初和沈鳴鶴原本只是好奇，後來也慢慢地開始上手。寫不好就畫，畫不好就臨摹，六皇子不管是寫字還是畫畫都十分出色，兩個小孩臨摹得也有模有樣。

這樣慢慢悠悠地走，一點都沒有旅途的勞累，反而是每到一個地方，都稀奇愉悅得很。六皇子越來越成熟，沈如意越來越開心，沈鳴鶴越來越懂事，小初越來越聰明，至於小韻，他現在只負責長個子和長肉。

每十天，兩個人都會往京城寫信。沈如意寫給沈夫人和沈侯爺，說自己在每個地方的見聞和趣事，說自己和孩子們過得很開心；而六皇子寫信給皇上，寫每個地方的習俗，寫百姓們的生活。
有時候興致來了，還寄些字畫回去。買的特產太多了，就先送回京城。陸嬤嬤這次沒跟著出來，東西送回去，陸嬤嬤就會分類好，按照沈如意信裡的吩咐，每個地方都送一些。
他們是春天離開京城的，一直走啊走的，走到冬天，才慢悠悠地回京。回京和遊歷自是不一樣的，遊歷是隨便走，周圍的城鎮都要去看看，回京就要挑最近最快的路。
大約是心情太好了，旅途也不累，回京的時候，沈如意被診斷出懷有身孕了，即使已經有兩個兒子了，聽聞此喜訊，六皇子還是高興地蹦起來。
回京的路上，別說是寫字了，連畫兒都不畫了，一直摸著沈如意的肚子，嘀嘀咕咕地說話。「這次可一定要是個女兒啊，我都盼了好些年，若有一個長得像如意的女兒，想想就高興。」
沈如意也摸著肚子笑，她也盼著這個是女兒，不過，是兒子也沒關係，只要是她和承文的孩子，她就很喜歡。
冬陽暖烘烘地照在兩人的臉上，夫妻倆牽著手，看向前方的目光裡，滿載著對未來的期盼。
——全篇完

流浪貓狗介紹所

# 為流浪貓狗加油 和貓寶貝 狗寶貝 廝守終生(一定要終生喔！)的幸福機會

對人來說，貓寶貝狗寶貝只是生活的一部分，
但妳（你）對牠們來說，卻是生活的全部，領養前請一定要考慮清楚——

## ▲ 傻女孩黑麥想窩窩

性　　別：小女孩
品　　種：三花貓
年　　紀：9個月大
個　　性：親人愛打呼嚕
健康狀況：已結紮，已施打狂犬病及三合一疫苗，
　　　　　患有貓愛滋加上貓白血陰性
目前住所：台中市

本期資料來源：http://www.meetpets.org.tw/content/57805

## 『黑麥』的故事：

黑麥和牠的兄姊們在生活艱難時，經由網友通報而獲得救援。牠從小就是個食慾旺盛的女孩，用餐時間常能看到牠津津有味地大啖，吃得滿嘴都是的呆呆模樣讓人莞爾。也許傻貓有傻福，黑麥因此幸運地熬過貓瘟活下來。

當初由於剛痊癒的黑麥還在排毒高峰期，不適合待在經常有新貓的中途家庭，所以牠便和另一隻同樣幸運跨越貓瘟難關的小布一起來我家。有同伴就是比較好，兩隻小貓互相扶持，之後陸續施打疫苗、結紮，並且順利度過排毒高峰期，來到能安心找家的時候。原本我們希望牠們能一起去新家，沒想到小布先一步找到專屬家庭。

還在找家的黑麥呼嚕聲很大，最喜歡一邊磨蹭撒嬌，一邊咕咕噥噥的，是個親人、有點不甘寂寞的小女孩。牠也愛檢查我的嘴邊，好奇我剛剛吃了什麼，不自覺露出貪吃的可愛本性。除此之外，可能是我陪伴家中狗狗較長時間，稍微冷落了牠，因此黑麥偶爾也愛咬手手，為了賠罪，此時我便會貢獻牠最愛的腋下，黑麥一聞立刻進入興奮狀態，簡直比貓草還靈驗！

而這麼喜歡撒嬌的黑麥，也想快快找到一個可以依偎取暖的主人～黑麥適合只想養一隻貓的家，也適合新手飼主，如果你想要貓咪陪伴，並且有自信好好照顧牠一輩子，歡迎來信saaliu@yahoo.com.tw，主旨註明「我想認養黑麥」；或填寫認養評估表http://goo.gl/RdHTm8。

（編按：黑麥貓瘟痊癒超過半年，雖已過排毒高峰期，但仍建議勿接觸疫苗史不完全的貓咪。另，有貓愛滋的貓咪免疫力較弱，然而在適當照料下，健康狀況幾乎與一般貓咪無異。）

**認養資格：**

1. 認養者須年滿20歲，男須役畢。
2. 有適合養貓的環境，並獲得家人的同意，在外租屋者也需室友和房東同意，確認家中無對貓過敏者。
3. 具備照顧貓咪的基本常識與獨立經濟能力，且能提出絕不棄養的保證。
4. 注意居家安全，出門使用提籠，不讓黑麥走失流落街頭。
5. 能同意送養人日後之追蹤探訪。
6. 認養者需有自信即使自己生活上有變動或貓咪年老、生病也不離不棄，愛護牠一輩子。

**來信請說明：**

a. 個人基本資料：姓名、性別、年齡、家庭狀況、職業與經濟來源等。
b. 想認養「黑麥」的理由。
c. 過去養寵物的經驗，及簡介一下您的飼養環境。
a. 若未來有當兵、結婚、懷孕、畢業、出國或搬家等計劃，將如何安置「黑麥」？

文創風
277

# 如意盈門 3 完

國家圖書館出版品預行編目資料

如意盈門 / 暖日晴雲著. --
初版. -- 臺北市 : 狗屋, 2015.03
冊 ; 公分. --（文創風）
ISBN 978-986-328-430-7（第3冊 : 平裝）. --

857.7 104001127

| | |
|---|---|
| 著作者 | 暖日晴雲 |
| 編輯 | 黃鈺菁 |
| 校對 | 黃薇霓　蔡佾岑 |
| 發行所 | 狗屋出版社有限公司 |
| 地址 | 台北市104中山區龍江路71巷15號1樓 |
| 電話 | 02-2776-5889～0 |
| 發行字號 | 局版台業字845號 |
| 法律顧問 | 蕭雄淋律師 |
| 總經銷 | 知遠文化事業有限公司 |
| 電話 | 02-2664-8800 |
| 初版 | 2015年3月 |
| 國際書碼 | ISBN-13　978-986-328-430-7 |
| 原著書名 | **《重生之一世如意》**，由北京晉江原創網絡科技有限公司授權出版 |

定價250元

狗屋劃撥帳號：19001626

網址：love.doghouse.com.tw　E-mail：love@doghouse.com.tw